夏生さえり

揺れる心の真ん中で

幻冬舎

揺れる心の真ん中で

はじめに

「長年貼っていたポスターを剝がしたとき、いつのまにか壁が汚れていたことや、元々の白さに驚く。あんなふうに、あたしもなってる。汚れてなんていないと、思っていたのに」

二〇一三年六月に書き残した一文だ。

当時ひきこもりだったわたしが、静まりかえった朝方に思い切ってポスターを剝がした瞬間、ハタと思ったこと。

いまだに覚えている。

朝の光が差し込む実家の階段。埃さえも光を含んで煌めいているそのなかを、夜を引きずった目で横切った瞬間のこと。

「あたしだって汚れているんだろうな」

そう、自分の価値を見失いそうになったときのこと。

それから六年が経った。

はたしてわたしは、あのときよりも「汚れている」のだろうか。

きっと六年前の、なにもかもを悲観していたわたしだったら迷わず「そうだよ」と答えるだろう。

でも今は違う。

たぶん人は、〝汚れていく〟のではなく、〝変わっていく〟のだ。

そしてその姿を愛せるかどうかは、わたし自身にかかっている。

今はそう、答えることができる。

本書は、二七歳から二八歳まで、WEBマガジンサイト「幻冬舎plus」で約一年間続けた連載に、他の媒体に寄稿したものや書き下ろしを何篇か加えてまとめたものです。

変わっていく自分に、自分自身で驚きながら暮らしていた。そういう時期に書き綴ったエッセイたちをジャンルごとに分け、時系列順に並べました。

わたしは連載中、二七歳直前に出会った彼と一緒に暮らしはじめ、そして結婚しました。思えばこの時期は、短い人生のなかでも、恋愛観や暮らしへの価値観が、ときにスムーズにときに不穏に、ぐらぐらと変わっていく一年でした。

その揺れを直接的に描いている文章は少ないのですが、よくよく読むと、言葉の端々にそして行間に、当時の心がうっすらと透けてくるようで。ちょっと恥ずかしくなるほど。

なにかを、そして誰かを取材して文章にすることが多かったわたしにとって、自分の心に向かい合い、言葉を探して綴っていくエッセイの執筆は、思いのほか難しく、だからこそ愉《たの》しい時間でもありました。

初期のエッセイは、書き方も言葉選びも、自分で読んでいても目を伏《ふ》せたくなるものばかりなのですが、「若気の至りに甘える」ことにしました。どうか、とある女の一年を、成長を見守るような気持ちで最後までめくってもらえると嬉しいです。

そしてもうひとつ。

ここに描いたのは紛《まぎ》れもなくわたしのことですが、誰にでもあるような普通の暮らしのお話ばかり。読んでいる「あなた」の物語と近いものもあるかもしれません。

読み終わったら（途中でも、もちろん）今度は、あなたも自分の内側や、自分の日々に、ぜひ向き合ってみてください。そこから見えてくるものがきっと、あるはずです。


なんでもない、ささやかな日々を積み重ね、人は気づけば変わっていく。

そんな姿をどうか、楽しんで、そして愛おしんでもらえますように。

夏生さえり

二〇一九年九月

揺れる心の真ん中で　目次

第二章 忘れたくないものたち

第三章　心やわらかく生きていく

序

揺れる二七歳

揺れる二七歳

八月に、二七歳になった。

すでに誕生日から三ヶ月近くが過ぎようとしているが、年齢を聞かれて「二七です」と答えるたびに、いまだ新鮮に驚く。

いつのまにか、言い訳のできない歳になった。

わたしにとって「二七歳」は、ちょっと重い。身体に対して不相応の荷を託

2017.12.2

された気分。不安定で、ゆらゆらとしていて、けれどまっすぐ未来を見つめなければならないという、義務にも似た気持ちも芽生えてきた。

たった一つ歳を重ねただけ、と軽い気持ちでいたいのだが、わたしの価値観は二五歳あたりから驚くほどのスピードで変化して、人が変わったようになってしまった。


価値観が変わる瞬間は、あたたかい紅茶にミルクを垂らしたときに似ている。

赤茶色の液体がぶわっと滲《にじ》んで、マーブル模様さながらどちらともつかない様子になる、あの様子。

わたしにミルクが落ちたのは、二五歳になるすこし前のことだった。

価値観がぐらりと揺れた瞬間のことは今でも覚えている。別に衝撃的なことが起こったわけでも、大きな挫折をしたわけでもない。

そのときわたしは、飛行機の中にいた。

昔からの夢だった、〝海外で暮らす〟を叶えるために、わたしは会社を辞め、二ヶ月のスペイン行きを決めた。お金に余裕がなかったから、家も引き払った。部屋の荷物を全部ひとりでダンボールに詰めて鍵を返すと、わたしの〝戻る場所〟は東京からすっかり姿を消した。

すべて自分で望んだこと。でも不思議と「わくわく」もしなければ「そわそわ」もしなかった。たぶん、とにかく感慨深くなるのを避けていたのだと思う。感慨深くなってしまうと、怖くなって歩みを止めてしまうかもしれないと、どこかで勘づいていたのかもしれない。

出発の日、飛行機が加速をはじめて、上空に向けてゴゴゴとうなりをあげたとき、やっと「ああ、とんでもないことになった」と思った。

どうしてわたしは言葉も通じない海外に？

一体なにをしに？

誰も待っていない、誰にも求められていないのに、どうして？

たったひとりで、なにをしたいっていうの？


途端におそろしくなった。あの瞬間の、喉の奥から叫びだしてしまいそうな孤独と恐怖を、今でもはっきりと思い出せる。小さな機体が上空に向けて意気揚々と飛び立つ瞬間。あの中でとても静かに慄《おのの》いていた。涙も恐怖で息を殺した。

そして半ば八つ当たりのように、「どうして誰もわたしを日本につなぎとめておいてくれないのか」と、こんなふうにわたしを恐怖させる〝自由〟が憎いと思った。

誰かがつなぎとめておいてくれたら、わたしはこんなところにいなくてよかったのに！

実際は、「どうして？」もなにもない。すべて自分の意思で決めたことだし、止められないように親には決定事項としてスペイン行きを告げた。行かないでと言ってくれるような恋人もいなかった。というよりも、はっきりと「恋人なんて欲しくない」と思っていたほどだった。

恋愛系の記事をたくさん書いていながらこんなことを言うのは気がひけるが、当時は本当に恋人なんて欲しくなかった。デートはしたいし、好きな人も欲しいけれど、恋人ができてしまうと自分の変化が止まってしまうんじゃないか、と思っていた。

好きな人がいる生活は楽しくて豊かだ。けれど満たされてしまうがゆえに、別に求められなくても、縛られなくても、自ら望んでその人のそばにいたくなってしまう。

そんなふうになってしまったら、きっとひとりで長期間海外になんて行きたくなくなるし、ふらっと旅行に行きたいなんて思い立つことすらないだろう。

そんなの困る。わたしにはまだ、やることがある。

それで「将来を共にしたいと思うほどの最高の男性に出会いませんように」と祈っていた。出会ってしまったら、きっとわたしは選択を変えてしまうから（この説は、当時デートをしてくれていた男性をひどく混乱させた。どうして恋人が欲しくないのか？　その理由は彼らにはとてもじゃないけれど理解されなかった）。


周囲を混乱させるほどの馬鹿げた決意が実り、恋人がいない状態で飛行機に乗った。よかったじゃない。希望通りじゃない。必死に恐怖をなだめようとしたが、湧き上がる速度のほうが速かった。

足がすくんで、「降ります！」と叫びたくなって、なにもかもを中止にして昨日までの日常に何食わぬ顔をして戻ってしまいたかった。

散らかった部屋が恋しかった。

文句を言いながら満員電車に乗りたかった。

飛行機は不安定に揺れながら上空へとあがり、わたしの身体はいつもの何倍も重くなる。比例するように気持ちは沈んだ。

空から見つめた東京は、やけにきらびやかに見えた。

ゆらゆらと光る誰かの息遣いたちが見えて、早くに結婚した友人たちの姿が頭をよぎった。

わたしの知る彼らは、好奇心にかまけて冒険するようなことはない。若くして一生を添い遂げる人を決めてしまえるような潔《いさぎよ》さがあるし、どこか遠くにふらりと出かけることもない。家族のためにやることがあって、（強制されるという意味ではなくて）なにかに縛られている。

少なくとも、誰にも求められていないのに、仕事を辞め、家を引き払い、知り合いもいない土地へ行ったりしない。

その、〝不自由な幸せ〟を想った。

自由を愛する人もいるだろうが、わたしはゆらゆらと心許ない、どこにも紐が繋がっていない風船みたいな自由が苦《にが》かった。

結局二ヶ月近くスペインに滞在したころにはその苦さは確かなものになって、「戻らなければ」と強く思うようになった（もちろん、スペインはスペインで楽しかったし、そこでの暮らしは快適なものだったのだけれど）。

残りの十日間さえ我慢できずに、追加料金を払って日程を早めて帰ってきて、大急ぎで家探しをして、生活の基盤を固めた。

契約をする。家具を買う。そのたび「わたしは今、土地に縛り付けられている」と思って嬉しかった。簡単にどこかへ飛び立つことはできない。そのことがわたしをひどく安心させた。気が変わったときのため、パスポートだけはカバンに入れ続けたが、突如どこかへ逃げたくなるような気持ちは訪れず、出番はなかった。

一ヶ月ほどで新しい暮らしはすっかり安定し、かつてのわたしではなくなった。もう「海外で暮らしたい」とは思わない。やみくもな自由を求めたりしない。

あれからずっと、「わたしをつなぎとめてくれるもの」を探している。精神的なつながりを持てる恋人も欲しいし、その人のために時間を費やす暮らしもしたい。もう、今を刹那《せつな》的に生きるよりも、未来を築きたい。多少の退屈だって受け入れる覚悟でいる。

こんなふうになるなんて、二五歳のときには思いもよらなかった。

すごい勢いで物事は進む。心はいつだってついていけない。けれど、スペイン行きの飛行機がそうだったように、きっとまたなにかがわたしにミルクを垂らしてくれるだろう。この先どう変わってしまうのか、自分でも興味がある。
二七歳を見つめてみたい。
不安定でゆらゆらとして、けれどまっすぐ未来を見つめているこの年齢を。

第一章

恋も愛も綺麗事ばかりじゃないけれど

愛を信じられるようになりたい

不倫、という二文字を見ると、思い当たる節はなくてもなにかひやりとする。見てはいけないものを見たような、過去の罪（それが実際にあるかどうかにかかわらず）が見つかったような、そんな気持ち。

ニュースでは誰かと誰かが不倫をしては、泣いて謝罪をしている。

友人の彼氏も既婚者子持ちだという。

既婚者の先輩にはとっかえひっかえ若い彼女ができている。

2018.1.27

浮気話も盛《さか》んだ。彼女持ちの男と寝たとか、彼氏持ちの女は落としやすいとか。

四方八方から噂が聞こえてきて、世の中はそんなものか、とため息の十や二十はつきたくなる。

長年不倫している友人の話を聞く限り、不倫は本当に不思議な恋愛関係なんだな、と思う。相手を「好き」な気持ちはただの恋愛と違わないのに、相手の言葉を信じることはできない。なのに、当の本人たちは、逆境の中で燃えていて、精神的にもしっかり結びついている気になっている（もちろん実際に結びついている場合もあるのだろうが）。

遊び、と割り切っているふたりなら問題はないが、どちらかが「真剣」と思っている場合が問題だ。

「妻とはうまくいってない」

「別れようと思ってる」

「きみだけが大事だから」

こういう常套句《じょうとうく》にうつつを抜かすほど、女もバカではない。と言い切りたいところだけれど、好きな人の言葉を信じたいと願うのは女のいいところでもあり、なのに勘が鋭いのは不幸なところでもあり。

そうして聞かされる言葉がどうであれ、常に葛藤する羽目になる。

未婚側はいつも弱い。

目に見えるものと彼の言葉だけを信じようともがいて、「今」だけを見つめようとする。恋はいつも浅いところからはじまるので、なんとなく足を突っ込んで進んでいくうちに戻れないところまで来てしまうのだろう。

「でも、愛し合っているの」

不倫者が愛を語るなら、別れてからにしてくれ。そう思いながらも、不倫をした友人を責められない。

じつはわたしだって、不倫に片足を突っ込んだこともある。堂々と告白するようなことでもないけど。ただ、自分が不倫の入り口に立ってみて、はじめて「あぁ、こりゃ世の中から不倫はなくならないな」と思った。

なんせ未婚側には、事情がわからないのだ。指輪をしていなければ相手が既婚者かどうかはわからないし、指輪をしていたって独身者にはファッションリングとほとんど変わらない。家でどう笑い、どう絆を深め、どんなゆるんだ顔で眠っているのか、わからない。これは好きになるのも仕方ない。

ただ、そこから進むか進まないか。それだけは問われている。


これも堂々と言えることではないが、かつて浮気をしたこともある。

浮気をしてしまった日は、驚くことになにも感じなかった。彼氏に対する罪悪感とか、後ろめたさとかは全然なくて、「こんなもんか」と思った。ひどい話だが、世の中の浮気者の気持ちがわかった気がした。浮気をしても平気な顔をして、戻るべきところに戻っていくあの様子。

あれは、無理をしているのでも強がっているのでもない。

人は結構薄情で、切り替えが上手いのだ。

当時は彼氏に対しての愛情が薄れかけていて、または心のどこかで彼氏を幾分見下していて、「このくらいしたって大丈夫」と思っていたのだろう。「絶対にバレない。この人は鈍感だもの」と。

事実、その浮気は一度きりだったこともあり、バレなかった。繰り返さなかったのは、罪悪感からではない。「なんだこれ、つまんないな」と思ったからだ。欲求不満でもなければ、愛情不足でもない。（自分の浅はかさを笑うしかないが）理由のない浮気だった。

はたから見れば仲が良さそうに見えただろうし、いつかは一緒に住もうだなんて彼も言っていたけれど、裏側は破綻していた。上っ面の愛情だけでなんとかやってきていたのだ。

その証拠に、数ヶ月後には、彼の浮気未遂が発覚することになる。「この人だけは浮気しないだろう」と信じ込んでいた（これもまた見下していたとも言える）ため、わたしはうろたえたし、激しく彼を恨んだ。

自分の浮気は棚に上げて、自身についた心の傷をなぐさめるように、家で何度も一人で「でもわたしだって浮気した」と繰り返しつぶやいた。わたしだって、悪いことをしたのだ。そう思うことで、決して自分だけが惨《みじ》めな思いをしているわけではないと思い込もうとした。

なにもかもが、間違っていた。


長々過去の黒歴史を吐露《とろ》してしまったが、こんなふうに生きてきたことのなにが悪いかというと、「愛を信じられなくなること」だ。

これこそが、〝そんなふうに〟生きてきてしまったことへの代償だろう。

「いつか自分に返ってくるよ」という言葉をわたしは信じていない。

「浮気した人はいつか浮気される」、そんな言葉も信じない。

浮気する人はするし、しない人はしない。

でも、これだけは真理だ。
「自分の生き方が、世界をつくる」。

不倫する一歩手前、公園で幸せそうな家族を見て一番に心に浮かんだのが、「あの男の人も、陰では女の人がいるんだろうか」ということだった。電車に乗って、指輪をしている人を見てもそう思った。家庭を営みながら、他の女性を口説く姿を想像した。「え〜」と嬉しそうに顔を背ける浅はかな女は、わたしだった。そうしてとてもシンプルに、「そんな世界は嫌だ」と思ったのだ。

世界の本当のところはいつもわからないままだが、世界をつくるのは自分の心だ。清く、正しく生きよ、というのは他の誰でもない、自分のためだ。
正しく生きることは、自分が幸せでいられるために自分にできる唯一のこと。「正しさなんて知らない。世界がわたしをどう見てもいい。この瞬間、楽しいことが大事だから」と思ったこともあったが、刹那的な楽しさと引き換えに、見える世界を引き渡すなんて、代償が大きすぎる。

隠し事のある世界で生きたっていい。そういう世界を好んだり愛おしいと思ったりする人もいるし、世界は綺麗なものばかりじゃないと思う自分でいたっていい。ただ、その世界を受け入れられるのなら。


わたしがこれまで愛を信じられなかったのは、自分が愛を裏切ってきたからだ、と二七歳にしてはっきりとわかるようになった。

「どうせ、いつか愛は冷めるんでしょ」

「どうせ、いつかは浮気するんでしょ」

その考えは世の中の摂理ではなく、今まで積み重ねてきた経験と思考がつくってきた世界だった。


「愛を信じられるようになりたい」

二五歳後半から薄々思いはじめたが、最近になって真剣に思う。

たとえ周りのひどい話を聞いても、自分が誰かを裏切るようなことをしても、わたしはいまだに幸せを信じている。互いを大事にしあって、相手の嫌がることはしないように努め、精神的にしっかりと繋がっていられる誰かとの暮らしを夢見ている。

もちろん、そのためにはいろいろなことを引き受けなければならない。手放すべきものもあるだろうし、欲を律《りっ》する機会もあるだろう。多少の退屈を受け入れる覚悟も必要かもしれない。

幸せになるには、幾らかの困難を引き受けなければならない。

生きたい世界はどこかに待っているものじゃなくて、自分がつくっていくものなのだ。最近はそんなことを考えている。

けた下 2.0

変わったのは　相手　だけ

先日、「奇跡」を知った。

奇跡なんて陳腐な言葉だけれど、その言葉以外で言い表せない。今まで信じられなかった、ひとつの奇跡。

もしかしたら、皆は当然のようにこの奇跡を受け止めてきたのかもしれない。けれど、わたしは小心者で心配性、おまけに傷つくことをひどく恐れる疑り深い性格なので、自分の目で本当に見るか、心から実感できる出来事に遭遇

2018.3.10

しない限り、起こったこと（特にロマンチックにまつわること）を信じることができない。

これまで、「もしかしたら一生を共にできるかもしれない」と淡く予感して付き合った人と半年程度でうまくいかなくなってしまったり、「こんなに相性がいいなんて！」と舞い上がった相手と最終的に縁を切るほどにこじれたりしても、いつも原因は自分にあると思っていた。

決して闇雲な「わたしだけが悪いの……」という被害者意識というわけではなく、相手や相性に原因を見つけるよりも原因を自分に探したほうが「確か」で「コントロールできるもの」だし、付き合いが続くかどうかは、相性の問題ではなく、覚悟の問題なのだ……と思ったほうが現実的かつ合理的だと思っていたのだろう。

誰と付き合ったって結局は自分次第、と思っていた。これまでは。

その日、わたしは大学時代に仲が良かった先輩たちの集まりに呼んでもらった。

そのなかに、坂本さんという先輩がいる。一年に一度会うか会わないか程度の仲の先輩だ。

坂本さんは、「本当に、坂本は人を愛せるのか？」なんて友人からからかわれるほど、合理的な人。心の機微《きび》などにはやや疎《うと》く、複雑な人の心（特に女心）を理解するのは、やや難しそうだった。先輩としてはすごく尊敬しているが、（恋愛相手としてはどうかしら……）と思うことも正直あった。

話を聞く限り、誰かのことを熱烈に好きになったことはなさそうだし、「めんどくさい手順とか嫌だし、セックスできたらいいじゃん」とさらりと口にしたりする。

たとえばこんな具合。

「なんで女って〝察して〟みたいなやつがいるの？」

「なんででしょうね？　でもきっと言えないんですよ。もし、言いたいことがわかったら、多少は先回りしてやさしくしてあげたらいいんじゃないですか？」

「嫌だよ、面倒くさい」

「…………」


またあるときは、こう。

「彼女と喧嘩した」

「なんでですか？」

「ネイル変えたの気づいてくれない！　って言うから、言ってくれたら褒めたのになんで言わないの？　って言ったら怒り出して」

「…………」

この人はどんなふうに女性と付き合うのだろうか？　関係性を築けるのだろうか？

だから、三年前に結婚が決まったときはかなり驚いた。

「先輩、結婚なんてするんですね」

「俺もそう思う」

ついに本当の愛を見つけたのか、と思っていたが……実際はそうでもないようだった。

結婚を祝福したときも「結婚とか本当めんどくさいよ」と笑っていたし、「結婚式の準備がめんどくさすぎて喧嘩ばかりしている」とか「ドレスなんてなんでもいいから早く決めてほしいと思った」とか、「新婚生活も喧嘩ばかりだよ」と言う。思わず「なんで結婚したんですか？」と笑うと「なんでだろう？　向こうがしたがってたからかな？」と言う。

新婚生活における喧嘩の内容を聞くと、「俺が家事をひとつもしたくないから喧嘩になる」なんて言っていて、「ちょっとくらいしてくださいよ」と会ったこともない奥さんの肩を持ちたくなるほどだった。

「女として好き！　って感じじゃないけど、まあ愛はあるかな」

坂本さんはよくそう言って、話を終わらせた。

結局、坂本さんは離婚した。たった二年しか結婚生活は続かなかった。

その話をわたしにしてくれたとき、ぽつりと、

「俺、人の気持ちがわからないのかもしれない」と弱音を吐いていた。

「でも先輩、別に結婚したがってなかったですもんね」

「まあね」

なんて、話したのが一年前。


それが。

その日は、「今付き合っている彼女がいる」と言い、さらに驚くことに「結婚したいんだよね」と言うのだ。

「え、先輩が？」

「うん」

「結婚したいんですか？」

「うん」

さらには「こいつしかいない、って思ったんだよな」などと言う。

わたしは真剣に驚き、目を見開いた。この人はわたしの知っている坂本さんかしらと不思議に思うほど。

「この人しかいないって思ってるんですか？」

「思ってる」

「相手もそう思ってるんですか？」

「だと思う」

「好きなんですか？」

「うん」

「仲いいんですか？」

「めっちゃ仲いいよ」

「……家事も、すこしはしてるんですか」

「すごいしてる。彼女を支えたくて自然とできちゃう」

「先輩……、変わったんですね」

「うーん。俺はなにも変わっていないよ。変わったのは、相手だけ。でも、こんなにうまくいくんだなって思うんだよ。自分でも不思議だよ、本当に」


そのときわたしたちは、飲み終えて駅に向かって歩いていて、積もった雪を横目に冷たすぎる空気を吸っていた。白く光る街があまりにも幻想的だったこともあって、この話もどこか非日常的、作り話のようにも思えたほどだった。


もちろん、今までだってそういう話を聞かなかったわけじゃない。

わたし自身も、これまで付き合ってきた恋人に「さえりと出会ってから変わった」と言われたこともある。「今までとは違う感情なんだ」とか「不思議なんだよ」とか。

でも全部、どこか作り物の世界の話だと思っていた。燃え上がる感情を、そう表現してくれているのだと思っていた。（本当に悪いところだと思うけれど）これまで散々ロマンチックを裏切ってきたわたしは、そういう類の言葉を信じていなかった（のかもしれない）。

でも、あの坂本さんがそう言うのだから本当なんだろうな、と素直に思った。あんなに嬉しそうに恋人の話をするのを見たことがない。自分以外の誰かのことをあんなに大事そうに話すのを見たことがない。坂本さんは、嘘なんてつかないし、その場の感情だけで話をしたりしない。

だからきっと本当に、そういうことが起きたのだ。

奇跡だ。これは嘘みたいな本当の話なんだ。

冬の星座の下で、東京に四年ぶりに二十センチ以上も積もった雪を見ながら、何度も思い返した。ざく、ざくと東京で雪を踏む。すべらないように慎重に足元を見る。他の人はすぐにその話から興味を失ったようだったけれど、わたしはずっと「信じられない、信じられない！」と思っていた。

どこかに出会うべき人がいて、その人と出会うと不思議と自分が変わってしまうということがある。どうしたらいいのかと悩んでいたことも、出会う人に出会えばすべてが一変してしまう。なにも我慢せず、自分らしくのびのびとしているのに、なぜだかスムーズにいく。そういう相手が、世界にはいるのだろう。

「なにをそんな当たり前のことを」と思う人もいるのかもしれない。当然のように「自分に合う人がいる」と信じられる人もいるかもしれない。けれどわたしにとっては、これまで信じていなかった世界の奇跡が、ひとつ「本当だ」と明かされたのだ。

わたしの世界はあのときまたすこし、明るくなった。

「しあわせ」と聞いて思うもの

とつ、と窓が鳴る。

とつ、とつ、とつ。

音の数は増え、やがて、たんたんたんたんたかたんとリズムのようになる。

雨だ。

わたしは、はやる気持ちを抑えながら紅茶をひとつ選び、こぽこぽと湯を注ぐ。マグカップいっぱいに赤茶色がじわっと滲みだし、やさしい匂いが蒸気に

2018.5.12

溶け込んでのぼってくる。

バルコニーにいつでも持って出られるようにと選んだ、折りたたみ式の椅子を持って、たかたんたかたんと激しく打ち付ける雨を見に、窓際へ行く。

大きな窓のある家に住めて嬉しい。昼間は燦々《さんさん》と光が差し込むし、雨の日は落ち着いて雨粒観賞をすることができる。

一口飲むと、喉元をあたたかな液体がつたっていく。

同時に、目の前の雨粒がツー……とつたっていく。

もしわたしの身体がガラスだったら、こんなふうに身体の底へ落ちていく紅茶を見ることができただろうか。

「雨、見てるの？」

好きな人が、すこし離れたところからいつもの低い声で聞く。低い声は、空気が振動するように感じる。彼の口元から、空気が揺れる。揺れて、揺れて、わたしの耳へと届く。低い声は、いつもその当たり前の現象を浮き彫りにしてくる。

「見てる」

背を向けたテレビからは、バラエティ番組特有のガヤガヤと賑やかでせわしない声が聞こえてくる。誰かがなにかを言い、大笑いをしている。時には、「ええ〜」とか「きゃ〜」という嘘っぽい声も聞こえる。

テレビではなんだか盛り上がりを見せているようだった。

雨を見つめ、日常とすこし離れたところにいるわたしには、関係がないことだけれど。

じつはここ最近、気持ちが疲れていた。

物理的にはあまり忙しくないし、心もとっても満たされているはずなのに、なにかが心の底のほうでぼやぼやと渦巻いているような感じ。

その正体がなにかはわからない。

よくよく覗いてみようとしても、原因も理由も実体も摑めない。もしかしたら、ぼやぼや渦巻いていると思っているのは錯覚で、本当はなにもないのかもしれない。

昔は、こういう曖昧な気持ちを抱えたまま過ごすことができず、ハッキリさせようとあがくことが多かった。原因を見つけ、解決しようと努めた。でも、大人になるにつれ、「やりすごす」のが随分得意になった。

こういうときは、好きなものについて考えるのがいい。そうして日常のありとあらゆる〝必要なこと〟から一度離れてみるのがいい。

問題に対峙しない。それが、結果的に解決策となることもあるのだ。

好きなものを考え、細かく思い浮かべるだけの遊び。わたしはよく、こういうことをする。

わたしの好きなもの。

まずは雨。雨は、五年くらい前に、好きになった。

それまでは「外出を邪魔するもの」としてしか認識したことがなかったけれど、五年前、心が疲れて仕方なくなってから、やたらと「水の存在」が恋しくなるようになった。

海も好きだけれど、それよりも川や雨など、一方向に流れてもう戻ってこないもののほうがいい。切なくて、でも「正しいもの」を見ている気がしてくる。

雨の日に外へ出かけたり、雨の日に濁った電車に乗ったりするのは相変わらず好きにはなれないけれど、見つめるのは好き。

それから音を愉しむのも。

寒くない季節であれば、窓をほんのすこし開けて音を聴く。

窓がそばにあれば、雨を眺める。

こういうのは心の余裕がないとできないことだ。

わたしだって気持ちがパツパツになると、雨なんかに構っていられない。でもいつでも「雨が好き」と言える心でいたい。そう願って、「雨が好き」と言い続けている。


夜道も好き。（安全な）夜道をひとりで歩いていると、自由を感じる。

幼いころはできなかったことだからかもしれない。

人が少ないので開放感があるし、晴れていれば星を数えながら歩くことができる。


夜が来ると、どこか安心する。夜というのは、なにもかもを包んでくれる性質があるのだろう（悩みを持っているときは、包まれてどこへも発散できず、悶々《もんもん》としてしまうけれど）。感情をゆっくり味わったり、誰にも言いたくないような密かな悩みごとをしたりするには、やっぱり夜が必要だ。

夜道の途中でコンビニに寄り、好きな炭酸水を買って、プシュッと夜に響かせてから身体に流し込むのも好き。

夜道はわたしの味方だ、とよく思う。

そんな夜道を味わうには、やっぱり夏が一番いい。

夏の夜は、昼間の「過剰さ」を鎮静してくれるやさしさがある。

夏の〝部屋〟も好き。風が入る窓の多い家で、外の過剰な空気をほんのわずかに感じながら、シーツにつっぷして眠るあの昼寝の素晴らしさ。

これはあれに似ている。

学校をほぼ仮病で休んだ日の、昼寝。

きっと学校では、同級生たちが体育の授業を受けているはずだ。プールに入っているはずだ。算数をしているはずだ。そう思いながら、すこしの罪悪感と甘やかされている贅沢さ、そして孤独と倦怠感をまといながら眠るあの時間。

夏の部屋には、ああいうものが詰まっているような気がする。

寝る、といえば、夜眠るまえに考えごとをする時間も好きだ。前に住んでいた家では、電気を消してからカーテンを開け、夜の月明かりの中で天井を見つめてよく考えごとをした。

もちろん悲しいことや、つらいことを考えた日もある。泣きながら眠ったことも。

けれど同じくらい、いちにちのうちで嬉しかったことや、きゅんと心が疼いた言葉について思いをはせることもあった。

いずれにしてもあの時間は、わたしがひとりきりで〝わたしの人生〟に考えを巡らせている贅沢な時間なので、好きだ。

ひとりきり、といえば……。

ここまで連想し続けて、はっと気づいた。

これまでは、〝ひとりきり〟で好きなものはたくさんあった。

ひとりきりの買い物、ひとりきりの銭湯、ひとりきりの夜更かし。

でもそのいずれも今では「昔は好きだったもの」に分類されてしまうような気がする。

今は「ふたり」のほうがいい。好きなものを思い浮かべ、心の黒ずみを取っているうちに、気づいてしまった。

わたしという人間は、だいぶ変化しているようだ。

そこで今度は、口には出さずにとある言葉を唱えてみた。

〝しあわせ〟。

そして、また思考を遠くへ飛ばす。

〝しあわせ〟という言葉をもとに、なにか映像を思い浮かべる。自分自身をそこに登場させて。あまり難しく考えず、一番はじめに浮かんだイメージを大切にする。すると、「今本当に、自分が望んでいるもの」がわかるような気がして。これも、昔からたまにやる遊びのひとつ。

以前は、〝しあわせ〟という言葉で思い浮かぶ映像は、「ひとりきりで雨降る薄暗い昼間に、電気もつけずにリビングにいて、あたたかな紅茶と好きな本を片手に、椅子の上で小さく座っている自分」だった。

きっとあのころは、精神が根を張らず、あっちへこっちへと興味も移って忙しかったので、そういう「心が沈静化する静かな時間を楽しめている自分」こそが、〝しあわせ〟の象徴だったのだと思う。

またあるときは、「親に抱っこされて、帰路に就く自分」を思い浮かべた。

きっと、甘えたくても甘えられないという気持ちが、どこかにあったのだろう。

またあるときは、草原のなかのわたし。

きっと、なにか鬱屈した気持ちだったのだ。

そして今、思い浮かぶのは、〝ピクニック〟なのだった。

昼間、あたたかな日差しの中で、草の感触を背中に感じながら空を見つめる。雨もない。紅茶もない。

ただ、隣にはあたたかなぬくもりがある。もちろん、彼だ。手を伸ばせばいつだって触れることができる。頬を撫でることも、首筋を触ることも、指先を絡ませることも。目を見れば、いつだって笑ってもらえる。

そうわかっていながら、空を見つめ続ける。受け止めてもらえる安心感だけをしっかりと味わって。

それが今〝しあわせ〟と言われて思い浮かぶ光景だ。

そうかぁ。わたし、〝好きなもの〟も〝しあわせなとき〟も変わってきていたのかぁ。

たんたんたかたん。

たかたん、たんたん。

雨が、いっそう強くなる。

弾《はず》みがついて、どこか嬉しそうにさえ聞こえる。

ソファへ移動して、彼に手招きした。彼は「なに？」と言いながらもパソコンを閉じて、素直にそばへと来てくれる。

首に手を回し、頭を撫で、雨をよそにぬくもりだけを感じとった。

なにも説明しなかったけれど、彼は腕の中でじっとしていた。

彼は、今〝しあわせ〟と聞かれてなにを思うのだろう。

すこし聞いてみたい気もする。

淡くて不確かな恋、そして今

コンビニの前に停めた自転車の鍵を捜していると、「あ、うん」と、すこし緊張した声が聞こえた。その「あ、うん」だけで、わかる。その女の子が恋をしていることが。

見ると、学生服の男女が人ひとり分の距離を開けて歩いてくるところだった。黒いラインの入ったセーラー服の女の子は、よく日焼けをしている。きっと屋外での部活動をしているのだろう。隣の男の子は、白い半袖シャツを着て

2018.6.10

いる。しっかりとズボンの中にシャツを入れ込んで、汚れた白いスニーカーを履いている。

会話は少なく、女の子はやたらと前髪を触っている。

やっぱり、と思った。

前髪（目元）や口元を気にしすぎるときは、相手を意識しすぎて自意識が過剰になっているとき、すなわち好意があるときだ（とわたしは思う）。

痛いくらいの西日を背にして、彼らは通り過ぎていく。

手探りで大きなカバンをごそごそと探って、自転車の鍵を捜す。

わたしはその間中、横切っていくふたりを遠慮なく見つめ、後ろ姿を目に焼きつけてから、カチンと音を鳴らして鍵を開けた。

遠い昔、わたしも淡い恋をしていた。

よく恋をする子どもだった。クラスが変われば必ず好きな子は変わったし、好きになればアプローチもした。

はじめての彼氏ができたのは、小学六年生のとき。

卒業式のあと告白されて、「わたしも好きです」と答えて付き合うことになったのだ。背が低くて、明るくて、すこし口の悪い男の子だった。彼氏、と名がついても、特別なにかをするわけでもない。彼とは違う中学に行くことが決まっていたので、春休みの間にすこしだけ電話をしたくらいだった。

中学になってから一度か二度、一緒に家まで帰ったような気もする。

その後、中学生になってからも彼氏は何人かできた。バスケ部の子、サッカー部の子、バレー部の子。

でもいずれも、学校ではほぼ話さず、家に帰ってからメールのやりとりで気持ちを交わす思春期らしい付き合い方をした。一度か二度は休日に遊びに行ったような気もする。ホタル祭りとか、映画館とか、ミスタードーナツとか。

でも、基本的には一緒に下校するので精一杯。それさえも、友人に見られたら「一緒に帰ってたわけじゃないから」とすぐに離れてしまうほど脆いデートだった。

やっと人の目を気にせずにいられるデートをしたのは、高校生になってから。一目惚れをして好きになった人で、わたしが告白をした。

よくモテる、バドミントン部の男の子だった。

Mr.Children のアルバムを借りたり、『コジコジ』という漫画を貸したりした。

告白をした日のこともよく覚えている。お風呂で、当時流行っていた Aqua Timez の曲を口ずさんで、告白を決意したのだ。

歌詞がこう言うから。

「気持ちを言葉にするのは怖いよ　でも　好きな人には好きって伝えるんだ」

彼とはよくデートをした。

といっても、近くのイオンに遊びに行ったり、川沿いを自転車で二人乗りして走ったりとかわいらしいものばかり。

半年くらいしか付き合わなかったと思う。わたしたちはキスすらせずに、別れてしまった。

よく思い出すシーンがある。

桜の時期だった。

学校の近くの川を渡ったところに、桜がたっぷりと咲く場所がある。大きな道を逸れて人の家へ続く道。その一角は、ほんのすこしだけ桜のトンネルのようになっている。そこへ、ふたりでよく行った。

いつものように自転車を止め、前へ前へと歩いていく彼を見ていると、その髪に桜の花びらがついているのを見つけたのだ。

（あ、ついてる）。わたしは心でそう思って、でも、それを振り払うことも、「ついてるよ」と言うこともできなかった。

ふっと手を伸ばして、彼の髪に触れ、「花びらついてるよ」と余裕たっぷりに笑う。たったそれだけのシーンを何度も思い描いて欲したけれど、現実のわたしはぴくりとも動けず、ただただ花びらを見て、思っていた。

ここで彼に触れられたら、どんなにいいだろう。

正直なところ、とにかく、わたしは彼に触れたかった。指先で彼の髪を触るでも、彼の指先に触れるでもいい。いや、本当のことを言えば、抱きついてみたかった。

一度も嗅いだことのない彼の匂いは、どんなものだろう。何度も何度も脳内シミュレーションしたけれど、もちろん、できなかった。

桜がひらひらと散る中で、彼はすごく近くにいるのに、果てしなく遠かった。一番触れたくて、でも一番触れることのできない人だった。

先にも言った通り、結局わたしたちは半年で別れてしまった。ほとんど触れることさえなかったので、彼の存在は、わたしにとっていつでも不確かだったように思う。触れたい。その気持ちさえ上手に扱えなかった。

それから十二年。

今は、好きな人に触れたいと思うときにいつだって触れられるようになった。手に触れることも、顔を撫でることも、抱きつくことも、キスをすることも、いつだって望むままにできる。花びらどころか、口元についたパンくずだって容易に取れる。

もう戸惑うこともない。

彼の存在は、いつだって近くにあって、いつだって確かなものだ。触れられる距離にわたし専用のぬくもりがあることの喜びは、とてつもない安心感をもたらしてくれる。

こう対比すると、今のほうがいいとか昔のほうが美しいとか、そういうことを言いたがっているように見えるかもしれないけれど、そうではない。

思い出を美化するつもりもなければ、当時の彼を懐かしむような気持ちもない。ただ、なんというか、あのときのあの気持ちだけは忘れてはいけないもののように思うのだ。

好きな人に触れられなかったあのときのわたしが、時を越えて今ここにいるということ。それさえ忘れなければ、わたしは大事なものを見失わずに済むような気がする。


学生服の並んだ背中に、心のなかで声をかける。

その気持ち、忘れるなよ。前髪を触ることがなくなっても、口元を気にすることがなくなっても、この時間のことだけは、忘れるなよ。

自転車のペダルをグン、と踏むと、ぬるい風が体をスッと撫でていった。

今へと時間を戻すように、急いでペダルを漕いだ。

そろそろ、彼が帰ってくるはずだ。

わからないと思うこと

「今、思ってること当てようか？」

そう言って、言葉を続ける。彼をじっと見つめて、今一番言いそうなことを。

すると彼は言う。

「よくわかるね。さえりは、なんでもわかるんだね」

「わかります。なんでもわかるんです」

得意げな顔をして彼に言いながら、同時に心の中でこうつぶやいた。

2018.6.24

全然わからない。あなたのことが、全然わからない。だから、声に出して確かめている。

寂しい話をしたいわけではない。

たぶん、わからない、と思うことは、愛だと思うから。


大人になって、人付き合いが楽になった。友人や知人のことでヤキモキするようなことはないし、悶々と悩んでどうしようもなくなることもほとんどない。

自分は自分、他人は他人としっかり切り離せるようになったことも大きいのだろうが、一番大きいのは「人のことはわからない」と思えるようになったことだ。

勝手に想像して落ち込んだり、勝手に想像して決めつけたりすることが減った。決めつけるのは、「人のことがわかる」と思っている人がすることだ。かつてのわたしのように。

中学生のころは、多感だった。

外から見れば愉快でひょうきんな、明るい中学生に見えていたと思う。けれど、あのころのわたしはいつもどこか疲れていた。友人の記憶にはないかもしれないけれど、わたしは頻繁に保健室に行き、よく早退した。登校時間が近づくとお腹が痛くなったし、休めるとわかれば急に良くなる。典型的な学校嫌いだった。

たまに部活のない日があれば「やっと人に会わなくて済む」と家にひきこもり、当時わたしの心の支えだった犬と一緒に過ごしていた。

なにそんなに疲れていたのか？　といえば、「人」だ。

当時の日記には、人間関係の悩みがつらつらと綴られている。特定の人への悩みではない。人がなにを考えているのか、それを勝手に考えては悩んでいた。

人の気持ちには人一倍敏感だったから、誰かが落ち込んでいるとそれが気にかかってしょうがなかったし、誰かが敵意を持っている気がするとそれに対して過剰に反応した。

「どうしてあの子は、ああ考えるのだろう?」

わたしの興味は徐々にそちらへと移り、やがて〝分析〟（と呼ぶなにか）をするようになった。

「どうして〜するのだろう?」「どうして〜と言うのだろう?」。

行動には必ず理由があるはずだと信じて疑わなかったわたしは、普段からの性格や、状況、感情の揺れ動きを勝手に想像して、「きっとこうだ」と結論を出すようになった。

なぜそう考えるのか?　がわかれば（あるいはわかった気になれば）、ストレスは軽減されたし、自分を守ることもできた。

わからないことは、いつだって怖い。

だったら、わかるようになればいい。

そうしてどこか、「わたしは、人のことがわかる」と、得意げにもなっていたように思う。

そんなとき、どんな流れだったのかは忘れてしまったのだけど、母に、「わたし、なんでも分析してるから、人のことがわかるんだよね」と言ったことがある。

でも、母は、こう言ったのだった。

「人のことがわかるだなんて、傲慢《ごうまん》じゃない？」

くらくらとした。

頭をガンと殴られたような気持ちだった。

〝傲慢〟。

その言葉は、中学三年生のわたしの奥深くまで突き刺さった。その後、どう返答したのかは、まったく思い出せない。その日の日記には、「わたしは傲慢なのだろうか」と思い悩む言葉が綴られている。

人のことをわかろうとして、分析する。対処法を知りたくて、分析する。でもそれってもしかして、誰かを〝わかる〟と見くびっているのだろうか？

わたしは母の言うように、傲慢なのだろうか？

大学では心理学を学んだ。

そしてたったひとつのことを学んだ。「人のことは、わからない」ということだ。

人の数だけ考え方がある。姿形が似ているから、時に〝同じように思考をするのではないか〟と錯覚してしまうけれど、育ってきた背景が違えば考えることも違う。同じ景色を見ていても、全く違うことを考えているものなのだ。

それどころか、彼らに行動の理由を尋ねても、彼らでさえもわからないことがある。

心理学を長年研究してきた先生でさえ「人のことは、わかりません」と言いながら、それでもなお一生懸命に研究をしている。先生にもわからない不確かなものを、どうしてわたしなんかがわかるのだろう？

そうして心底「人のことはわからない」を理解できるようになって、わたしはようやく人にやさしくなれた。自分と人は違うと思えば、できないことにも理解できないことにも、多少は寛容になれた。

「自分と人は違う。人のことはわからない」

そのことに、人はいつ気づくのだろう。わたしは大学に行って、心理学を勉強するまでは「人のことは、わかろうとすればわかる」のだと思い込んでいた。

人のことは、わからない。

そう理解した上で、〝だから、わかろうとする〟。

これが一番大切なことではないか、と今では思っている。


時に距離が近づきすぎると「この人はこういう人だから、こう言うに違いない」と（もちろん良かれと思って）決めつけてしまうこともある。

決めつけたとしても口に出して確認しているうちはいい。

徐々に口に出さなくなり、「あいつのことは、俺が一番わかるから」と言わんばかりに勝手に相手のことを決めていく。それが、徐々に相手の本当の気持ちから離れてしまっていることにも気づかずに。

今でも相手を勝手に想像してしまうことがよくあるけれど、同時に「言ってみないとわからないから」「聞いてみないとわからないから」を即座に思い出すようにしている。

あのときの一言を、母は覚えているのだろうか。

「人のことがわかるなんてすごいねえ」と褒めてくれなかったことを、心から感謝している。

わからないものをわかろうとするのは、労力もかかるし、率直に言って疲れる。だから昔のわたしはわかったふりをして、楽をしていたのだ。自分の頭で勝手に考えて勝手に終わらせるほうがずっとずっと簡単だから。人のことがわかる、だなんて思い違いもいいところだ。

自惚《うぬぼ》れるな。楽をするな。しっかり向き合え。


どれだけ一緒にいても、どれだけ近くにいても、それでもなお知ろうとする。この人だったらきっとこう言うはずよとわかっていて、それでもわかろうとする。

その熱心さ、その欲求を、長く長く持ち続けていくこと。

わたしはそういうものを、愛と呼びたい。

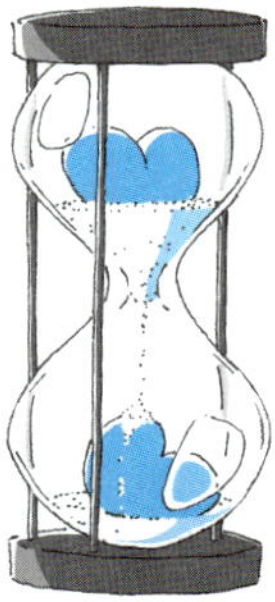

たとえ願いが叶ったとしても

しゃらしゃらと葉が擦れる音がした。

音のほうへ視線をやると、今年もあった。笹だ。街の片隅に、誰かの願いがぶら下がる季節がやってきたのだ。

赤や青や黄色の短冊がひらりひるがえって揺れている。人が何を願うのか知りたくて、短冊を一枚ずつ指でつまんだ。

2018.7.7

〝サッカー選手になりたいです〟

〝昇進できますように〟

〝好きな人と、結婚させてください〟

〝三億円ください〟


ささいな願いから、大きな願いまで。去年と大して変わらない願いが書きつけられていた。どんな人が願っているのだろう。なぜそれを願うのだろう。

「短冊、書いていきませんかー？」

不意に声をかけられて驚いてしまった。短冊ばかり見ていて全く気づかなかったけれど、どうやら何かのイベント中のようでスタッフが近くに立っていたのだ。

「あ、じゃあ」

わたしは言われるがままに小さなテーブルの前へ行き、薄青の短冊を手に取りペンを持つ。なにを書こう。わたしは、なにを願うのだろう。

七夕になると、思い出すことがある。

今ではもう疎遠になってしまった年上の友人Aさんのことだ。

当時わたしは二三歳くらいで、Aさんは三四歳くらいだった。いつも長い髪をゆったり下ろしていて、とてもシンプルな服装をしている静かな女性だった。

「うふふ」とまあるく笑う声が特徴的で、たまにカフェで会って話をした。

それは七夕も近い七月に入ってすぐの日曜日のことだった。

「彼氏、いるんですか?」

なにげなく聞くと、

「いるけど、ワケありなの」

Aさんは「うふふ」と笑い、語った。

彼は二十歳も年上の五十代。これまでに三回離婚をしていて、それぞれの奥さんとの間に子どもがいる。今は四人目の妻と暮らしながらAさんと付き合っていて、いつかは君と結婚したいと嘯《うそぶ》いている。ふたりの付き合いはすでに三年目に入っていた。

「え、それで、結婚するんですか？」

聞くと、Ａさんはそれには答えず、

「ねぇ、神様に祈りたい願いってある？」

そう聞いてきた。

唐突すぎて「へ」と声を出してしまったが、かまわず彼女は続ける。

「わたし、ないのよ。祈りたいことがないってことに、気づいたの」

「どういうことですか？」

「わたしの先輩が結婚したんだけど、旦那さんはバツイチなんだって。出会ったとき、彼はまだ結婚していて、先輩は絶対この人がいい、この人じゃなきゃ嫌だって思って神様に祈ったらしいの。今まで神に祈ったことなんてないのに、そこまでするほど好きだったんだね。そしたら本当に不思議なんだけど、すぐに奥さんの浮気が発覚してね。それで、彼は離婚することになって、離婚してから付き合うことになって、それでついに結婚だって」

「すごい。そんなこともあるんですね」

「そう。それでね、先輩が言ったんだよね。『もしこれは無理だろうと思う恋があったとしても、祈るといいよ。実るかもしれないから』って。先輩はわたしの恋愛のことは知らないから、ちょっとギクッとして。

それで、そろそろ七夕でしょ。わたしも祈ってみようかなって思ったの。でも……、短冊を前にしてはっきりわかった。わたしたちは、なにがあっても結ばれないんだって」

「どうしてですか？」

「もし彼が奥さんと別れたとしても、わたしは彼とは結婚できない。彼が離婚をしてわたしと結婚をしてくれても、きっと彼を信じることができない。いつかはわたしも別れようって言われるだろうって思ってしまう。それにこれまでの奥さんと彼の間には子どもがいて、わたしの願いが叶って奥さんと離婚してくれたとしても、彼らの間に子どもがいるという事実はなんにも変わらない」

「子どもがいたら、ダメですか？」

「器の小さい女だって思うかもしれないけど、彼のことが大好きで、大好きで大好きで、だからたくさんの子どもたちの存在を受け入れられない。過去の奥さんたちの存在を受け止めきれない。不倫の事実をなかったことにできない。だからもし彼が離婚をしても、わたしは彼と一緒になれない。もし願いを叶えてくれると織姫が言っても、わたしに願いたいことなんてないのよ」

暗いカフェで、ソファ席で、彼女は空虚な顔をしていた。

「ちょっと前までは、彼と結婚して幸せになりたいって思ってた。どこかでそれを夢みて、付き合い続けてた。でもいざ『なにを願う?』って聞かれてはじめて、自分がしていることの虚しさに気づいた。

ひとつだけ叶えてほしいことがあるとしたら、〝もっと早くに出会いたかった〟って、それだけなのよね。でも、そんなの、さすがの織姫もお手上げよね」

そう言い終わったテーブルの上で、飲み終わったアイスティの氷が、カラッと音をたてて崩れた。

結ばれない恋をしたとき、どこかでほんのわずかにふたりで幸せになる未来を思い浮かべる気持ちはよくわかる。けれど、織姫や彦星の力があっても、神様の力があっても、過去を変えることはできない。時間を巻き戻すことはできない。「もっと早くに出会いたかった」を叶えてくれることはない。

Aさんはきっと、本当に彼のことが純粋に好きだったのだ。それと同時に、自分のこともよくわかっている。

現実的で、堅実で、いわゆる〝普通の幸せ〟が欲しいという自分。

彼を受け止めきれない気持ちも、だけど好きだという気持ちも同じだけ。

話を聞きながら、わたしはほとんど泣きそうになっていた。

結ばれなくても、虚しくても、恋をしてしまう、現実的な彼女がさみしかった。

それから何年か経って、わたしも誇れない恋愛をしたり、手に入らないものを欲しいと願ったりした。むやみに夢を描いたり、無謀な理想を描いてみたりして、現実を見ないようにした。

けれど、七夕の時期になると我にかえる。

「あなたが本当に欲しいものは、なに？」

織姫や彦星に、そう問われている気がする。

「叶えてあげる。叶えてあげることで、あなたが本当に幸せになるならね」

そう言われたら、わたしはひるむだろう。

たくさんの願いが七夕には溢れるけれど、一体それらを叶えていく勇気のある人はどれくらいいるのだろう。それらを叶える覚悟ができている人は、どのくらいいるだろう。

願いを書くというのは、夢を描いているようで実際は現実を浮き彫りにするような行為じゃないかと思う。その覚悟を持てるものだけが、前へ進めるのだろう。

近くのスタッフが「なんでもいいですよー」と声をかけてきて、わたしはペンを片手に明日にでも叶いそうな、ささいな願いを書きつけた。

今年も七夕がやってくる。

もし願いが叶うなら、わたしはなにを願うだろう。

あなたはなにを願うだろう。

好きな人への告白、並んだ「Re:」

平成最後の夏もおわりを迎える。ご存じの通り、今年で平成はおわってしまう。それに伴って様々な記事の執筆依頼が来た。これもそのひとつ。「さえりさんにとっての平成を書いてください」と言う。

わたしにとっての平成……と言われても正直困る。

なにせ、わたしは平成生まれ。平成といえば、「人生そのもの」としか言いようがない。

2018.8.30

でももしなにかひとつあげるとすれば、とある恋のはじまりとおわりだろうか。


一六歳のころ、好きな男の子に告白をした。

切れ長の目で背が高い、他校のAくん。男友達の親友だった。ファミリーレストランで男友達を見つけ、話しかけに行ったときに隣にいた。

陽気でお調子ものの男友達とは違い、Aくんは出しゃばらず、横で静かに笑っていた。そのクールな雰囲気に、いや、そもそも見た目そのものに、わたしは人生ではじめての一目惚れをしたのだった。

あんなにわかりやすい一目惚れをしたのは、後にも先にもこのときだけだ。男友達の横を離れるころには、すっかり恋をしていたし、一緒にいた友達にも話していた。

「あの人、やばい」

今思えば一目惚れなんて、あのころにしかできない行為かもしれない。恋に対して不安がない状態じゃないと、そんな無謀なことはできない。

なにもわからなかったのだ。だから簡単に、無邪気に恋をした。


男友達から連絡先を聞き出し、メールを交わした。後から知ったことだが、Aくんはモテる男の子だった。中学生のころには、ファンクラブさえあったという。きっとわたしの知らない高校生活のなかで、彼に想いを寄せている人もいるだろう。他校で接点の少ないわたしに、どうやって興味をもってもらえばいい？

夜はメールを終わらせてしまわないように、寝たふりをした。

次の日に「ごめん、寝ちゃった」と言ってメールを送れば、メールが途絶えることはない。彼が一度送ってきた変なキャラクターの写真を思い出して、その後、街で見かけるたびに写真を撮って送った。

ベタな方法は一通り試した。

彼が好きというMr.ChildrenのCDも借りたし、HYのMDも借りた。

ほとんど聴いたことのなかったMr.Childrenのアルバムの一曲目は、今でも覚えている。じゃかじゃーんという音からはじまる、『名もなき詩』という曲だ。壊れかけたCDコンポの横にバカみたいに突っ立って聴いた。

「ちょっとぐらいの汚れ物ならば　残さずに全部食べてやる Oh darlin」

歌いだしは、そう言う。変わった曲だな、と思った。好きになれるかどうかはわからなかったけれど、当然こう送った。「いいね。結構好き」。

告白のきっかけになったのは、Aqua Timezの『千の夜をこえて』という曲だった。

当時、音楽番組をつければ必ずと言っていいほどAqua Timezが出演していて、Aqua TimezかORANGE RANGEの曲が必ずカラオケで歌われる定番だった。放課後に行くカラオケのために、実家の淡いピンクの湯船に肩まで浸かってお湯を震わせながら、口ずさんでいた。

「怖くたって　傷ついたって　好きな人には好きって伝えるんだ　気持ちを言葉にするのは怖いよ　でも好きな人には好きって伝えるんだ」

　このフレーズにたどり着いたとき、自分のための歌ではないか、と思った。そうだ。今日、言おう。ざばっと立ち上がると、お風呂のお湯が身体をかけぬけていった。言おう、言おう、言おう。伝えよう、伝えよう、伝えよう。半ば興奮状態で髪の毛を乾かした。まだ染めたことのなかった黒髪は、感情の高ぶりと同じように躍り狂っていたことだろう。

　手段は、メール。なぜか、文面まで思い出せる。

「ねえ、わたしがAくんのこと好きって知ってた？」

　すこしだけスクロールをしたその下に、書き付けた。

結局その日は「ちょっと考えさせて。明日メールするね」と返されてしまったけれど、次の日、放課後にメールが来た。

「これからよろしくね」

そう書いてあった。


夕暮れの教室で、友達ふたりと話していたわたしは「ああああああ」と奇声をあげながら走りだした。

まっすぐに続く廊下。誰もいない教室の横。

短いスカートの裾を跳ね上げながら駆けて行ったのは、感情を受け止めきれなかったから。落書きだらけのスリッパから、かかとをつぶしたローファーに履き替え、学校の門まで走った。

そうして「なに!?」と言いながら、追いついた友人に報告をした。

「これからよろしくね、だって」

文面の後ろについていた、太陽のマークも覚えている。こうしてわたしたちは、晴れて〝付き合う〟ことになったのだった。

彼から来るメールの着メロは、aikoだった。『Power of Love』という曲。彼と会う直前は何度でも緊張したし、デートに行く前には親友にコーディネートの写真を送った。

不慣れなくせに、髪を巻いてみたりもした。彼が、「さえりの髪、黒を通りこして青く見えるね」などと言った、あの寂れた商店街のことも思い出せる。彼を見上げると、向こう側から太陽が射していてまぶしかった。大好きだった。「もう決めたもん　俺とおまえ50になっても同じベッドで寝るの」だと思っていた。はず、なのに。

五〇歳どころかわたしたちは一度も同じベッドで寝ることもなく、それどころかキスをすることもなく、半年であっさりとおわった。

好きじゃなくなるのは、早かった。

無邪気に恋をして、無邪気におわりを迎えた。

あれを「若かった」と言わずして、なんと言おう。


大学生になって住む場所さえ離れ離れになってしまったけれど、彼とは今でも友達だ。つらいときはいつだって連絡をしたたし、彼の話もたくさん聞いた。恋人としては序章だけでおわってしまったような関係だったけれど、友人としては今でもうまくいっている。

大学のころまでは、まだ彼もわたしのことを異性として好きでいてくれて時に意味深な空気が流れたこともあったが、大人になるにつれ徐々に彼女の話もするようになり、わたしも彼氏の話をするようになった。

もうAqua Timezは聞かないし、着メロはなくなってしまった。LINEを交わしても「Re:」はつかないし、もらったプリクラをフルフルシャーペンの中にいれることも、彼の高校のバッジを通学カバンにつけることもない。

そんな彼が、つい先日こう言った。

「俺、そろそろ結婚するかも」

東京のスタバでおしゃれなジャズを聴きながら、わたしはスマホを片手にそのメールを受け取った。目の前にはパソコンと、山積みの原稿。

もう叫ぶこともないし、走りだすこともない。静かに、あたたかなラテをすする。足元は買ったばかりのヒールだった。


そのとき、わたしの平成がおわった。

変化の入り口

なにかが、ゆっくりと形を変えはじめている。なにが、どんなふうに変わっているのか、その姿を見ることはできない。もしかしたら素晴らしい姿になるのかもしれないし、醜い姿になるのかもしれない。

いや、でもそもそも今、それはどんな形なのか？

よく考えればそれすら、わたしはつかめていない。

けれど、なにかが変わる——その気配だけは、あたり一面に漂っている。

2018.10.28

日を追うごとに気配は濃くなり、今や無視できないほどだ。変化はもう止められそうにない。もう、受け入れるしかない。

（どうなっちゃうんだろう）

脳内で、そうつぶやいた。

（ねえ、わたしたち、どうなっちゃうんだろう？）

主語を明確にしてそう問いかけた途端、シーツがこすれる音がして、隣の彼が寝返りを打った。わたしに背を向けて、再び寝息をたてる彼。それが不吉な展開への伏線になるような気がして、目を背けた。

暗闇で輪郭が曖昧になった天井は、どこまでも続くトンネルみたいだった。これほど不安定な気持ちになるのは久しぶりだ。これは、変化の入り口に立ったときに、何度も味わってきた感覚だった。


以前、こんなことを書いたことがある。

「なにかを変えるには幾らかの勇気が必要で、そのとき必ず伴うあの独特の

『不安』や『孤独』は、人をひどく憂鬱《ゆううつ》にさせる。自分で決めたことなのに直前になって『なんでこんなことを』『間違えたかな』と思う。でもきっと、変化の入り口はそういう造りになってるのだとも思う。安心して進め。話はそこからだ」


〝変化の入り口〟に立ったとき、よく思い出す言葉がある。

「変化の入り口は、小説をめくる瞬間に似ている」

誰の言葉でもない。大学のころ、小説を読みながら不意に思ったことだ。

物語はもうすでに用意されていて、続きがあるのもわかっている。もう戻ることもできないし、次に進むしかない。

けれどそのページをめくったときの、物語の一瞬の息継ぎ、一瞬の空白。どこにも属さない瞬間と、わずかなためらい。

変化の入り口は、どうもあの瞬間に似ている。

たぶん今わたしはまさにそこに立っていて、物語の継ぎ目、つまり足場のない場所にいる。変化はこのあと必ず起こるし、けれど見えない展開に対して不安定な気持ちになるのも仕方がなく……と、そこまでつらつらと考えたところで、先よりももっと大きな音をたてて彼が寝返りを打って、こちらを向いた。

んんん。

小さな声を出して、顔をしかめる。

そうして眠ったまま腕を伸ばして、わたしを探しだした。

抱き寄せた力は、起きているのかと疑うほどに強い。

「人生は考え抜くものじゃなく生きるものなのよ」。

突如、語りかけられた気がした。彼にではなく、治子に。

これは江國香織さんの小説、『思いわずらうことなく愉しく生きよ』に出てくる治子のセリフだ。そしてもうひとつ。

「可笑しいことに、なまものは後ろへ進めない」

こっちは、中島みゆきさんの『サメの歌』のワンフレーズ。

人生のなかで拾い集めた言葉たちが、こういうときは役に立つ。

変化の入り口はいつも、ほのかに影を落とすものなのだ。人生は考えていてもなにも変わらない。生きなければ。進めなければ。


眠っている彼の手をとり、しっかり結んで、彼の寝息に合わせて呼吸をする。寂しい日も、悲しい日も、眠れない夜はいつもそうする。一緒のリズムで、同じだけ息を吸って。

すると、気づけば朝が来ている。これは一緒に暮らしはじめてから得た、ひとつのテクニックだ。考えるよりも言葉にしてもらうよりもずっと、「一緒にいる」という感覚が得られる。

翌朝、花瓶の水を替えた。

花瓶の主は、サルビア。花束のなかに入っていた二本のサルビアが、予想外に根を出したのだ。

他の華麗な花たちが次々色あせ、枯れていくなかで、サルビアは驚く早さで根を伸ばした。今では、小さな花瓶のなかにぎっしり根っこが生え、絡まりそうな勢いだ。小さなピンクの花には似合わないほどの、生命力。

この根を、毎朝眺めて、毎朝感動してしまう。

わからないことだらけだ。

あのたくさんの花のなかで、サルビアだけが根を出した。そうして、生きる、生きる、生きると叫ぶようにして、根は伸びていく。

君だけ違う形で、前へ進んでしまったね、と思う。

サルビアのために、土を買おう。

大きな鉢を買って、もっと大きくなってもらおう。

「どうなっちゃうんだろう」

今度ははっきりと声に出してみた。

すると意外にも、その響きは期待を含んで弾んでいた。

花も小説も、予想外があるから面白い。もちろん、人生も。

その朝、空はここ最近で一番晴れやかな青だった。

恋とか愛とか、その違いとか

「長く付き合う秘訣は、相手を変えようと思わないこと」

タイムラインには、今日もいいことが書かれていた。

余裕があるときは、わたしだってそう思える。心の距離が離れていれば「みんな違って、みんないい」と微笑んでもいられる。

けれど真剣に向き合えば向き合うほど、理解できない出来事は増える。絶望的な気持ちに満ちているとき。ささいなことが気になって、苦しくなってしま

2018.12.4

ったとき。「どうしてこうなんだろう」と思わずにはいられない。「変わってよ！」というほど子どもではないが、「変わらない」ということを覚悟できるほど大人でもない。

そして、それ以上に厄介なのが、「かといって嫌いにもならない」ということだ。本当に離れたいくらい嫌なことが起これば、まだ楽なものだ。一緒にいるつもりの人に文句を言い続けたところで、明るい道は待っていない。もう受け入れるしか、道はない。


深夜零時を回ったころ、冷たくなった夜の中で自転車を引き出した。最寄り駅の自転車置き場は、日が高いうちはいつも満車だ。それも、前に大きなカゴ、後ろには子ども用の大きな椅子を携えている、根を張った木のようにどっしりとしたものばかり。

けれど仕事を終えて帰ってくると、それらはすっかりなくなって、カゴすら付いていないスタイリッシュな自転車だけが残る。

わたしは、漕ぐのに非常に力がいる小さな水色の自転車にまたがった。風で煽られるスカートを押さえながら漕ぎ出すと、冷気が火照《ほて》った頭をゆっくりと冷やしてくれる。夜のなかで〝苛立ち〟が熱を失い、やがて〝落ち込み〟へと変化していく。

「うまくいかない」

ぶつぶつとつぶやいた。

「なんか、嫌だ」

子どものように、口も尖らせた。

ささくれだった心は様々なことに引っかかり、調子がいいときには気にならないようなささいなことにも痛みを感じる。こんなふうになにもかもうまくいかないとき、感情の矛先が向かうのは、たいてい身近な人。

つまり、(とても気の毒なのだが)一緒に暮らす彼だ。

わたしたちは付き合って一年を超えたが、変わらず仲がいい(と思う)。休みの日はたいてい一緒にいるし、仕事の日もできる限り一緒に食事をとる。一日に何度も笑い、助け合い、お菓子などのささやかなプレゼントも日常的に贈りあう。

それでも当然、時にはぶつかる。彼のおかげで深刻な事態にはなかなかならないが、わたしひとりが絶望的な気持ちで過ごしているときもある。

まさに、今のように。

わたしは寝る前に腹立たしい気持ちを抱えていると、それが翌朝には二倍に膨らんでいる。そのまま放置し続ければ、「ふえるわかめ」が如く、ぶくぶくぶよぶよとむやみやたらに膨らむ。寝れば忘れる、という人が羨ましい。怒りの気持ちを放置して、時間をかけて冷静さを取り戻せば、今度は「問題点」が明らかになっていく。これもまた良くない。恋人間のささいな出来事が、時に「別れ」などを導くのは、こうやっていちいち「問題点」を明らかにし、二人の関係性や性格にまで考察が及ぶからだ。

問題はいちいち分解せず、勢いでうやむやにして芽を摘んでいくことも大事なんだろう。そうわかっていてもうやむやにしきれず結局問題に向き合ってしまい、それに付き合わされる彼にも本当に同情する。

今抱えている気持ちも、いずれ言葉となって外に出てくるのだろう。そのことにまた、嫌気がさす。ああ本当に、(わたしの立場から見ても、彼の立場から見ても)他人と暮らすのは、大変なことだ。

「他人だもんね」

そう声に出してみる。

「わたしと彼は、違う人間だから尊重しないと」

でもそれはすなわち、「望むのをやめなさい」ということだ。

こういう過程に耐えられなければ恋は枯れる。が、こういう過程に耐えて愛に変われば、夢見る気持ちは失われる。まったく、恋と愛は、混在しているくらいがちょうどいいのではないかという気持ちになる。

こんなとき「遅いから」と彼が迎えに来てくれたら、勝手に絶望を膨張させずに済んだのに。

ひとりで再びそれを願い、望みすぎだ、と打ち消した。

電柱の明かりが増え、耳元で鳴る風の音も大きくなる。

思考が散らかる。あちらへ、こちらへ。

どこかで車のクラクションが叫び、酔っ払いが不規則なテンポで歩いている。

高めの段差を下りる瞬間に、脳みそがガンと揺れる。昨日の不満を思い出す、半年前のデートを思い出す、終わらない原稿が頭をかすめる。

恋ってなんですか。

愛ってなんですか。

望んではダメですか。

相手を受け入れるってどういうことですか。

夜が足元まで迫ってきて、今にものみ込まれる……というところでキィッと耳障りな音をたてながら自転車を止めた。

赤信号だった。

「なあ、そもそも、恋とか愛とか考えて、どうするんだよ」

混沌の奥から、またひとつ思考が浮かび、パチンとはじけた。

世界はあなたのために在るのではなく、誰かもまたわたしのために在るのではない。そして同じように、わたしも誰かのために在るわけではない。

誰も教えてくれなかった当たり前のことは、誰かのそばにいてはじめてわかるようになった。

けれど誰かのそばにいてはじめて、ひとりではない幸せも知った。

振り子は、あっちへ行ったらこっちへ戻ってくる。

それと同じようにわたしも揺れることでバランスをとって、暮らしていくのだろう。
考えはまとまらないままだが、変わらず風は冷たい。
再び漕ぎだすと、スカートを押さえるのももどかしく立ち上がった。
冷たい風をさっきよりも強く振り切る。
どれだけ考えようと結局、帰りたい場所は、彼の待つあの家だ。

満員電車と彼

『帰るよ。電車乗った』

彼からメッセージが届き、慌てて帰り支度をする。書きかけの原稿を表示したままのパソコンをパタンと閉じると、すぐに日常に戻ってこられる。

カフェから地下鉄のホームへと向かい、彼が乗ってくる電車と同じ電車に乗れるといいなと願いながら、乗車を待つ人の列に並ぶ。

彼はきっと、最寄駅の出口に一番近い車両に乗っているだろう。

2019.7.7

たぶん、ここ。

場所を決めると、口紅を簡単に引き直した。毎朝、寝起きの姿を見せているから、外で会うときはすこしでも綺麗に見えるといいなというささやかな乙女心と意地。

電車はホームへと滑り込んできて、突風がスカートを煽る。やがてゆるやかに止まるころ、ぎゅうぎゅうに押し込まれた人のなかに彼の姿を見つけた。

背の高い彼は人混みのなかでもぽこんと突き抜けていて、こちらを見て、「あ」と声に出していそうな顔をした。目をきゅっと開いて、すこしだけ嬉しそうにゆるむ頬。こちらからは何も言わなかったので、同じ電車に乗るつもりだということには気づかなかったらしい。

電車が一息ついて腰を下ろすように沈み、黒っぽい服装のサラリーマンが、ぞろぞろ降りてくる。知らない顔。知らない顔。知らない顔。そうしてトンと降りる、知った顔。

「一緒の電車に乗れてよかった」

一言だけ交わして、今度は一緒に乗り込んだ。


座席の前にわたしは立ち、その後ろに彼は立つ。彼とわたしの間には大きなリュックがひとつ。彼の腕がわたしの顔の横を通って、つり革をつかんだ。

電車は地下を走りだし、窓に電車内がぼやりと浮かぶ。携帯を触って、おそらく漫画を読んでいる彼をじっと眺めた。今日の彼はなにをしてきたのだろう。どんな人と出会い、どんな言葉を交わしたのだろう。当たり前だけれど、同じ家に暮らす人でも、いちにちの大半は知らないことだらけだ。


昔は「ふたりでひとつ」のように感じられる相手と恋愛したいと思っていた。重いと思われてしまうかもしれないけれど、世の中にはぴったりとくっついて、まるでもともとひとりの人間だったのかと思うほどの相手がいるのではないかと、夢見たことがあった。いくらかの恋愛を経て、時にはそういう錯覚に陥るような相手もいた。

でも、今はちがう。

今、彼を前にすると「ふたりは、ふたり」という感情を抱く。

別々の人間が、なぜか寄り添っている。そういう印象を、彼には抱く。

さみしくはない。ふたりでひとつになれたらいいと願っていたときよりもずっと、存在を確かに感じ取れる気がする。それに、ふたりでひとつになろうとしていたときよりもずっと、安心できる。

このちがいはまだ、うまく言葉にできないのだけれど。

窓に映る彼を見るが、ちっとも目が合わない。

退屈して、彼の腕の匂いを嗅いでみた。陽に焼けていて、筋肉がうっすら浮かんだ傷のない綺麗な腕。すんすんと吸い込むが、なんの匂いもしない。手首から肘のほうに向かって、すん、すん。

不意に奥から視線を感じる。見上げるとぎゅうぎゅうに詰まった人の中で見知らぬおねえさんがぎょっとした顔をして、こちらを見ている。

無理もない。わたしと彼は、電車に乗ってから一言も言葉を交わしていないから、きっと知らない人同士だと思われていたのだろう。知らない女が知らない男の腕を嗅いでいる。たしかにぎょっとする。

でもね、わたしたち、夫婦なんです。

数ヶ月前に籍を入れて、家族になったんです。

心の中で声をかける。


一月に結婚をした。「結婚」という形にこだわっていたつもりはないが、家族になりたくて結婚を選んだ。数ヶ月か数年後にはなくなってしまうプレハブの役所に、婚姻届を一枚出したらあっというまに苗字が変わり、二八年間呼ばれてきた苗字は一瞬で姿を消した。

家に帰る車の中では、『蝶々結び』という歌が何度も流れていた（彼が意図的にセレクトしたのかと思っていたけれど、彼はそのことを覚えていないらしい）。

「羽根は大きく　結び目は固くなるようにきつく　結んでいてほしいの」

歌は切ない声で歌っていた。

いい歌なのに、感動的な歌なのに、妙に胸がざわついて、戻りたいわけではないくせに、もう戻れないのかと思ったりもした。二八年生きてきて、たった一年半しか過ごしていない人と、この先ずっと一緒にいるという約束をした。

結婚という制度は、名前という仕組みは、結構いい加減で、言い方を変えれば結構寛容だなんて、思ったっけ。

なんの匂いもしない腕に飽きて、今度はすこしかじってみる。

いちにち外を歩いたあとの、味がした。

「痛い。やめてよ」

笑いながら言う、夫。

「へんなあじ」

外で腕にかじりつく妻のほうが野生的でへんかしら。

心でつけたして自分で笑った。

電車が、流れていく。

ひとりで暮らしていた駅を通り過ぎる。当時は女性限定のシェアハウスで暮らしていた。あの部屋で、今は誰が暮らしているのだろう。どんな暮らしを紡いでいるのだろう。

人がずらずらと降りていき、また知らない人が乗ってくる。彼が「すごい人の数だね」と話しかけてきたので、答えながら奥を見ると、おねえさんはいなくなっていた。

そばにあるもの。
きえていくもの。
のこるもの。
のこらないもの。

そのことをいまだ不思議だと思う。
最寄り駅に着くと、夫はわたしの手をとった。
たくさんの人がいても、わたしの手をとるのはこの人だけ。
そのこともまた、とても単純に、不思議だと思う。

第二章

忘れたくないものたち

お気に入りの靴を捨てた

引越しが決まった。それに伴って、着なくなった物や使っていない物をたくさん捨てたら、大きなゴミ袋が十個以上もパンパンに膨らんでびっくりした。小さな部屋なのに、どこにこんなにあったのか？　どうしてこんなものが？と頭をはてなでいっぱいにしながら、どんどん捨てた。

捨てたものの中に、お気に入りの靴がある。

2018.4.14

大学生のころにマルイで買って、気に入っていた靴。色はグレーで秋冬にぴったりなスエード素材、すこし高めの九センチヒール。中敷はピンクで、足の甲の部分に小ぶりなリボンが三つ並んでついている。すごくかわいらしいのに、色味のおかげでラブリーすぎず、なんにでも合わせられた。パチ、とストラップを止めると二十二・五センチの足にぴったりフィットして、ヒールは高いのにぐんぐん歩けた。

当時わたしは、かわいらしい洋服を好んでいた。似合わないと決めつけていたふわふわ系の服も、東京という場所に甘えてたくさん着た。レースのワンピース、腰に大きなリボンのついたスカート。袖がふわりと丸いパフスリーブのシャツや、毛足の長いもこもこの帽子。上京するまでは見たこともなかったような服や靴を身にまとい、いつだって足元にあの靴を合わせれば、完璧だった。

思い出せるのは、町田の駅前ロータリー。飲み会の帰りによくあそこでおしゃべりをした。学生がたくさんいて、帰るかどうかでぐだぐだ悩んで。帰りたいのになかなか帰れず、人の話に一応笑ってみせながらも、靴ばかりを眺めていた時間を思い出す。


その靴が、似合わなくなったのはいつからだろう。

履いてみるが、なんとなく足元だけが浮いている気がして、すぐに脱いで靴箱の奥にしまった。その回数も徐々に減っていき、靴箱から出すことさえしなくなった。歩きやすくて、傷んでいなくて、変えたばかりのヒールの底はゴムがしっかりきいていたのに。


でも、今回の引越しで、やっと、やっと捨てられた。

よく考えれば四年も履いていなかった。

捨てる前にもう一度だけ足を通してみた。薄暗い玄関で、リビングにいる恋人に気づかれないようにこっそり履いて、ストラップを回す。それをパチと止める前に、脱いだ。やっぱりびっくりするくらい、似合わなかった。

洋服が似合わなくなる、という現象は本当に悲しい。着られなくなったわけでもないし、嫌いになったわけでもないのに、鏡の前に立つとなぜかはっきりとわかる。

どれだけ抗っても、認めなくても、自分はどんどん変わってしまう。歳をとるという意味だけじゃない。やること、一緒にいる人、考え方。その時々で自分はぐんぐん変わり、同時に「自分が魅力的に見えるもの」も変化していく。それを受け入れず変わることをやめてしまえば、美しさはどんどんしおれてしまう。

だから、気に入っていても似合わなくなったら、魅力的に見えなくなったら、もう着ない。わたしはそう決めている。

似合わなくなって、手放すしかなくなり、次に進むしかなくなるというのは、ちょっと話は大きくなるけれど人生のいろんなことに似ていると思う。

恋人に対してもこういう感覚はある。成長の速度が違うと、好きな部分は前と変わっていないのに、徐々にどこかしっくりこなくなる。そしてまだ好きなのに、まだ好きなのに、と思いながらも喧嘩が増えて、別れを予感しながらゆっくりと終わりへと向かっていく。

でも、離れてしばらく経てばすぐわかる。ああ、あの人とわたしはもう、似合っていない（ぴったりこない）ようになっていたのだな、と。

好きだった服も、好きだった場所も、好きだった人も。好きだった部分は思い出せるのに、もう好きにはなれない。

変わってしまったのは、わたしのほうなのだろう。

似合わないのは、自分が成長しているという証し。そう思おうとするけれど、あの感覚は今でも悲しい。

昔のほうがこういう成長を受け止められなかった。進んでいるのは自分なのに、なのに別れが切なくて、心がねじきれてしまいそうだった。

でも何度も繰り返して、人には必要なものが必要なときにやってくるのだと思えるようになった。

……いや、ちょっと大人ぶってしまった。本当は、まだ、次のステップに目を向けることで手放し、寂しさには目をつぶっているのかもしれない。

別れは何度経験しても、慣れない。

たかだか、一足の靴との別れであっても。


あと数ヶ月もすれば、捨てた靴のことをすっかり忘れてしまうだろう。

そのことがまだちょっとだけ、寂しい。

靴を捨てながら、そろそろ年齢に依《よ》らない、長く愛せるものを買おうと思った。

長く愛せるもの。できるだけ別れを経験せずに済むようなもの。恋人も然《しか》り。きっと、そういうときが来たのだ。

ひきこもりだったころ

「All that jazz」

キャサリン・ゼタ＝ジョーンズ演じるヴェルマ・ケリーが、格好良く歌い上げる。ミュージカル映画『CHICAGO』の一節だ。わたしは一緒に歌いながら、目の前に積まれた二五〇冊の本にサインをする。

二〇一八年五月に新刊が出た。それに伴って書店さんから注文があり、サイ

2018.5.26

ン本を二五〇冊用意することになった。家に届いた本は、ダンボール四個半にも及び、目の前に積んだ書籍は山のようになった。

外は、雨だった。

時折、雷さえも鳴らしながら、雨はどんどん強さを増していく。目の前の大きな窓には、雨の日特有のまぶしくて白い空が、どこまでも続いている。

一緒に住んでいる彼は出かけてしまった。彼は、傘を持って行っただろうか。どんな服を着ていただろうか。寒くないだろうか。

そこまで考えて、まるで母親のようだと思い、考えるのをやめる。

『CHICAGO』のサウンドトラックが次々曲を流してくる。このミュージカルの曲にはハズレがない（とわたしは思う）。流れるようにサインをしながら、一緒に歌う。一言一句間違えずに。それどころか、時折映画の中の女優と同じような振り付けをしながら。

こんなにしっかりと覚えているのには訳がある。

この歌たちは、わたしがひきこもりをしていたときに毎晩聴いていたものなのだ。

本当に、毎晩、毎晩。


五年前は、ひきこもりだった。

昼はずっと天井を見つめ、夜になると泣き叫んだ。元旦にもかかわらず母が運んできた食事を、部屋でひとりでひっそりと食べたこともある。

夕方になるまでカーテンを開けず、無理に開けられるとドラキュラのように嫌がった。


頑張りすぎたのだと思う。

就職活動の波に乗れず、自分の居場所を見つけられず。

やりたいことだけは山ほどあるのに、しかしそれを実現するほどの実力も知識もなかった。理想だけが膨らんで、期待ばかりしたけれど、実際にはなにひとつ進まなかった。

そうして周りがどんどんわたしをおいて進んでしまうことに焦って、人と衝突した。それでも頑張って頑張って「まだやれる」「大丈夫」と言い続けたら、頑張るどころかまったく動けなくなってしまった。

実家に連れて帰られてからは、どこへも行かなかった。

ただ、泣いたり、怒ったり、無気力になったりを繰り返していた。

そうして二十三時になると、机の前に座り、小さなテレビで『CHICAGO』を流す生活を送った。

どんな経緯で『CHICAGO』にたどり着いたのかは忘れてしまった。けれど、一度見て一気に引き込まれたことは覚えている。

過激なストーリー、過剰な色味、力強いのに軽やかな楽曲、あっけらかんとした強い女の人たち。

彼女たちは、夢をつかむためならなんだってする。

なにもかもを差し置いて自己中心的な思考で前に進んでいける強さが羨ましくて、朝までずぅっとエンドレスで流した。

息継ぎやまばたきのタイミングまで覚えてしまうほどに『CHICAGO』を流し続けながら、わたしは、ひたすらに絵を描いていた。

すこし不気味な話だけれど、感受性がマックスに高ぶっていた当時は、自分の描く絵と話をすることができた。

絵の中の女の子が、わたしに語りかけてくるのだ。

「こんな服が着たい」

「この服を着てどこどこへ行くつもりだから」

画力のないわたしは、「できるだけやってみる」と答えて、外が明るくなるまで描いた。描いて、描いて、ひたすら描いた。

夢中だった。きっと心の中に溜まっている言葉にならない思いたちが、なにかの形で外へ外へと出たがっていたのだと思う。

やがて朝が来ると、リビングへ行き、唐突にケーキを焼いた。だいたいはバナナ・パウンドケーキを。焼き終わると一口も食べずに食卓の上に置き、今度はそのまま散歩をして帰ってくる。

母親が「どこ行ってたの?」と聞く。「ぼんやりしたまま外に出ると危ないよ」。それに対してわたしは怒る。そうして部屋へこもってまた眠る。

あのころ、どんなふうに生きたらいいのかわからなかった。

なにをやってもうまくいかず、自分自身が嫌でたまらなかった。

頑張れない自分も、怒鳴ってしまう自分も嫌いだった。

何度か無理やり立ち上がろうとして、無理に東京に戻ってみたり、無理になにかをはじめようとしてみたりしたが、うまくいかなかった。

「もう大丈夫だから」と言ったくせに、一ヶ月ちょっとでまた実家へ帰ってしまう。そんな自分がどんどん嫌いになって、「もう覚悟なんてしない」と思うようになった。

ひきこもりの最後に東京へ戻ると決めたときも、両親には「また戻ってくるかもしれないからね」と言いながら新幹線に乗り込んだ。

母は「また元気がなくなってもいいよ」と言ってくれ、わたしも「だめになったら、また休もう」と言い続けた。


そうして、いつのまにかもう五年近く経つ。たまに実家に帰っても、あのころ描いた絵たちはもう話しかけてこない。

あのころの病名は、よくわからないままだ。

当時はこの状況を許してもらうための免罪符のように病名を求めていたけれど、うつ病だとか、いやいや躁鬱病だとか、そうではなくて適応障害だとか言われても、あんまりピンとこなかった。今となっては、病名なんてどうでもいい。

つらかった、それだけが真実なのだし。


ところで「All that jazz」は、作中では「なんでもアリ」と訳される。

人殺しをした直後のヴェルマが歌うそのフレーズは、とても正気とは思えないが、あのときのわたしはその一言でなんだか救われた気がしたのだ。どんなことがあったって、「なんでもアリ」なのだから、自分を責めることも悲しみすぎる必要もないんじゃないか、などと拡大解釈をして。

サウンドトラックが二周目に入り、ほとんど無意識に「All that jazz」と一緒に小さく歌ったころ、サインはほとんど書き終わっていた。

自分で書いた本たち。書店さんに頼まれたサインたち。そして、ひきこもりのころに好きになった、雨の音。

誰にも会いたくない、誰とも話したくないと部屋にこもっていたわたしは、時間を越えて、好きな人と暮らす家にいる。憧れていた仕事をしている。誰かのために、サインまでしている。

一度ダメになったからといって人生はそこで終わるわけではないし、かといって一度うまくいったからといってそのまま人生が進むわけではない。でも別にどうなったって大丈夫。悲観しすぎたり、怖がったりしなくていい。

なんといっても、人生は「All that jazz」なのだから。

そのくらいの気持ちでいたいものだ。

これから先も、ずっと。

気持ちの棚卸し

地元・山口県に「別府弁天池」という池がある。

おそろしいほど美しいエメラルドブルーの池で、底が見えるくらい透明。年間通して常に十四度である池の水は、毎分十一トンも湧いているらしい。こぢんまりとした神社のそばということもあり、パワースポットとしても有名だ。

実家へ帰ると、よくそこへ連れて行ってもらう。何度見ても、何度訪れてもあんまりにも綺麗でため息が出る。

2018.7.22

一度、そばまで降りて行って、両手で水を掬いあげたことがある。当然、ぽた、ぽたぽたと指の間からこぼれ落ちていった。こんこんと湧き出て、なくなることはない池の水。あの美しい水。

わたしの手の中には、たったひとときしか留まってくれない。

最近、なにかを忘れていく感覚がある。なにを？　と聞かれても、わからない。なにを忘れたのかさえ、わからない。

ただ、それでもなにかを忘れゆく気配だけが確かにある。

生きていれば当然忘れてしまうようなもの。

たとえば桃をむくときの甘い匂いとか、彼と大笑いした時間とか、愛おしさを感じた朝のこととか、姉が絶妙なタイミングで笑ってくれた嬉しさとか。

そういう、ささいなもの。

これまでだって忘れてきた。けれどなぜか、今は焦りがある。

忘れたくない、忘れたくないと、記憶の端をつかむけれど、ぽたぽたと手から抜けていってしまう。

それで慌てて、日記をはじめることにした。

じつは中学生ごろからずっとゆるく日記を書く習慣は続いているのだけれど、ここ最近サボっていた。久しぶりに書きはじめたそれらには、これまでよりも〝出来事〟を書き記すようにしている。とはいっても、忙しい毎日で日記を書き続けるのは難しいので、雑なメモが多い。

たとえばこんなふう。

「お姉ちゃんとごはん。ガスパチョ」

他の人から見ればただのメモだろう。けれど、わたしはこの〝ガスパチョ〟という文字を見るだけで、あらゆることを思い出せる。

ガスパチョのあの冷たい酸味、賑やかなお店、カウンターの高い椅子、姉がカーディガンを汚したこと、丁寧な店員さんが学校の先生みたいな見た目をしていたこと、ぐらぐらと熱した砂肝のアヒージョ、かたいバゲット、目の前のサングリア。話したことは、結婚のこと家族のこと映画のこと仕事のこと。

写真を一枚撮っておくだけでその前後の出来事を思い出せるのと同様、ただのメモでも記憶のとっかかりとなる。どんな気持ちで、どんな景色を見ていたかが思い出せる。

すこしでいいからと、一生懸命になにかを書き残している。パソコンに向かって、あるいは夜中、暗い部屋で携帯に向かって。

携帯の明るすぎる光を浴びながら、一日の中でもっとも忘れたくないことを打ち込んで、やっと安心して眠りにつく。

書くのは昔から好きだった。いや、書かなければ自分が考えていることさえ、不確かで不安だったとも言える。

時に考えたことを書き、時に感情を書き残し、時に出来事を書き残した。そうすることでわたしが体験したことや考えたことはようやく形になり、自分でもやっと確認することができると感じていた。

こんな話、全然ピンとこない人もいるかもしれない。

自分が感じたことがどんなものかなんて、確認せずとも理解できるでしょう。だって「自分」が感じたことでしょ？　そんなの自分が一番わかってるに決まってるじゃない、と。

でもわたしには、どうしても「自分」のことがわからなかった。「自分」が一番不確かな気がした。考えていることはうまく言葉にできないし、思っていたよりもずっと落ち込んでしまうときだってあった。

それに、わたしだけがひそやかに体験したことは誰にも確かめることができない。どうして「本当に〝在る〟」と言えるのだろう。言葉にも、絵にも、写真にもしていないのに、なぜそれを確認できるのだろう。

だから、書くと心底安心する。「こんなことを考えていたんだ」「こんなふうに感じていたんだ」「そういえばこういうことがあったんだ」。

やっと、理解ができて、ホッとする。

時に、「たしかに〝在る〟はずなのに、うまく書けない、言えない」ということにも直面する。そういうときは、（ちょっと極端かもしれないけれど）さほど存在していないのだろうな、と思うようにしている。

自分の中にしっかり在ること、もっと具体的に言えば、しっかり理解できていることしか、言葉になって外に出て行くことはできない。だったら、「書けないこと」は「そこまで感じていないこと」と同義のような気がしてしまう。

……わたしはここまで必死に、なにかを書き、理解しようと努めているけれど、なにも書き残さない人たちがたくさんいることも当然知っている。

一緒に住んでいる彼もそうだし、姉もそうだ。

彼に至っては、「日記を書いたこともない」と言うので、（当然そういう人がいるのはわかっているのだけれど、それでも）本当にびっくりしてしまう。そして、惚れ惚れもする。なんて強いんだろう、と。

なにも書き残さない（あるいは、いちいち友人に話したりしない）人は、どうやって物事を処理するのだろう？　もやもやとした考えを、彼らはどうするのだろう？　どうやって処理し、咀嚼《そしゃく》するのだろう？

あまりに自分と違うので、想像することも難しいのだけれど、ひとつ思うのは「きっとタフなのだろう」ということだ。

日々の出来事をひとつひとつ記録しなくとも、自分の中でしっかり咀嚼して、味わうことができる。出来事をひとりで抱えられる大きな入れ物のようなものがあり、言語化できない〝もやもや〟をそのままにしておく強さもあるのではないか。

もやもやしたものを、もやもやとした形のままにしておけるのは強さだ。白か黒に分けたり、自分が理解できる形にしたりしなければ不安だというのは、ある種の弱さのような気がしてしまう。

しかし、姉にそんなことを話していたら、「タフ？　いや、違うよ」と言われてしまった。

「じゃあどうやって物事の処理をしたり、気持ちの整理をつけるの？」

「いや〝気持ちの棚卸し〟してないよ。過ぎていくだけ」

過ぎていくだけ？　もやもやのまま味わうわけでもなく、ただ過ぎるだけ？

「棚卸ししないなら、それがどういうものだったか、認識できないんじゃない？」

「できない」

「ひとつひとつを忘れちゃわない？」

「忘れちゃう」

「…………」

「でも別にいいじゃん。なくなるわけじゃないんだし」

思わず、まばたきを何度もしてしまった。

〝タフ〟と思っていたけれど、この考え方は、タフのさらに向こう側のような気がした。

書き残したり記録したり確認したりしなくても、けれど確かに「在る（在った）」という感覚を持って生きられるなんて。

「逆に、どうして書くの？」

「……忘れたくないから」

「どうして？」

「……わからない」

忘れるも、忘れないも、コントロールなんてできない。忘れたいことは忘れられないし、忘れたくないことも忘れてしまう。わかっている。でも、それでも。それでもなにかを忘れないようにして、一生懸命に筆をとっている。大事なものをかき集めて、こぼれ落ちる前に書きつけておく。

ささいなことでも忘れたくない。見たものを忘れたくない。誰かと共有したい。

そうしたところで、いずれ忘れてしまうだろう。
わかっていても、もっと所有したいと思う。
もしかしたらそれほどまでに、今が愛おしいのかもしれない。

こんこんと湧き出るエメラルドブルーの池の水は、この瞬間もあそこにきっと在る。次々と湧いては、流れ出る。誰の手にもおさまらず、あの場所でたしかに湧き続けている。

わかっていてもわたしは美しい記憶に両手を伸ばし、掬いあげてはこぼれていく感覚をいまだ味わっている。

犬のにおい

2018.8.5

黄金の毛並みが、優雅に揺れている。右、左、右、左。揺れる尻尾には、ゆるやかな喜びが滲んでいるように見える。「のっしのっし」と表現するのが近い自由な歩み。リラックスしきった後ろ姿。

散歩中のゴールデンレトリバーを見たのは、江の島での取材中だった。追い抜かしたあとに振り返ると、犬の頭はすこし濡れていた。うだるような暑さだったから、海で遊んできたのかもしれない。色の変わった濡れた毛並みが、やたらと目についた。

わたしたちは何度か彼らを抜かし、彼らは何度かわたしたちを抜かした。

蟬の音が、うるさい。暑さで、ぼんやりする。それでも優雅な毛並みは規則的に揺れ続ける。右、左、右、左。

独特な、濡れた犬のにおいがここまで届いてくるような気がした。


取材から帰ったその日は、火照った体で夢を見た。

白いものが足のあたりでふわふわと舞っている。

光かと思ったけれど、よく見るとそれは犬だった。わたしたちの犬。少し骨格が大きく、毛のカールが少ない白のトイプードルだ。

夢の中で、わたしは彼女のおしりを撫でていた。おしりを撫でると、彼女の尻尾は片方に傾く。なぜかそちらにしか行かなくなった尻尾を見て、わたしは笑う。そんな夢だった。

目が覚めると、無性に彼女に会いたくなった。でも、もう会えない。

彼女は二年前に死んでしまったから。

病気だった。とはいっても、小型犬として十分に生きてくれた。家に帰るごとに、歳をとっていく彼女を見ていたから、心のどこかで覚悟はできていたような気もする。

昼休憩中、カフェでパスタを食べていると、父が電話をかけてきて、涙の滲む声で「死んでしもうた」と言った。あのときじっと見つめていたトマトパスタはずっと脳裏にこびりついている。

東京から慌てて帰って、硬くなった彼女のそばで寝たし、火葬場にも行った。それでも今になっても彼女がいない事実を忘れてしまいそうになる。実家へ帰れば会えるのではないか、と時に思ってしまう。

久しぶりの喪失感を味わいながら、うだるような暑さのなか洗濯物を干した。ぱん、ぱんとシワを伸ばす。それを繰り返していると、わずかな時間なのに頭がぼんやりしてくる。

ごろんとお腹を見せたときのピンク色の肌。太ももをさすると、ピンと伸びる脚。肉球はすこしカサついていて、乾いた土のような匂いがする。体はすこしだけ埃っぽい匂い。鼻先は茶色くて、レーズンのようだった。

眠っている間に触ったり、キスをしたりすると、嫌そうにペロリと鼻を舐める。今度はその舌をつかんでやろうと待ち構える。まんまとペロリと差し出した舌をつかむと、びっくりするほど薄くて小さい。小さい、と思っていると、彼女は「なにするのよ」と言わんばかりにソッポを向いてしまう。

それでも飽きずに耳をめくってみたり、耳の匂いを嗅いで「くさい」と文句を言ったりもした。

いい加減、迷惑そうな顔をしている彼女の機嫌をとるために、鼻筋をゴシゴシと撫でてやる。一部だけ黒い鼻筋。撫でると目をしょぼしょぼとさせて、気持ち良さそうに眠った。

生まれてすぐに我が家に引き取られたからかもしれないが、彼女は自分のことを人間と思い込んでいるような節があった。

話をしているときはなにやらわかった顔をしてこっちを見ていたし、他の犬を見ると「なに、あの生き物」という怪訝な顔をしていた。

わたしが嬉しそうにしていると尻尾を振ってくれたし、泣いているときはそばに座って手を舐めてくれた。ワンと吠えることも滅多になく、食事にがっつくようなこともなく。身内びいきかもしれないが、なんだか上品な犬だった。

散歩へは行きたがるけれど、新しい道は歩きたがらず尻込みをする。そのせいでわたしたちはたびたび彼女を抱きかかえ、「これじゃあ、わたしたちの散歩じゃん」と文句を言いながら連れて帰った。


小学五年のころ、不登校だったわたしが「学校へ行けるようになったら飼ってあげる」と言われてやってきた彼女。

大学進学のために上京したとき、何度も「わたしは東京に行くからね。ちゃんと帰ってくるからね」と説明した。

それなのに、彼女は毎朝わたしが下りてくるはずの階段を見上げていたという。下りてこないのを見て、もう学校へ行ったと思ったのだろう。今度は外で、わたしと同じ制服の女の子を見るたびに尻尾を振っていたらしい。

「だから、言ったでしょ。わたしは東京にいるの。でもちゃんと、時々帰ってくるから」

何度も根気よく話したのに、数年はわたしのことを捜していたようだった。そのことを聞くたびに、東京でひとり、泣いた。あんなに一生懸命聞いているのにわたしの言葉がわからないなら、わたしが犬語を話せたらいいのにと思った。

彼女に会いたくて、よく実家へ帰った。そのたび一緒に眠って、たくさん話をした。作ったおもちゃで遊んでくれた、作った洋服を着てくれた、寒い日にあたためてくれた、暑い日は一緒に床で横になった――。

なにかが首筋をつたう。

それが汗だと気づいたときには、山のような洗濯物はすべて干し終わっていた。

会えなくなった犬。ここにはもういないのに、それでもこんなに一挙一動、そして匂いまで思い出せるなんて。

大人になった今、母や父、姉の匂いはわからない。すぐそばにいて、いつでも触れ合うことができる生き物というのはそう多くないのだ。匂いを嗅ぎ、肌で触れ合えること。その希少さ。

犬が死んでしまったとき、あんまりにも悲しくて「いつか死んでしまうのに、どうしてわたしたちはそれでも一緒にいるのだろう」と思ったことがある。

でも、彼女との思い出がある人生と、ない人生とでは全然違った、と今では確信できる。

それに、毎日愛することができた。彼女がわたしたちを愛してくれたかどうかよりも、わたしたちが毎日飽きることなく彼女を愛せたこと。それこそがなによりも幸せだったと思えるのだ。

今はもうここにいなくても、会えなくても、肌で触れてきたものは確かな記憶だ。消えることはない。

もし、世の中にいる飼い主たちが、わたしと同じような思い出をもっているのだとすれば、それは本当に素敵なことだと思う。今そばにいる犬も、そばにいない犬も、たくさんの愛にまみれているといい。

熱くなった頭で、室内を見渡すと、彼がソファで眠っているのが目に入った。静かに近寄り、眠っているのを確認して、パーマが残るゆるやかな髪をふんわり触った。

続いて、鼻筋を撫でる。撫でると、だいたいの場合は嫌そうに顔を背けてしまう。それでもめげずに近づいて、今度はお腹の上でゆっくり揺れている手の甲を嗅ぐと、彼の乾いた匂いがした。

すぐそばにいて、いつでも触れ合うことができる生き物はここにもいる。確かな存在は、ここにもある。

犬は、わたしに教えてくれた。

大事なのは、彼らがわたしを愛してくれたかどうかではなく、わたしが彼らを愛せたかどうかなのだということを。

いちにちの出来事

姉は幼いころ、本当におしゃべりだった。毎晩食卓で、いちにちの出来事を矢継ぎ早に話す。

「それでね、それでね」

姉はひたすらしゃべり続け、母はひたすら相槌を打つ。

わたしは目の前に並んだ色とりどりの料理を見つめ、左手を挙げて黙々と食事をしていた。

2018.9.16

左手は、姉の話が一段落したときに母から、「はい、次はさえりちゃんどうぞ」と当ててもらうためだ。わたしにだってもちろん話したいことがあったから。

しかし我ながら健気だ。左手を挙げたまま、五分、十分、十五分……いい加減上げた腕が痺れてくる。

本当に驚くほど、姉はよくしゃべった。

でも、こう書くと母からは笑われてしまうだろう。「あなただって本当によくしゃべったじゃない」と。

姉がいないとき、わたしは母のことをどこまでも追いかけ回して話をした。母がお風呂に入ったら洗面所で体育座りをして話し続け、トイレに入ればそのドアの前で待った。

話すのは、いちにちの出来事だ。Aちゃんがなにを言って、Bちゃんが誰を好きで、C君がどんな面白いことを言ったか。

そんなことばかりだった。

あれから二十年以上経って、いまわたしは付き合っている彼と一緒に暮らしている。その彼が、本当によくおしゃべりをするのだ。外ではあまり出しゃばるタイプではなく、のんびりしていて、友達の話を笑って聞いている。だから「彼って結構無口なの？」と聞かれることもあるのだけれど、いやこれが本当にびっくりするくらいよくしゃべる。

一度話しはじめると幼いころの姉くらいよくしゃべる（というのは言いすぎかしら）。

「今日な……」という関西弁からはじまり、いちにちの出来事で印象深かったことをとにかく詳しく教えてくれる。

わたしたちはよく帰り際に待ち合わせをして一緒に帰るのだけれど、会った瞬間から、電車に乗り、自転車に乗り、家に着き、着替え、ひと段落つくまでの間ずっとしゃべっている。たまに帰りが遅くなって、よく話をしないまま寝てしまうと、翌朝起きた瞬間から「昨日な……」と話しだす。起き抜けから話しはじめたときは、さすがに笑ってしまった。

「それでな、それでな」。次から次に話したいことが溢れ、時には幼いころの思い出話にまで発展するとき、わたしはいつも思う。

「わたしにはそんなに話したいことってないなぁ」

そして必ず続けて思う。

「いいなあ」

彼が人一倍刺激的な毎日を送っているというわけではない。わたしだっていちにち外へ出て、いろんな人と打ち合わせをして帰ってくる日もある。

それなのに彼には話したい出来事が山ほどあり、わたしにはほとんどない。

話そうとしても、

「今日はカフェに行って仕事をしました。隣にいたおばちゃんたちがうるさかったです」

と、まあ二行程度で済んでしまう。

もっと彼みたいにディテールを話したいのに、正直に言ってそこまで覚えていない。

幼いころはいちにちの出来事をあれほどまでに熱心に話すことができたのに、あのころ一体なにをそんなに話していたのだろう。

近ごろのわたしは、話すに足りない退屈な日々を送っているということなのだろうか?

あまりにも彼が羨ましくなって、先日ついに言ってみた。

「わたしも、いちにちのことを話してみてもいい?」

そのときわたしたちは近所のお寿司屋さんにいて、彼が今日の出来事を事細かに話したあとだった。

「いいよ」

「今日ね……」

なにをして、誰と話したのか。そこで自分はどう思い、なにを感じたのか。事細かに話していく。（彼にとっては不本意かもしれないけど、）その日は珍しく彼も一生懸命に話を聞いてくれた。姿勢は、前のめりのまま。話を促すような相槌も打ってくれたから、安心して、ひとつひとつ丁寧に思い出していった。

「えっと、朝はパンを焼いてバターで食べて」

話すうちに、不思議な感覚に見舞われた。

頭の中に、映画館のような大きなスクリーンがある。そこに、いちにちの出来事を、時間を戻して映し出していく。

映像自体はモノクロ。けれど、

「そこで隣におばちゃんが座って」

口に出した途端、映像のおばちゃんに色がつく。

「飲んだハニーラテが美味しくて」

今度はわたしの手元のカップに色が灯《とも》る。

「一緒にいた友達がよく笑って」

映像の中で友人が急にイキイキとした顔になる。

そうして話し終えると、やっといちにち（をテーマにした映画）が完成した。なにかそういう気分だった。

退屈だったと思っていたいちにちに、色がついた。

誰かに話すほどじゃない出来事を、聞いてくれる人がいた。

どちらも同じくらい尊くて嬉しかった。そして今日が、思っていたよりもずっと価値のあるものに思えた。

もしかしたら、日々を「つまらないもの」と切り捨てていたその行為こそが、つまらない日々を作り出していたのかもしれない。

よし、これからは幼いころの自分をたまに召喚しよう。
たまにでいいから、なんの変哲もない話をしよう。
お風呂にまで追い回しても、許してほしいな。

赤い耳たぶと児童書

「はい、わたしたちからのお祝い」

そう言って渡されたのは、MIKIMOTOの袋だった。姉と、東京に遊びに来た母と、恵比寿で夕食を食べていたときのこと。

母がテレビで見たというオーガニック料理店を予約してくれて、野菜をモリモリ頬張ったあとに、カバンに隠していたらしいそれを取り出して渡してくれた。

2018.9.30

「ふたりで選んだの」

「迷ったんだけどね」

「一生モノだから」

「なにかのときに使ってね」

喜びとわずかな不安が混ざる声で、ふたりが口々に言う。

「なになに？」

わたしも浮き立った声で包みを開け、厳かな白い箱をぱかっと開けると……、中にあったのは真珠のピアスだった。

あっ、と思った。

今、言わなければ。

こういうとき、〝言わない〟という選択をする人もいるのだろう。

けれどそれこそ、せっかくもらった一生モノに、失礼な気がする。できるだけさりげなく聞こえるように、けれど大事なことだから簡潔に、しかし気まずいので一息で。わたしは告げた。

「あ、ごめん、わたし、ピアスの穴ふさがってる、かも」

もともとは、ピアスを愛用していた。けれどいつからか、ピアスをつけるたびに耳たぶが腫れるようになり、そのうちイヤリングに移行した。

そのことを母にも姉にも話したことがあったけれど、すっかり忘れていたようだ。

「あ、そうだった！」

「しまった！」

さっきまでの浮かれた雰囲気からは一転、ふたりは騒ぎはじめる。申し訳なさそうな顔と、失敗したとき特有の笑みを浮かべながら。

「そういえばそんなこと言ってたかも」

「あぁ、失敗したね」

「さえりちゃんは、大ぶりなピアスはつけなそうとか言ってたのに、今日は大ぶりだし」

「おまけにイヤリングだし」

そうして、姉が言う。

「一緒に住んでないから、もうわかんないね」

その瞬間、すこしだけ、ほんのすこしだけ寂しさが走った。

たしかに、わたしたちはもう何年も一緒に住んでいない。わたしがイヤリングばかりつけていることも、大ぶりのアクセサリーが好きなことも、もう彼女たちは知らない。

一方でわたしも、彼女たちのことはもうよくわからない。すぐそばで暮らしていないのだから、当然だ。当然なのだけれど。ずっと一緒に走ってきたと思っていた友達が、振り返ったらいなかったような、そういう感覚に陥る。

「持って行って、イヤリングに交換してもらえば?」

結局その場ではそんな結論に落ち着いて、わたしたちは別れた。

家に着くと、わたしはある種の決意を持って、すぐに鏡へと向かった。

使い古したピアスを手にして、穴に入れてみる。

……通らない。

かろうじて穴の入り口はわかるのだけれど、貫通しそうな気配もない。それでもわたしはムキになって、押し込み続けた。

力まかせに押し込むと、血が出た。痛かった。それでも押し込んで押し込んで、三十分近くも要してぷつという音とともに、ピアスは貫通した。

その後やっとスマホを手にして、姉と母にこんなＬＩＮＥをした。

『ピアスの穴、まだ大丈夫だった。ありがとう』

耳たぶはじんじんとして、真っ赤に腫れていた。


数日経ったある日、こんな出来事に遭遇した。時間は二十一時をまわっていた。残った仕事を片付けるためにカフェに行ったときのことだ。

大きなテーブルを選んですぐ、斜め向かいに座っているのが〝女の子〟であることに気づいた。おそらく、小学五年生くらい。ケーキか何かを食べたようで、空のお皿がのったトレイを前にして、あたたかな飲み物を飲んでいる。

周りを見ても、親らしき人はいない。こんな時間に子ども一人でカフェ？　わたしはじろじろと見つめ続けた。

手に持っているのは、児童書。裏には図書館の物であるしるしがついている。カップを手に持って、一口飲もうとしているその手の小指はわずかに立っていた。

こんなところでなにをしているのだろう。考えられる可能性をいくつか頭に描き、気もそぞろなまま仕事をした。

途中、六十歳を超えているとみられる女性ふたりがやってきた。女の子の横の席を指さし、「ここ、空いてますか？」と聞く。彼女は、上目遣いを通り越して睨むような目つき（あれは誰かを警戒しているときの目つき）でいたものの、丁寧に「はい」と答えた。直後、携帯電話で時間を確認して、そそくさとトレイを片付けた。そうして戻ってきて、また児童書を片手に、飲み物を飲む。

隣に座ろうとする人のためにトレイを片付けたのだろうか。ずいぶん大人びた子だな、と思った。わたしが無遠慮にじろじろ見つめ続けている間、彼女は一度もこちらの視線に気づかない。それほどまでに児童書に集中していた。


十五分後、やっと母親とみられる人が登場した。

「ごめんね、仕事、時間かかっちゃって」

続けて心底驚いた顔をして、「え、なんか飲んでたの？」と笑った。

女の子は不機嫌そうな顔をして「うん」と答え、けれどその素振りとは裏腹にそそくさと帰り支度を整える。そうして、ふわっと「いいよ、許してあげる」と微笑んだ。言葉選びとは裏腹に、すっかり子どもの顔をしている。

「おなかすいた？　よね？」

母親が言い、

「ちょっとね」

女の子が答える。

彼女たちは連れ立って歩いて、雨の中へと消えていった。彼女たちの姿が見えなくなって、一連の出来事を振り返り、やっと気づいた。

さっき女の子がトレイを片付けたのは、隣の人のためじゃなく、デザートを食べたことを母親に悟られないようにするためだったんだ。

あたたかな飲み物は知られてもいいけれど、デザートは知られたくない。もちろんそれは、気まずいからではない。怒られるから、とかでもないだろう。きっと。

真相を知ることはできないが、彼女の気持ちはすこしだけわかる気がした。

耳たぶの腫れは、数日で治った。早く治ったのは、母から「ピアスの穴、軟膏を使いなさいね」とＬＩＮＥがあったからだ。詳しいことはなにも話さなかったのに、母は気づいていたのかもしれない。

人にはそれぞれ自分だけの世界があって、誰にも知らせないまま過ぎていくものもある。

でも、それでも（当然ながら）誰かと誰かはしっかり繋がっていられる。相手のことがわかっているとかわかっていないとか、知っているとか知っていないとか、そんな表面的なものよりも大事なことがあるような気がした。

「一緒に住んでないから、もうわかんないね」

姉の言葉をもう一度思い出してみる。

もう寂しさは感じなかった。

父の額の、郵便マーク

父の誕生日プレゼントに買ったシャツは、かなりかわいい。
かなりかわいいから、選んだあとで心配になった。

一見水玉柄に見えるがよく見れば「魚柄」になっているという遊び心がちりばめられたシャツだったが、「わたしの父」と「遊び心」というのは、少なくともブラジルと日本くらい遠い場所にある。

2019.5.5

やはり無難なチェックにすべきだったのではと悩むわたしをよそに、手際よくラッピングされたシャツは大きな袋に入れられて「ありがとうございました」と手渡された。

往生際の悪いわたしは、それを手にしたあともぐずぐずと考え続ける。そうして実際よりも重く感じる大きな紙袋とスーツケースのふたつを携えて品川に向かう間ずっと考えていたのは、幼いころの父のことだった。

父は昔、笑わなかった。

「笑み」ならよく浮かべていたが、「声をたてて笑っている」という姿はほとんど見なかった。

覚えていることがある。

テレビでお笑い芸人が一発芸を披露して、わたしと母は文字通り笑い転げていた。わたしに至っては、立っていられないほどに大笑いして床にほぼ四つん這いになっていたし、母は今と同じくゆるい涙腺のせいで笑いながら涙を拭いていた。

その横で、父は郵便マークを額に浮かべ——父の額に浮かぶ二本のシワと、眉間に入る縦のシワは、あのマークそっくりなのだ——腕を組んで、口をへの字に曲げていた。

父は、これでも笑わないんだ。

視界の隅で会議でも聞いているような難しい顔で腕組みしている姿を捉えてそう思った矢先、「なかなか面白い」と父がつぶやいて、わたしと母はまた笑った。

やだおとうさん、面白かったの？　全然伝わってこないよ。

父は、その間も「ふん」と笑った程度だった。

父の性格は、真面目の三文字でだいたい説明がつく。酒もタバコもギャンブルもせず、綺麗好きで計画好き。幼いころの家族旅行では、父が旅程のタイムテーブルを分刻みで作っていたこともあったと聞く。

わたしが大人になるまで冗談も嫌味も通じなかった父だが、それらはどうやら「仕事」が大いに関係していたようで、最近はようやく笑うようになった。

父が声を立てて笑うとき、いまだに新鮮な気持ちで見つめてしまう。


「何歳くらいの方が、ここのシャツを買われることが多いですか？」

父が恥をかかぬよう、購入時に店員さんに聞いた。

「かなりご年配の方が多いですよ。六〇歳、七〇歳とか」

父はいつのまにか〝かなりご年配〟に属していた。

「お父様へのプレゼント、ですか。これとかいかがでしょう？　人気ですよ」

目の前に出てくる、紫色のストライプが入った半袖のシャツには錨マーク。

いかにも「元気なおじいさん」が着ていそうな感じ。

「こちらはいかがですか」

淡い緑のチェック柄。これもいかにも「現役で働いている偉いおじいさん」

が着ていそうな。店員さんの言葉を遮って、わたしがかわいいと思ったシャツを広げると、今度は明るすぎた。

「そちらですか、かなり……元気なイメージになりますよ」

やんわり制される。ジジくさいと思うくらいがちょうどいいのか、それとも今も着ていそうな地味なものがいいのか、はたまた着たことがなさそうな若々しいものがいいのか。

結局、遊び心のあるシャツを選んだのは、「プレゼントなら、自分じゃ買わないようなもののほうがいいよ」とよく彼が言っている言葉を思い出したからだ。せっかくだもの。と、お金を出したときは思ったはずだった。

……でも。父は、本当に着てくれるのだろうか？　手に提げた紙袋が、ますます重く感じた。

店を出てから約三十分後。券売機から新山口行きの切符を引き抜くころ。

「父に誕生日プレゼントを買うのは久しぶりのことだ」と気づいた。

ここ数年、自分で選んだものをあげたことがない。もしかすると大人になってからあげる、はじめての（自分で選ぶ）誕生日プレゼントだったのかもしれなかった。悩むのも無理はない。

品川から新山口までは新幹線で四時間半ほどかかる。

その間、何度かシャツのことを思い出し、何度か「間違えたかな」と「大丈夫よね」を繰り返したが、結局、わたしの心配など一瞬で消えるくらいに、父はあっさり喜んだ。

古くなった実家のリビングで、父は意外にも立ったまま包みを大雑把に開けた。ソファの背に、ゴールドのラッピングリボンがたらりと垂れる。

「シャツか！　ありがとう」

よく見ずに父は言う。

「よく見て、それ。実は魚柄なの」

メガネを外し、シャツを近づけ驚く父に、聞く。

「着れる？」

父は笑った。

「わほほ」と笑った。

「そりゃ着れる。犬柄だって、ミッキー柄だって、お父さんは着れるぞ」

冗談まで言った。

「ちょっと、写真撮ってくれ」

嬉しそうに身体に当て、母が写真を撮った。

「わほほ」。額に郵便マークを残したままの父の笑いが、妙に耳に残った。

シャツに泳ぐたくさんの魚が、父を伸び伸びとさせてくれますように。

テーブル裏の秘密

実家のリビングには、低めのテーブルが置いてある。

今や物置台のようになっているテーブルだが、昔はよく使っていた。テレビを見ながら不真面目にプリントを広げ、その横に頬をぴったりとくっつけて、ひんやりとしたテーブルにやる気をすべて流し出すような姿勢で宿題をした。プリクラ帳を作るために、大量のシールをばらまいて、怒られた。

そんな思い出の詰まった、濃い木目調でつるりとしている低いテーブル。

2019.5.12

先日、実家に帰って、カーペットの上に寝転がり、携帯で友人と連絡をとっていたときのことだ。不意に頭上のテーブルに目をやると、裏になにやら汚れがついているのに気づいた。黒い丸。陰になっていてよく見えないが、木目調にしてはありえないほどの綺麗な丸。

なんだろう、いや、なにか、なにかを知っている。

目が離せなくなり、ずるずると足で身体を押してテーブルの下へ頭を進めた。黒豆ほどの大きさの汚れが、ぽつ、ぽつ、ぽつ、ぽつ。

よく見えないので、携帯でライトをつけた。そうして、わたしは笑い出す。

「ねえ、お母さん。ちょっと来て」

「なに?」

「ここ。来て」

「え? なになに?」

寝転がり、頭をテーブルの裏あたりへ。そうしてもう一度、携帯でライトをつける。わたしも、母も、笑いだす。ちょっと、なによこれ。えー全然気づかなかった。母は笑いながら言う。

裏の汚れは、隠れミッキーだった。かつてのわたしが描いたもの。丁寧にしっかり塗りつぶして描かれている、ミッキーマウスの形をした丸。

「やだ、こっちにも！　あ！　こっちにも！　やだあ！　七つもある！」

母は、ゆるんだ涙腺からうっすら涙を流すほどに笑っていて、わたしもその横で涙を滲ませながら笑った。

思い出せる。くっきりと濃いミッキーは、小学生のころに鉛筆で。うすくて小さいミッキーは、それを見てくすくす笑いながら高校生のころにシャープペンシルで。何度かにわたって描いてきた。母にバレないようにこっそりと。

きっかけはたぶん〝くみちゃん〟だったと思う。姉の友達だ。

顔が小さくて年齢よりも幼く見える顔で、何を着てもかわいかった。姉とくみちゃんがタッグになると、小さな妹はよくいじめられたものだったから、素直に口に出したことはないけれど密やかに憧れていた。

くみちゃんが「風邪で声が出なくなった」と言って筆談をしていたのを見て真似したこともあったし、くみちゃんが言った冗談（今となってはおそろしくつまらないので割愛するが）がかわいらしくて真似したこともある。

そのくみちゃんの家に行ったとき、テーブルの裏に落書きがしてあった。詳しく覚えていないが、親への不満や文句（もちろんかわいらしいものだ）が書かれていたように思う。親に内緒でこんなところに落書きをしてしまえるその心が羨ましかった。

それから数年してわたしたちは父の仕事の都合で転校し、くみちゃんには会えなくなった。そのころ、不意にくみちゃんを思い出して落書きをした。まだ新しかった机に遠慮して、文句や言葉ではなく、隠れミッキーを描いたのだ。

母にバレたら「消しといてよ」と怒られるだろうとは思っていた。でも、同時に、いつ母がこれに気づくだろうかと、くすくすといたずらな気持ちだったことも否めない。気づいてほしいような、気づいてほしくないような。

幼いころから、母が好きだった。

暇さえあれば友達の家へ行って帰りたがらない姉とは正反対に「今日はお母さんと遊ぶから」と幼稚園の友人の遊びを断っていたわたし。

学校の帰り道には、季節を感じられる花を摘んで帰って、母にプレゼントした。専業主婦で、いつも家でわたしたちを出迎えてくれる母に、季節をお知らせする役割のような気持ちでいたのだと思う。

手紙も、よく書いた。上京してからも、東京で見つけたかわいいものをたくさん買い集めてプレゼントしたこともある。

とにかく、母に喜んでもらいたかった。

母は喜び上手で、ぱっと顔を輝かせ、「すてき」「ありがとう」とはしゃいで、必ず飾ってくれる。数日、それをきちんと眺めてくれる。

それが嬉しくて、毎年花を摘み、手紙を書き、プレゼントを買っていたのだろうと思う。

きっとこの隠れミッキーにも、いつか母に教えて、驚いてもらおうという魂胆がすこしはあったはずだった。それすら忘れてしまうほど、思い出すのが遅れてしまったけれど。

ゴールデンウィークだったが、山口はやや肌寒かった。光が漏れ入るリビングで、随分古くなった家で、テーブルの下に潜りこんで。テーブルから足を投げ出すようにして、笑いあった。

あぁ可笑しかったと言いながら、母は家事に戻っていった。父も姉もいなかったから、あのテーブルの秘密に気づいているのは母と、わたしだけ。幼いころのわたしが、母の独り占めを喜んでいるような気がした。

母は、隠れミッキーを消さなかった。

第三章
心やわらかく生きていく

人前で泣く勇気

空気を裂くほどの高い声を上げて走っていた子どもが、ボテッと音をたてて転んだ。泣くぞ、あの子泣くぞと視界の端で見ていると、座り込んで口をへの字にして耐えている。

父親らしき人が近づいてきて、「痛かったね。泣かなくて偉いね」と褒めた。子どもはどこか誇らしげな顔をしている。

でも、わたしは心の中でその子に声をかけた。

2017.12.16

泣いちゃえ、思い切り泣いちゃえよ、と。

小さいころ泣くのをよく我慢していたわたしは、よく泣く大人になった。父の仕事の関係で転校が多く、一年半ごとに転校していたせいなのか、心の底にすっとした冷静さを秘めた子どもだった。

どれだけ好きな友達ができても、どれだけ「親友だよね」と手をつないで微笑まれようとも、「ここにいる子たちとは、どうせ一年半も経てばお別れなんだ」と最初から心に予防線を張って、引越しが告げられるその日に備えていた。

予期せぬ別れは悲しいが、予期していれば悲しくない。そう、幼心《おさなごころ》に気づいていたのだろう。

転校が決まり、みんなが色紙にメッセージを書いてくれて、「さみしいよ」と泣いていても、絶対に泣かなかった。わたしは平気、大丈夫、こんなのなんてことない。口をきゅっと結んで、あごを上げて、同級生が泣くのを見ていた。

「泣かなくて偉かったね」

誰かに言われた。あれは、担任の先生だったか。


最初に学校で泣いたときのことは、よく覚えている。

小学五年生だった。

東京や福岡といった都会で過ごして、生まれ故郷である山口県に戻ってきたのが小五のとき。都会暮らしをしていた、というのは子どもであってもどこか誇らしく思っていたようで、山口に転校が決まったときはひどく憂鬱になった。


わたしを待っていたのは、歴史ある古びた校舎だった。

薄暗いトイレの天井には緑のシミがあって、そこから水がぽたぽたと落ちてくる。はじめてトイレに行ったときは絶句した。お化けが出ると言われたら容易に信じたと思う。陰気で、冷たい場所だった。

カルチャーショックは他にもあった。たった一日乗らなかっただけの自転車に、蜘蛛の巣が張ったのだ。たった一本、ぴんと張った蜘蛛の巣を見て、大げさにため息をついた。

今でこそ愛着を感じる〝田舎らしさ〟だが、当時のマセたわたしにとっては、魅力の欠片《かけら》もなかった。

前の学校の友達に会いたいなんて、小一でも小二でも言わなかったのに、小五のわたしはそれらが全部溢れて、「友達に会いたい」とこぼしたり「こんな古い学校は嫌」とか文句を言ったりして、すぐに不登校になった。

数日休んでは学校へ行き、一時間だけで帰る。たまに学校へ行く日は、二倍も三倍も時間をかけて歩いて、授業開始のチャイムを校舎の外で聞いた。だだっ広い校庭（田舎の学校は校庭も広い）を見ながら、そばの溝《みぞ》を眺めたり、校舎の壁を眺めたり、足元の虫を見つめたり。そのまま回れ右をした日も、少なくない。

ある日、帰りのホームルームで先生がしゃべっているときだった。

ぞわっと手の甲でなにかが動く感触がして、見るとカメムシのような茶色い大きな虫がとまっていた。

わたしは自分の身体能力では信じられないほど飛び上がって、虫を振り払おうとした勢いで手を机にぶつけて、みんなの視線を一気に浴びて、泣いた。

これまで友達と離れても、好きな子と会えなくなっても泣かなかったのに(そしてそれらは小五のわたしにとっては〝すべて〟と言えるほどのものなのに)、虫には耐えられなかった。

いや、本当はあらゆることが今にも溢れそうになみなみと注がれたところに、虫という起爆剤が置かれたにすぎなかったのだろうけれど。


ポロポロと泣いた。

瞬きするはじから、涙が落ちた。

ああ、人前で泣いてしまった。泣きながら、同時に後悔していた。

でも、「うわ、泣いてる」とは誰も言わなかった。「ダサい」とか「泣いちゃダメでしょ」とか一言も聞こえてこなかった。席の近かった誰かが「どうしたの」と聞いてくれただけで、教室はいつも通りの空気にすぐに戻った。

手の甲にいた虫はすぐいなくなり、泣いている理由を説明できなくなって、なんでもないですと小さくつぶやいた。

泣かなかったら褒められるけれど、泣いてしまっても誰も非難しないんだな、と頭の片隅で思った記憶がある。

そうやって「人前で泣く」遅咲きデビューを果たし、わたしはその後驚くほどよく泣く大人になった。

新幹線で、飛行機で、電車で、街中で、よく泣いた。

大学当時よく遊びに行っていた町田駅では、特によく泣いた。駅前のだだっ広いロータリーは歩き続ける人しかいなくて、立ち止まって小さくなって泣いている姿は、きっと風景の一部にしかならなかったと思う。それが安心して泣ける所以《ゆえん》でもあった。

あの、人が多いところならではの「あなたのことなんか見ていませんよ」という意図的な空気。誰も非難もせず、強い興味も示さない。けれど視界の端にしっかりとつかまっている、その距離感。

時には友人が駆けつけてくれたが、多くの場合はひっそり泣いた。

渋谷では、泣きながら憤《いきどお》っていた。けれど、ティッシュ配りのお兄さんは前の人に差し出すテンションと変わらず「うぃーす」とティッシュを押し付けてきた。あのときは、本当にわたしのことが見えていないんだ！　と、感動すらした。

「人前では恥ずかしいから泣けない！」と友人は言うが、あのころのわたしには「ひとりでこっそり泣くほうが恥ずかしくて、そのうえ惨めだ」という気持ちがあった。

部屋でひとりでわんわん泣いていると、自意識がむくむくと湧いてくる。「ああやだ、誰にも知られずに泣いて、誰にも言わずにおくんだわ」。そのこと自体がナルシストなのではないかと気にかかり、泣くことに集中できない。

街中であれば、自意識はかすむ。誰もわたしなんて気にしていない。誰もわたしのことなんて覚えていない。だから、たくさん泣いたっていい。これは世の中的には取るに足らないささいな出来事であって、別に大したことではない。そう思えると、惨めな気持ちにもならずにいられた。

泣かずにいても、もう誰も褒めてくれない。何食わぬ顔をして、傷つかなかったふりをしていても、「偉いね」とは言ってくれない。

だったら、泣いてしまえばいい。そして誰にも褒められることなく、ひとりで泣きやめばいい。そのほうが泣かないよりもずっと、精神的に強い人のような気がする。

我慢強い子を見るたびに思う。

泣いてもいいんだよ。「泣ける強さ」っていうのもあるよ。

そうじゃないと、大人になってから人ごみの中で泣くような大人になっちゃうよ。

「なにも変わらないことの、なにがいけないの？」

もともと野心やコンプレックスを仕事の原動力にしていないこともあるからか、時折立ち止まってしまう。何度もいろんなインタビューで答えてきたように、わたしは心が強いほうではないし、なにかを変えてやろうとかあいつを超えてやろうとか、そういう気持ちがほとんどない。

いつでもゆるくてやわらかくて、ぬるいお湯のような気持ちで前に進んでいる。これは（自分で言うけれど）すごく素敵なことでもあるし、同時に弱さで

2018.2.23

もある、といつも思っている。

心が元気なときには、そんな自分を誇りに思うことができる。ゆるい気持ちでも「誰かに小さなはっぴーを届けたいな」というだけの欲求で、しっかり前に進めていることを褒めてあげたいし、前に進むのに、好きな仕事をするのに、「覚悟」や「野心」なんてさほど必要ないんだよと言えることで、誰かを勇気づけられているのではないか、と思う日もある。

でも、心に元気がなくなると、途端にわからなくなる。

立ち止まって周りを見渡すと、わたしの進む方向を示してくれるものが何ひとつないことに気づくのだ。

今の仕事はすごく好きだし、毎日「恵まれているなぁ」という気持ちでいっぱいだけれど、それでも「今に満足していていいのか」と急に不安になる。

この流れが速く、移ろいやすいインターネットの世界では、いつでも「次のこと」を考えていなければいけない気がするし、少なくとも自分の中での目標がなければいけない、と半ば強迫観念のようなものが襲ってくるのだと思う。

「わたしって、なにをしたいんだっけ」

「なにか目標がなくちゃいけないいんじゃない……？」


さらに悪いことに、心が弱ってくると急に周りのひとが気になる。

「あのひとは、あんなに頑張っているのにわたしは」

「あのひとなら、こんなふうに迷わないだろうにわたしは」

言葉にならないくらいの小さな気持ちが日に日に積み重なって、いつのまにか喉元まで迫ってきて。


わたしはついに彼に話していた。

「なにがしたいのか、わからなくなっている気がする」

「でも、なにか、停滞している感覚で」

「ここ最近、なにも変わっていないし」

ぽつぽつと言葉を選びながら、ゆっくりと。

文章で自分の気持ちを書き表すのは得意なのに、口頭となるとめっきり弱い。特にダメな部分をさらけ出しているときや、不満を口にするときには、ものすごくたどたどしい話し方になる。きっと、相手にどう聞こえるかが気になって、相手の心の動きに目がいって、それで本当の思いがそのまま出てこないのだ。

彼はじっと聞いてくれた。

寝転んで天井を見つめながら「そっか」とか「なるほど」とか言いながら。

そうして言葉が途切れて、時計のないわたしの家には暖房のゴォという小さな音だけが流れる。

こういうとき彼は、慎重に言葉を選んでいる。

彼はいつもそうだ。適当なことを瞬発的に言ったりしない。その場の雰囲気を整えるためだけに軽率なことを口走ったりしないし、お世辞でとりもとうともしない。気持ちを丁寧に整理して、言葉を探してから口にする。

その丁寧さに気づかなかったころは「彼はなにも言いたいことがないのかもしれない」と先回りして「変なこと話したかな」と勝手に考えてしまうこともあったけれど、今ではわかるようになった。

彼がじっくり言葉を探して言ったのは、こういうことだった。

「なにも変わらないことの、なにがいけないの？」

思いがけない問い。言葉に詰まる。

「いけないって、わけじゃないけど。でも、なにか変えなきゃいけない気がして」

「今、なにかしたいことがあるの？」

「ない。なにかしたいという気持ちはあるけど、なにをしたいのかはわからない」

「そっか。したいことが出てきたら、すぐにしたらいいと思う。でも今ないなら、別になにかを変えなきゃ、前に進まなきゃって思わなくてもいいんじゃない？」

とっさに反発しようとするが、反発の言葉は思い当たらない。たしかに、なにかを変えなきゃいけない、なんてことはない。そう自分で思うには勇気がいるけれど。

「さえりはさ、なにをしたいかを考えるよりも、どう在りたいかを考えるひとだと思うんだよ。どんな生活をして、どんな自分でいたいかを考えるひとなんだよ。だから『なにをしたい』とかなくていいよ。今までのように、どう在りたいかを考える。それでいいんじゃないかって、俺は思うけど」

その場では難しい顔をして「そんなわけない」というような顔をしていたと思う。けれど頭の中では固まった思考がほぐれていく感覚があった。「なにをしたいか」を考えなくていい。それはとても単純で、シンプルで、そして的確だった。

ひとりでなにかを考えていると、どうしても偏った思考で悪い方へ悪い方へと導かれていく。本当は難しいことではないのに、難しくてどうにもならない方へと気づかないうちにゆっくりゆっくりと。

そうしてついには性格や生い立ちにまで言及する。

「こんなわたしだから、もうダメなんだ」なんて。

いまだ難しい顔をしている（そして考えごとをしているときのクセである口を尖らせている）わたしを見て、彼はぱっと明るい顔をして言う。

「あと〝停滞〟じゃなくて、〝安定している〟って考えることもできるでしょ？

でも、なにも変わっていないっていうけど、実際さえりは新しいことをたくさんして、頑張っていると思う」

涙が出た。

本当は、そう言ってほしかったのだ、と彼のパジャマにたっぷりと涙のシミを作ってからやっと気づいた。

事実、新しい仕事は次々に舞い込んでくる。毎日のように新しい仕事があって、取り組んだことのない大きな仕事があって。

それでもわたしはプロなので、不安そうにするわけにはいかない。「できるかな」なんて、弱音を吐くことはできない。今できる最大限のことをやればいいからと、自分に言い聞かせて、にっこり笑って前へ進む。

誰しもそんなふうに新しい事柄に向き合っているのだと思うけれど、それが重なり重なって、そのうち自分でも「このくらいはできて当然なのだから」と思うようになっていたのだろう。

「できて当然」の仕事が目の前に山ほどあれば、「できたとしても嬉しくない」が積み重なる。これが当然なのだから。そして徐々に「これくらいできて当然だから、これ以上をできなくちゃいけない」と思うようになる。

この気持ちが「なにかを変えなくちゃ」の原因だった。


繰り返すが、今の仕事に不満はない。面白い仕事もあって、変わった経験もさせてもらえて、毎日のように誰かから感謝の言葉ももらう。

幸せだ。

ならば、今のわたしに必要なのは「焦り」ではなく、もっと味わって、もっと喜ぶことなんだろう。


どう在りたいかを考えれば答えは明確だ。

「誰かにはっぴーを届けられるひとで在りたい」

これだけがわかっていればいいのだ。

あの話をしてから一週間。
わたしの心はゆっくりとシンプルに戻っていく。

正体は「ぽつん」

心の底から憂鬱になって、いてもたってもいられなくなることがある。そこに「これだ」という原因は見受けられないのに、こんこんと憂鬱が湧いてくるのだ。

そういうときは大抵、身体のどこかもだるくて（わたしの場合は指に力が入らない）、意識も霧がかかったようにもやもやとする。

家に帰る気分にもならず、寝るのも嫌になって、買い物に出る気にもならな

2018.3.3

い。好物のラーメンも、美味しい牛タンも要らない。

日常がうまくいっていても、訪れるこの感覚。いや、もしかしたら、日常がうまくいっているからこそ、訪れるものなのかもしれない。目の前のことに一生懸命対処しないとやっていられないようなハードモードのときには、こんなやわな感情を味わっているわけにはいかないのかも。

きっと、何年経ってもこういう瞬間は訪れるのだろうな、といつも思う。大好きで仕方ない人と結婚して、愛する子どもが生まれて、絵に描いたような幸せの最中にいても、きっと憂鬱にまみれてぼんやり過ごす日があるんだろう。

昔はそのこと自体が怖かった。

今でも覚えている瞬間がある。

あれは、高校二年生のとき。

父親の部屋で社会のテスト勉強をしていると、途方もない憂鬱が襲ってきたのだ。

夕方で、部屋は薄暗かった。母が一階でご飯を作る音がほんのかすかに聞こえていて、足元はしんと寒かった。カンカンカンと踏切の音が鳴り、家の近くを走る二両編成の電車がガーッと音をたてて通り過ぎていく。

不意に、目を見開くほどの途方もない気持ちが襲ってきて、憂鬱と対峙した。世界の中で生きている〝自分〟という存在が、いかに頼りないものかを自覚した。

物理的なあれこれとは関係なく「ここには誰もいない」と思ったし、ただ事実として「わたしって、こんな大きな世界でひとりで生きているのか」と思った。そこからはただひたすら、心許ない気持ちになって、なにかにすがりたい、助けてほしい、と思った。

この気持ちはなにか。探った果てに、たった一言、思い当たった言葉がある。

「ぽつん」

そう。この気持ちは「ぽつん」としか言いようがない。

「ぽつん」が一体いつになれば収まるのかわからずに暗くなっていく部屋でただひたすら座り続けていた。シャープペンシルを手に持ったまま、空《くう》を見て、自分の身体よりも大きい「ぽつん」を受け止めていた。

一階から「ご飯できたよ」と母のまあるい声がして、機械的に階段を下りた。リビングに行くと、いつも通りのあたたかな時間が流れていて、一瞬で自分と秩序を取り戻したのだった。そして、あんな「ぽつん」がまた訪れたら嫌だなと思った。


あれから何回も、その瞬間を迎えた。大学生のころは悲鳴に変わるほど恐怖して、友人に電話をかけまくって助けを求めたこともあったし、夕方からふらふらと街に出て行くこともあった。

でも、何度も何度もそれを繰り返すうちに、わかった。

この瞬間は持続せず、たったひとつの嬉しいことですぐにふき飛んでしまうほどの頼りないものなんだと。

今では、「ぽつん」をひとりでじっと受け止めることができるようになった。「ぽつん」の対処は、彼らを追い払おうとするのではなく、居場所を心の中に作ることが大事なのだと気づいたのだ。

「ぽつん」が現れたときに、ここに置いておこう、という置き場を作る。

そして彼らが帰っていくまで、そこにただ静かに鎮座している「ぽつん」をただただ眺める。それこそが対処法なのだと、大人になるにつれてある意味〝諦めた〟のだ。

気持ちは、すぐに変わりゆく。何度も積み重ねてきて、そう信じることができるようになったから、わたしは彼らを静かに受け入れられる。

ここ最近、ひとり静かに「ぽつん」を受け入れているとき、大人になったなと思う。「ぽつん」が訪れても、電車の中で「ぽつん」の最大瞬間風速を迎えても、誰にも連絡しないし、街にも出ない。
もうひとりで「ぽつん」に対峙できる。
慣れた感覚としてそこにある。きっとこの先も。
そうわかったのは、幸福なことのようで、すこし寂しいことのような気もする。

「若気の至り」に甘える

カツカツカツ、とヒールの音が響き、白い灯りに似た花をつけた大きなハクモクレンの木の下を、女が泣きながら通り過ぎていく。

ひとけのない道。静かに、涙の筋が頬をつたっていく。その目はしっかりと開かれて、視線の先にはオリオン座が浮かんでいる。彼女の目には、赤く光る肩の星、ベテルギウスがゆらゆらと滲んで映っている。

彼女は次の日も、その次の日も同じ靴で同じ時間に滲んだオリオン座を見

2018.3.25

る。泣いているくせに、怒っているようなヒールの音。

見ると口元には、悔しさを浮かべているようだった。

――彼女は、数年前のわたしだ。まだ毎日ヒールを履いていたころの、わたし。ハクモクレンが暗闇で夢みたいに咲くころには、オリオン座は見えなくなって、わたしもすっかり泣くのをやめていたけれど。

あのころのことを考えると、「あれは、誰か知らないひとの話だったのではないか？」と思えてくる。

状況は嘘みたいに悲惨だし、思考回路も理解できない。自分のおこないを思い出すと、悲鳴すらあげたくなる。

いや、あのときだけじゃない。

わたしはいつだって、過去のことを思い出すとき「どうかしてた」と思う。

あのころ、どうしてあんなに意気込んでいたのか、どうしてあんなことで落ち込んでいたのか。なんであんなことを言ったか、どうしてあんなことをしたのか、なぜあのひとを好きになったのか。

考えても考えても、今のわたしでは答えは出ない。もしかして、一貫していてブレない人間性を持っているひとなら、過去の自分についてもきちんと説明ができるのかもしれないけれど、わたしは自分でも驚くほど考え方が流れるように変わっていくので、正解は過去のわたししか知らない。

こういうふうに書くと、過去を後悔しているようだが、そうじゃない。どれだけ傷ついた過去であっても、恥ずかしい過去であっても、後悔をしたことはない。むしろ、（語ろうとは思わないが）ああいう体験をしてよかった、とさえ思っている。

「〝若気の至り〟という言葉に甘えていきたい」というのは、二〇一三年ごろのわたしの日記に書かれている言葉だ。さらに図々しいことに、「若気の至りに甘えなければ、恥ずかしい思いをする機会がなくなっちゃうもの」とまで書かれている。

若さの渦中にいるひとが書くようなことではないが、当時のわたしは真剣にそう思っていた。

それから四年の月日が過ぎたけれど、いまだ「若気の至り」という言葉が好きだ。なにかダメなことや失敗があっても、それは「人間性のせい」じゃなく、「若さゆえだよ」と言ってくれている気がする。

もちろん、その言葉に甘えて誰かを傷つけていいというわけでもなければ、迷惑をかけていいというわけでもないけれど、〝思い出したくない過去〟を肯定してあげる魔法の言葉にするにはいいんじゃないか。

過去の自分の傷を癒すようにかざす。または「もしかしたら、あとで考えたらめちゃくちゃ恥ずかしいかも？」と二の足を踏んでしまうようなときにも、お守りのようにかざす。

いいのいいの、未来のわたしより、今のわたしは若いんだから。若さに甘えよう、と。

じつは先日、とある出来事があり「過去」について色々と言われる機会があった。わたしの、わたしでも誇れない過去について、そのことひとつで「わたし」を否定されたように感じて悲しくてつらかった。たしかにあれはわたしなのだけれど、今のわたしとは全然違うのに、と思った。

同時に、じゃあわたしは、誰かの「過去」を許せるのだろうか？　とも思った。

「あのひと、こんなことをしていたらしい」「あのひと、昔こうだったらしい」というのはいつの時代においても話題になる嫌な話だが、過去と今は別物だとわかっている人で在りたい。

「若気の至り」という言葉を上手に使って、誰かや自分の〝思い出したくない過去〟を肯定できるといい。人のダメなところを責めたり、自分の過去を責められないために隠したりするのではなく、「若かったのよね」と笑って許してあげられるやさしい社会でもいいいんじゃないか。

オリオン座が浮かぶ季節になるといつも、もう聞こえてこないヒールの音を思い出す。

もう滲んでいないオリオン座は、過去のわたしと今のわたしは、（たとえ同じ人間であっても）もう全然違うんだと、言ってくれている気がする。

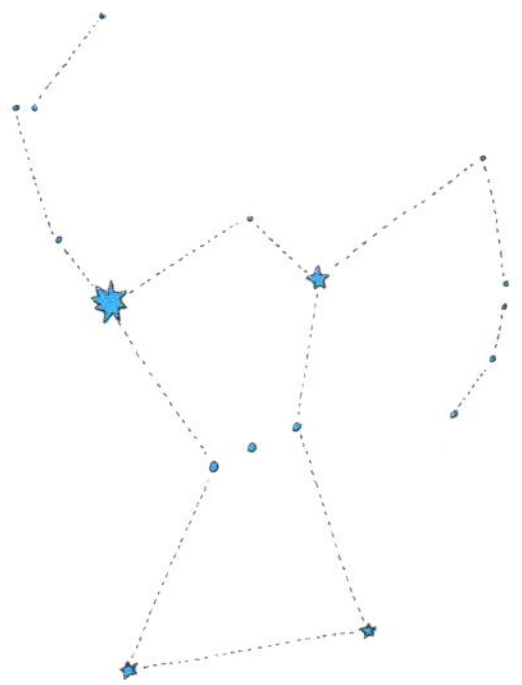

誕生日ごとの抱負

八月二五日、二八歳になった。「え、大人じゃん」という感想しかない（もちろん、もうとっくに大人だったのだけど……）。

もう「若い女の子」とは言えないし、かといって社会的に中堅と呼ぶには早すぎる。それなのにもう周りに甘えてばかりはいられない。未熟でありながらも、一歩ずつ自分の足で責任をもって前へ進んで行くことが求められているような気がする。

2018.9.2

そのうえ、まだ予定は具体化していなくても「結婚」や「出産」などに備えて「キャリア」を徐々に考えなくてはいけなくなる。なにかと選択を迫られる年齢、というべきか。

それにしてもこの歳になって本当に驚いているのは、周囲の笑っちゃうほどの結婚ラッシュだ。事前に決めたわけでもないのに、全国に散り散りになっている仲のいい友達が一斉に結婚を決めていく。

実際、わたし自身も二六歳ごろから急に「結婚は?」「相手はいるの?」と頻繁に聞かれるようになったし、「いる」と言えば「プロポーズはそろそろ?」なんて、無遠慮な質問をされる。犬も歩けば棒に当たるという言葉があるが、二八歳は生きているだけで「結婚」の二文字にぶち当たる、という感じ。

確固たる方針(自分は結婚をしないとか、今はまだしないとか)がなければ、周囲の言葉を疎ましく思ったり、それらに急かされたりしながら過ごしていかなくてはいけない。

二八歳は、スルー力をも求められるようだ。つらい。

あらゆる点で二十代前半とは明らかに違う。でも一方で、しっかりと人生を自分で歩いているような実感があって手応えがあるし、お金も時間も増えて好きなことをたくさん選択できるようになったことも、自由を手にしたようで嬉しい。

年明けではなく、誕生日ごとに抱負を立てるようにしているのだけど、二八歳はなににしようか。二五歳は「走り抜ける」、二六歳は「着実に生きる」、二七歳は「耕す」だった。

毎年、誕生日が近づくころには今の自分に足りないものが浮き彫りになっていて、頭にひとつの言葉が浮かぶ。そのときの言葉を大事にして、あまり深く考えすぎずに決めるようにしている。

今年はなににしよう。……考えてみたけれど、なにも思い浮かばない。

あれ、おかしい。

いつもならすぐに浮かぶのに。

昔、東京の「利島《としま》」という離島へ取材に行ったことがある。人口三百人のその島は、本当に静かだった。

中でも一番気に入ったのは、海へすーっと伸びている大きな桟橋。そこへ座ると、真下は油絵のように青い、深い深い海で、遠くにはほのかに丸い水平線が見える。そこへずっと座って、夕日が落ちるのを見ていた。

振り返れば、二七歳はあの桟橋に座っているときのように、静かだった。特になにかを考えるでもなく、かといって退屈するわけでもない。外で起こる色々なことを目に焼き付けては、心に蓄えていく。心の中は、すんと静かで、頭がぼやっと滲むようなあの感じ。

これまで浮き沈みが激しかったわたしからすれば、とても貴重な時間だったが、そろそろ、立ち上がって進まなくてはいけない。

しかし、「どこへ?」と聞かれると、まったくわからない。長らく海を見つめすぎて、心を見つめるのを怠っていたから。

しばらくたってやっと出てきた抱負は、「心が喜ぶ選択をする」だった。

二八歳は本当に多くの選択を迫られているけれど、選択は頭で考えると、苦しい。こっちのほうがいいかも、いや、あっちのほうがいいかもと思考は散らばりやすいし、考えれば考えるほど一歩踏み出すのが怖くなるという不思議な性質もある。

どっちのほうが最善か？　どっちのほうがこれからにとって良いのか？　と考えるのではなく、大事なのは心が喜ぶ方向へ走っていくこと、それに尽きる気がする。

これまでだって、「心が赴《おもむ》くままに歩いていく」ことで失敗をしたことなんてない。心はいつだって自分にとって本当に必要なものを知っているし、それを選んだ後の困難は、苦にもならない。

わたしの大事にしている言葉に、「未来のために今があるのではなく、今の先に未来がある」というものがあるが、心が喜ぶ選択を積み重ねれば、必ず未来は豊かになる。そう信じている。


心の声を聞くことは結構難しい。

疲れていたりなにかに追われていたりすると、保守的な考えしか浮かんでこないから。

心をやわらかく保つ。それには日々の努力が必要なのだ。

小さなことでいい。今日はあのパンを食べたいとか、今日は外へ出ずにゆっくりしようとか意識的な選択をする。なんだか嫌だなと思ったら、「行かない」「やらない」を選択する。

こういう小さな積み重ねで心をやわらかく保って、大きな選択への糧にしておこう。

今年も、よい目標ができた。途端に、二八歳が一層楽しみになってきた。
歳をとるのが嬉しいだなんて、幸せだ。
十年後も二十年後も、同じように思っていられるといい。

〃感受性〃は簡単に鈍ってしまう

感受性は、簡単に鈍るらしい。

昔は、いろいろなことを感じ取れた。人の声に滲むわずかな感情は無意識にわたしの心にまでまっすぐ届いたし、「なにか違う」という違和感にももっと敏感だった。そのほかにも「今日の風はまろやかだ」、「光が足元に模様を作っている」、「氷が溶ける音は、泡のおしゃべりみたい」と、ひとつひとつを味わ

2018.12.19

うこともできた。

一見ポエムみたいだと思うかもしれないが、格好つけているわけでも、誇張しているわけでもなく、それらこそがわたしにとっては「ありのまま」だった。

きちんと感じ取って、味わって、言葉にできた。

それがここ数年、働きはじめてからというもの、急激に感受性が鈍っていく感じがある。これをただの「感性の老い」と表現するのは楽だけれど、きっとそれ以外の原因だってあるはずだ。

忙しいからでしょ？　と言われたらその通りかもしれない。でも、会社員でもないわたしは十分に休めているはず。というか、そんな自負があった。

それに仕事柄「感受性」とやらは必要で、わたしはそういうものを文字に変換して生きているはずなのだ。なのに。

先日、ハワイにあるアウラニ・ディズニー・リゾート&スパに行ってきた。

三泊五日、はじめてのハワイ。仕事はできる限り終わらせてから出発したから、しっかりと楽しむ準備はできていた。

けれど、ハワイのいろいろを感じる間もなく一日を終え、二日を終えようとしていることに気づいてしまった（気づいただけマシよね）。

誤解があると困るので正しく言い直すが、アウラニ・ディズニー・リゾート&スパ自体には素直に感激した。着いた瞬間はすごく嬉しかったし「広い！」とか「プールだ！」とか言ってはしゃいだ。「遊びに行こう！」と同行者を引っ張ったりもした。

涼しいね嬉しいね楽しいねかわいいね美味しいね。

もちろん心は動いていた。

でも、なんだろう。これはただ「見ている」「遊んでいる」だけで、「感じている」のとは違う。

「今、わたしたちハワイにいるんだね」

何度もそう言葉にしたのは、いつまでも実感が湧かなかったからだと思う。

心に、余白がない。

なにかがぴっちりと頭にくっついていて、隙間風が吹かない。

仕事に追われているとか追われていないとか、そういうこととはきっと関係がなく、わたしの頭の中にはなにかがぎゅうぎゅうに詰まっている。いつかやらなくちゃいけないこと、過去の嫌な記憶、未来の心配事。

詰まっているのは、そういう〝余計〟なものたち。今を味わうのに不要なものたち。

すこしだけ焦ってみたけれど、焦ったところでなにも変わりそうにはなかった。

なにかできることを。

そう唱えてひとりでやってみたのは、ひとつひとつを言葉にしていく作業だった。

「水が冷たい」とか、「雲が流れている」とか。

在るものをしっかり知覚し、つかんで、受けとるために。

頭の中で、ひとつひとつ言葉にした。


「葉の音がする」

「地面が濡れている」

「シーツの匂いがする」

それからそれから……。


そうして三日目の朝、ぼんやりと座っていると、風が通り抜けた。

あつくもなく、つめたくもない風。とても軽やかで、やわらかい。スッと通り抜けて、不意に風の来た方向を見た。この風は、どこを通ってきたのだろうと思ったからだった。

その瞬間、やっと、「心がゆるんだ」と思った。

やっと、「〝ここにいること〟を感じられた」と思った。

よかった、まだわたしの感受性は、使えばきちんと動く。


そこから得た記憶は、鮮やかだ。

目をつぶればたっぷり思い出せる。

プールサイドを歩いているときに聞こえた水が跳ねる音、濡れた子どもが歩くときの地面の音、風でまとわりつくスカートの感触。ベッドの沈み具合、バスローブのなめらかさ、キャラクターを前にした人のざわめき、そこかしこで聞こえる嬉しさを含んだ話し声。

なによりも記憶に残っているのは、ロビーを通り抜けてくる風が美しかったことだ。それから、夜、窓を開けているときに滑り込んでくるライブミュージックとささやかな風が、豊かな時間をつくってくれたこと。

あの場所がゆるめてくれた心を、いつまで保っていられるかはまだわからない。
それでも「感受性」をゆるめたあの時間を覚えているだけで、きっとわたしは大丈夫。
きっと。

交わりはなれて、交わって

渋谷。

スクランブル交差点の信号が、青になる。

ピィ、ピィと信号機が音をあげ、人の脚が横断歩道へと一斉に伸びる。わたしも前の人につられるようにして、歩き出した。

白、黒、白、黒。

足元ばかり見ていることに気づき、顔をあげる。おじさん、おばさん、おば

2018.12.31

あさん、旅行客、若者、ＯＬ、サラリーマン……。

スクランブル交差点は、一度に三千人が渡ることもあるらしい。友人に似ている人もいたし、見慣れない風貌の人もいた。

渡りきるまでに本当に多くの人とすれ違った。でも、その誰とも、わたしの人生は交わっていない。この一瞬でしか出会わなかった人たち。

彼らはこれからどこへ行くのだろう。

どこで生きてきて、どんな人生を歩んでいくのだろう。


階段を下りたところにある小さな居酒屋で、前職のチームメンバー三人と飲んだ。全員男性で、わたしよりも年上。

年末だからと当たり前のように集まったが、よく考えてみれば彼らと一緒に働いていたのは、もう三年も前のことだった。当時は毎日顔を合わせ、夜中まで一緒に仕事をしたものだったが、今ではそれぞれ違う仕事をしている。

転職をした人もいれば、わたしと同じくフリーランスになった人、会社を作った人。プライベートでも結婚をしたり、離婚をしたり、NYに行ったり。皆、それぞれのドラマがこの三年間にはあった。

一緒に働いた一年間。当時わたしの人生のすぐ近くを並走していた三本の線は、三年の間にバラバラの方向に走り出し、今やぽつ、ぽつと時折わずかに交わる程度になってしまった。

彼らとこうして集まれるのはいつまでだろう。彼らはこの先どんな人生を歩むのだろう。頭の中に、先ほどの交差点の様子が浮かんだ。

「ねえ、この三年間で起こった出来事ベストスリーはなに？」

ビールを片手に持った先輩が聞いてくる。

皆一様に居酒屋のどこかに視線を飛ばし、過去を探った。

三年間で起こったことなんて、山ほどある。

仕事は変わったし、暮らしも変わった。自分の性格も然り。ちょうど長年貼ったポスターを剝がしたとき、壁の日焼けに気づくように、変わってなんかいないと思っていても、ゆっくり染み込むようになにかが変わっている。

三年前並走していた三本の線はなくなって、三年前には遠い場所にあった線が、今やわたしの一番近くにいる。彼だ。

彼と知り合ったのは一年半前。

夏の入り口、東京駅でのことだった。

知り合いと一緒にいた彼に、軽く会釈をした。それが、彼をはじめて見た瞬間だった。それまでは見たことも聞いたこともなかった人。今は同じ家で暮らす人になった。

「どこにいたの　生きてきたの　遠い空の下　ふたつの物語」

これは、中島みゆきさんの『糸』という曲のワンフレーズ。彼が過去を語るとき、彼と出会っていなかったころを思い出したとき、横で当たり前のように眠る顔を見るとき。心で問いかける。


ねえ今まで一体、どこにいたの。

どんなふうに生きてきて、わたしはそのころ、なにをしていたの。


考えるとすこし寂しく、途方もない気持ちになる。やがて気持ちは大きくなって、もしかしてずっと迷子だったのかもしれないなんて馬鹿げて寂しい気持ちになり、欲張りなわたしは思わず言う。

「もっと早く出会いたかったなぁ」

でも慎ましい彼は、いつもこう答える。

「そう？　俺は、あのとき出会えてよかったと思ってるよ」

こういう話を〝縁〟というジャンルでくくってしまうのは、あまりにもチープだ。かといって〝運命〟という壮大な響きともちょっと違う。

なんというか、もっと、奇妙なものだと思う。

偶発的で、そこに意味なんてない。

残念ながら、神様が用意していたとも思えない。

ただわたしたちは各々の意思で人生の線を走らせ、走らせ、走らせていたら突然誰かとぶつかり、出会う。事故のように。事故に巻き込まれて数年過ごした後、すっとはなればなれになる線も多くある。一方、細く、長く、ずっとそばにいてくれる線も。


人との出会い（と別れ）が、人を変える。

彼と出会い愛について考えはじめたように、チームメンバーと出会い今この仕事をしているように。

誰と、いつ、どんなふうに出会うのか。それがどんな意味を持つのか。わたしたちは知ることができない。

その世界の仕組みを、憎いとさえ思う。

「じゃあ、さえりちゃんは？　ベストスリーは、なに？」

気づくと順番はわたしのところへやってきて、先輩たちがこちらを見ていた。

「そうですね、わたしは……」

答えながら思っていた。この三年間は、あまりにも変化に富んでいて、あまりにも幸福だった。だからといって、「あれが絶頂だった」だなんて思いたくない。これからどれほど時間が経っても、どんな人と出会っても、「三年前のほうがよかった」と言う人にはなりたくない。

「あの、お会計、いいですか」

師走の店内は慌ただしく、もつ鍋を食べきった直後に追い出されてしまった。狭い店内で上着を羽織り、先輩たちは各々の愛が待つ家へと向かう。

外はずいぶん寒かった。マフラーをきつく巻き直し、渋谷の交差点前で人混みを再び見つめた。

人が、交わってははなれ、はなれては交わる。

彼らの人生も、わたしと同じように、誰かと出会い、変わっていくのだろう。


「お待たせ。寒かった？」

ちょうど飲み会を終えた彼がやってくる。

「大丈夫。帰ろう」

彼の横に立ち、ゆっくりと手を伸ばし、握りしめた。

乾いていて、やさしいぬくもり。

それらをふたりの手のひらの中に丁寧に閉じ込めて、交差点を背にゆっくり一歩を踏み出した。

おわりに

小雨降る代官山で、喧嘩をした。夫と。

ささいなことですこし言い合ううちに、だんだんと苛立ち、声を荒らげる。

くだらないことだとわかっているから、たっぷり空気を吸い込んで言葉を飲み込もうと試みたのに、ボワボワと湿った空気が肺に入り込んで、ねちっこく転がる。

強い言葉はかろうじて飲み込んだものの、結局ふたりはそっぽを向く。


濡れた地面の埃っぽいにおい。

タイヤが雨をはじく音。

滲んだ道路に映るヘッドライト。

背後にいるはずの夫がいつまでも声をかけてくれない。しびれを切らして顔にかかった前髪をかき分けるふりして振り返ると、そこに夫の姿はなかった。傘は夫が持って行ってしまったから、すぐ目の前の、古臭いアパートの軒下まで移動して、しゃがみこんで道ゆく人に顔を見られないように俯いた。

時折こちらから睨むように見つめると、見てはいけないものを見たように目を逸らされる。

二九歳を目前にして、子どもっぽい。大学生じゃあるまいし。

そう思いながらも、迷子みたいに小さく縮こまって、地面の乾いた部分にスカートをつけて怒りが去るのをじっと待った。「最近、もう怒ったりしなくなったよね」と友人を前に大人ぶったのは数日前なのに。

湿気のせいだ。いや、夫のせいだ。いや、わたしのせい、か。

もしもまだ恋人だったら、「なんであんなこと言うの？　信じられない。だいたい彼っていう人間はさぁ……」と人間性にまで及ぶ考察をしてしまったかもしれない。または「わたしを置いて怒ってどこかに行ってしまうくらいなら、わたしも姿をくらませてやる」と思い立ち、彼がわたしを必死で捜すまで愛情を確かめるように逃げたかもしれない。

でも、そうしなかった。
喧嘩した場所で待っていた。
だって夫婦だから。

夫はきっと戻ってきてくれる。そしてわたしたちは仲直りをする。「ごめんね」と夫は言って、わたしも「こちらこそごめんね」と言う。
そうしなければ不幸になるのは他でもないわたしたちだし、喧嘩のひとつずつで絆を深めた恋人の期間はおわったのだし。

絆やら愛情の確認やらは薬指の指輪に任せて、わたしたちは今日の残りの仕事や明日の疲れのことを思わなくちゃいけない。ふたりの家は同じ場所にあるし、ベッドはひとつだし、わたしが明日も一緒にいるのは夫で、夫が明日も一緒にいるのはわたし。

だから、手を繋いで家へ帰る。


五分が経ち、十分も経とうかというころ。

黒いスニーカーが近づいてきて「ごめんね」と声が降ってくる。

「見えなくなってたから、違う場所を捜してた」

「どこにも行くわけないでしょう。あなたが手を離した場所で、待つよ」

「そっか」

「そうよ。そうに決まってる」

「そっか」

すこしだけ文句を言って、無言で安いうどんを食べて、天かすがすっかり出汁を吸ってぷっくり膨れるころには腹の虫もおさまって。

予定に違《たが》わず、きちんと手を結んで帰った。

結婚して数ヶ月。

変わらない暮らしを続けているが、大きく変わったことがあるとすれば心持ちだろう。ひとつ、脳裏に焼き付いて離れない言葉がある。

「続く」だ。

続くのだ。わたしたちは夫婦をはじめたその日からずっと、続いている。明日も明後日も、どちらかが立ち上がって重い幕を下ろさない限りは、続く。ひどい喧嘩をしても、恥ずかしい思いをしても、嫌な姿を見られても、すこし見栄を張ってみても、怒鳴ってみても、我慢してみても。わたしたちは続く。

夫婦は続くよ、どこまでも。野を越え山越え、谷越えて。

足元の石に躓き、目先の花に気を取られ、時に相手だけを見つめすぎて足を掬われ、そんなふうにしながらも前へ前へと進んでいく。


またひとつ変わったな。喧嘩の終わりに、甘い言葉を交わしたり、抱き合って平和を誓ったりもしなかった。

安すぎるうどん屋の暖簾《のれん》をくぐり、最寄り駅に着くころには雨の気配はすっかりなくなっていて、薄黄色いモヤが空にかかっていた。


うまくいくことばかりじゃない。

美しい瞬間ばかりじゃない。

それでも、わたしは、わたしとわたしの人生が好き。

歩いてきた道のりも、決していいものばかりじゃなかったけれど、それでも好き。昨日と全然変わってしまった自分に呆れながら、それさえもまるっと受け入れて、なにかを選び取り、なにかを捨てて、揺れながら進む。

夫のリュックの紐が揺れる。
わたしの腕にかけた傘が揺れる。
繋いだ手が、前へ後ろへ揺れる。

揺れながら、進む。
揺れながら、続く。

最後まで読んでくださった皆さん、本当にありがとうございました。
一年間の記録は読み返すたびに恥ずかしくて、けれどそのたびに「若気の至りに甘えよう」と自分を励まし、出版に至りました。

心が揺れて、価値観が揺れて、環境が揺れる。

そういう瞬間をしっかり書き残せたことを嬉しく思います。

未熟な文章と、未熟なわたしをみて、「わたしもわたしの世界をすこしは愛してみるか」と思ってもらえたら本望です。


最後に。

連載中、毎回びっくりするほど長い感想を送ってくださった編集の片野さん。本当にありがとうございました。これまでずっとWEBの取材記事ばかり書いてきたわたしにとって、エッセイを書くのは想像以上に不安なことでした。

けれど、「もっとノスタルジックに」「もっと冒頭、いけるはずです」、そんな漠然とした、けれどもしっかりと想いの乗ったフィードバックに感動し、励まされ、精進してきたつもりです。

ふたりとも同じ時期に結婚したこともあり、「マリッジブルーになりましたか？」「婚約期間の喧嘩ってどうしましたか？」と色々と相談もさせていただきましたね。

連載が本となり、本当に幸せです。ありがとうございました。

そしてなにより、連載中にたくさんのコメントで励ましてくれた読者の皆さん、本当にありがとうございました。

夏生さえり

Profile

夏生さえり Natsuo Saeri

山口県生まれのフリーライター。大学卒業後、出版社に入社。その後はWeb編集者として勤務し、2016年4月にライターとして独立。取材、エッセイ、シナリオ、ショートストーリー等、主に女性向けコンテンツを多く手がける。恋愛系のツイートが話題となり、SNSのフォロワー数は計22万人を超える。
著書に『今日は、自分を甘やかす　いつもの毎日をちょっと愛せるようになる48のコツ』(ディスカヴァー・トゥエンティワン)、『口説き文句は決めている』(クラーケン)、『やわらかい明日をつくるノート～想像がふくらむ102の質問～』(大和書房)、共著に『今年の春は、とびきり素敵な春にするってさっき決めた』(PHP研究所)がある。

Staff　ブックデザイン　bookwall
イラスト　カシワイ
DTP　美創
編集　片野貴司(幻冬舎)

本書は、WEBマガジン「幻冬舎plus」で2017年12月から2018年12月に連載されたエッセイと、著者note(https://note.mu/saeri908)、大学生向けWEBメディア『マイナビ学生の窓口』特別企画「僕と私の #平成といえば」へ掲載されたエッセイに書き下ろしを加え、大幅な加筆、修正をしたものです。

<楽曲使用許諾>
日本音楽著作権協会(出)許諾第1909230-901

(株)ヤマハミュージックエンタテインメントホールディングス 出版許諾番号 19376P
サメの歌(本書98p) 作詞:中島 みゆき 作曲:中島 みゆき
©2010 by Yamaha Music Entertainment Holdings, Inc.
All Rights Reserved. International Copyright Secured.
糸(本書241p) 作詞:中島 みゆき 作曲:中島 みゆき
©1992 by Yamaha Music Entertainment Holdings, Inc.
All Rights Reserved. International Copyright Secured.

揺れる心の真ん中で

2019年9月23日 第1刷発行

著 者 夏生さえり

発行者 見城 徹
発行所 株式会社 幻冬舎
〒151-0051 東京都渋谷区千駄ヶ谷4-9-7
電話 03(5411)6211(編集)
03(5411)6222(営業)
振替 00120-8-767643
印刷・製本所 錦明印刷株式会社

検印廃止

ISBN 978-4-344-03512-6 C0095
Printed in Japan

幻冬舎ホームページアドレス https://www.gentosha.co.jp/
この本に関するご意見・ご感想をメールでお寄せいただく場合は、
comment@gentosha.co.jpまで。

『坊っちゃん』の漢学者はなぜ斬殺されたか／目次

第一部　十九年の空白

第二部　物語「しき石なれど」

第三部　歴史のたくらみ

第一部

十九年の空白

小説『坊っちゃん』の漢学者

夏目漱石の名作『坊っちゃん』のなかに、年老いた漢学者がなんどか登場する。

坊っちゃんは、「漢学の先生はさすがに堅いものだ。昨日お着きで、さぞお疲れで、それでもう授業をお始めで、大分ご精励で——とのべつに弁じたのは愛嬌のあるお爺さんだ」と、初対面の老漢学者に好印象をもつ。寄宿生の処分を決める職員会議では、配られた蒟蒻《こんにやく》版を「畳んだり、延ばしたり」していて、このお爺さんは会議にとんと乗り気ではない。宴席では料亭の床の懸物を、「あれは海屋《かいおく》と云って有名な書家のかいた者だ《ママ》」と坊っちゃんに教えたりする。しょせん端役《はやく》だから読者が気にとめることはないのだが、この漢学の先生のモデルは、明治二十五年三月から松山中学に奉職していた左氏珠山《さししゆざん》という教師である。

明治二十九年四月、漱石は一年間在職した松山中学を離任し、熊本の第五高等学校へ赴任する。同じ四月、珠山先生は愛媛県の南端の宇和島に新設された南予中学へ転任した。しかし、あろうことか、この年の七月二十日早朝、通勤途上の珠山は暴漢におそわれ不慮の死をとげた。

珠山の奇禍は当時の地元紙に報道記事がある。

町中の路上で珠山を斬り殺したのは、高知県の宿毛《すくも》から宇和島にうつり住み、塾を経営していた士族の三好蔦江《みよしつたえ》という人物だった。官憲は三好を調べたが動機がわからず、事件は狂人の偶発的な蛮行ということで片づけられている。

珠山遭難から十年後、漱石は『坊っちゃん』を執筆し、俳句雑誌「ホトトギス」に発表するのだが、もし漱石がかつての同僚の非業の死を知っていたなら、「愛嬌のあるお爺さん」の漢学者が登場することはなかったであろう。

ところで、この珠山遭難のなぞに光をあてた郷土史家がいた。名を桜井久次郎《きゆうじろう》という。昭和の初め、漱石と同様に教師として愛媛にやってきた東京の人である。

昭和四十年春、定年退職した桜井は、松山の道後に居をかまえた。そして、ライフワークである伊予の小藩大洲《おおず》の藩政史の研究に余生をついやしていたが、教師生活の大半を過ごした大洲へ講演会の講師として招かれ、そこでたまたま、左氏珠山の遭難を知った。

藩政史を研究するなかで、桜井の関心は維新後の士族の動向へ向けられていく。西南戦争に呼応し武装蜂起を企てた土佐や伊予の不平士族のことを知るにつれ、珠山遭難を狂人の偶発的な犯行としておくだけでよいのか、疑問をいだくようになる。欲望、怨恨、謀略、イデオロギーなど歴史を動かす人間くさいマグマがからみあい、ふきだした一点でこの遭難は起こったのではないか――。とはいえ、明治の近代化の途上であいついだ不平士族の反乱と珠山遭難の間には、十九年という長い月日の隔たりが横たわっている。この十九年の空白を埋めるため、桜井は各地を取材し、斬殺された老漢学者と没落不平士族をむすびつけた人物への推察を重ね、遭難の因果を解き明かしていく。

この話は、桜井久次郎という伊予大洲の城下町と深い縁《えにし》をむすんだ郷土史家の境涯にふれながら、珠山遭難にいたる歴史的な背景をおいかけたものである。真実にどこまで迫りえたか、その判断は読者諸兄にゆだねるしかない。話の始まりは昭和四十一年初夏、桜井が大洲の「郷土館」へ講演で招かれた日にさかのぼる。

漱石の同僚の悲劇

もともとこの講演は、年明けに館長の高井政生《まさお》から、「夏目漱石没後五十年」のテーマで何か話してもらいたい、と桜井のもとへ電話があったのがきっかけだった。漱石の研究家でもない桜井は、小説『坊っちゃん』の舞台裏のようなことでもよいのなら、と半ば断るつもりで応えると、それで結構だということになった。

早朝の汽車で大洲へ行き、桜井が郷土館に出向くと、会場には歴史好きの会員が三十人ばかり集まっていた。

旧知の者が多く、桜井はあいさつ代わりに、朝風呂に通うのが楽しみになった、道後での暮らしにふれて会場の雰囲気をやわらげた。それから漱石が、松山中学の生徒会誌である「保恵会雑誌」に書いた二十八項目にも及ぶ「愚見数則《ぐけんすうそく》」のことを、小説『坊っちゃん』と関連づけて次のように紹介した。

漱石は君子像を、「命に安んずるものは君子なり、命を覆すものは豪傑なり、命を怨むものは婦女なり、命を免れんとするものは、小人なり」と「愚見数則」に記しているが、これは『坊っちゃん』のうらなりに反映されている。小説では、「おれは君子という言葉を書物の上で知っているが、これは字引にあるばかりで、生きているものではないと思っていたが、うらなり君に逢ってから始めて、やっぱり正体のある文字だと感心したくらいだ。」とある。さらにうらなりの君子ぶりは、かれの送別会での挨拶で真骨頂を迎える。

漱石はこのように書く。「自分がこんなに馬鹿にされている校長や、教頭に恭しくお礼を言っている。それも義理一遍の挨拶ならだが、あの様子や、あの言葉つきや、あの顔つきから言うと、心から感謝しているらしい。こんな聖人に真面目にお礼を言われたら、気の毒になって、赤面しそうなものだが狸も赤シャツも真面目に謹聴しているばかりだ」。

桜井はこんな感じで、さらに二、三の「愚見」と小説とのかかわりを取り上げたが、聴衆は眠そうなので、どうにも同じ話をつづけられそうにはなくなった。そこで少し話題を変えて、今度は登場人物のモデルの紹介をした。

坊っちゃん、山嵐、校長の狸、教頭の赤シャツ、図画教師の野太鼓について、実在した教師を推定してみせた。もっとも漱石自身、「あれは小説だよ」と言っているように、モデルは特定の人物に限られたものではなく、何人かの人物の個性をまぜあわせ、漱石が想像をたくましくして生み出した人物であるから、モデルへの興味関心も時が経つとともにうすれてしまっている。と、そんなことを桜井は話したが、実際にその通りで、受講者も押し黙ったままで、目をとじ、眠りだす者まで
いる。

与えられた時間はまだのこっていた。

桜井は講演を少し早目に切り上げることにし、最後にもう一人だけ紹介した。小説の中では大変地味な存在なので、だれもモデルを詮索していないが、桜井と同じ漢学の先生の左氏珠山である。新任の坊っちゃんが登校し、教員控所で先生方にあいさつまわりをする。山嵐に辞令をみせたあと、次は左氏珠山。小説では、「愛敬のあるお爺さん」として登場するこの漢学の先生を、漱石は田舎の好々爺として描いている。

モデルになった左氏珠山は、大洲の西隣の八幡浜の修験道者の家に生まれた。独学で百家の書を読み、志を立て郷里をはなれ、大阪ではあん摩などをしながら漢学者の許《もと》に入門して学んだ。その後、郷里に帰ったようだが、詳しいことは分からない。漱石と一年間、同僚だったことはたしかである。

松山中学での評判はどうであったか。

珠山先生の教えを受けた郷土史家の景浦直孝という人が思い出を書きのこしていた。氏によると、珠山は生徒から「古べた親爺」とあだ名で呼ばれていた。ある時、生徒たちが古べた親爺の学力をためしてやろうと、数編の漢詩を集めて珠山先生に質問した。すると珠山はたちどころに、「これは宋の詩じゃけん、あっ、こっちは唐の誰それの詩じゃわい。こいつはダメじゃ、作者は日本人に違いない、へたくそな詩じゃ」などといちいち指摘し、間違いはひとつもなかった。生徒たちは舌をまき、それからは古べた親爺などと侮ったあだ名でいう者はいなくなった。珠山は詩吟の達人で、生徒が望むと教場で文士風に格調高く詠うこともあった。

講演の反応は低調で、パラパラと拍手はあったが質問はなかった。

一階の和室で、桜井は役員たちと折詰弁当を食べ、ビールで喉をうるおした。みんなの話題は、四月から始まったＮＨＫの連続テレビ小説「おはなはん」のことに集中した。明治の町並みがのこる大洲の町割りがロケ地となった。ドラマはこれまでにない高視聴率で、全国的にも大変な評判となり、大洲では市民も行政も突如湧き上がった「おはなはんブーム」に舞い上がっていた。ロケが行われた通りは連休中、全国から訪れた観光客で大洲藩開闢《かいびゃく》以来のにぎわいだったという。

そんな会話に割りこむように、

「そりゃそうと桜井先生、坊っちゃんのモデルのことですけんどなぁ」

と館長がいきなり大きな声を出したので、みんなは話をやめた。

「先生が最後に話された人、さししゅざん、と、お言いなはったですかな？」

「ええ、そうです」

桜井が応えると、漢字でどう書くのか、と高井は訊いた。

姓と名のそれぞれの漢字を桜井が教えると、高井はノートに大きな字で「左氏珠山」と書きつけ、思いだすように、

「漱石先生が熊本へ変わった年の七月、たしか同じ年じゃが、この左氏先生、殺されなはったはずですらい」

と耳を疑うようなことをいった。

「殺されたって！　なんですかそれ？」

「あれぇ、先生はご存知かと思っとりました」

「いや、殺されたなんて、初めて聞くことです」

突然、センセーショナルな話題になり、みんなは目を丸くし、高井と桜井を見つめた。

「私の記憶ちがいだったら、こらえてつかあさいよ。そいでも左氏珠山ちゅうのは珍しい名前ですけんな。宇和島で昔、日本刀で殺されなはった中学の先生が、たしか、そんな名前の人じゃったと思うんですらい」

高井はみんなの好奇な視線を集め、しどろもどろになった。

それから、ひと呼吸おくと、西南戦争の年に生まれた母親が、娘のときに見聞した珠山遭難事件のことを話した。

母親が大洲の高井家へ嫁いできた年の夏のことだった。早朝、生家の染物屋がある通りで、南予中学の漢学の先生が斬り殺された。町は大騒ぎだった。先生はいつも染物屋の前を往復していたので、母親は顔見知りでもあった。宇和島では大きな事件だったが、母親は嫁ぎ先の大洲の家では一切口にすることはなかった。母親がこの事件にふれたのは、高井が教頭になって宇和島の中学校へ赴任したときだった。それも母親の娘時代の話のなかにあったことで、事件そのものの話ではなかった。

高井の母親は三年前、八十五歳で他界していた。

桜井は弔意を口にしながら、「愛敬のあるお爺さん」を突然おそった事件について、大洲藩政史研究の合間に、少し調べてみようと思った。漱石の同僚だった漢学者である。尋常なことではない。珠山のことから話題が再び「おはなはん」へうつったのを機に、桜井は郷土館を辞去した。

桜井久次郎と伊予大洲

この日、いまひとつ、大切な用事があった。

伊予大洲藩主だった加藤家の第十四代当主泰通《やすみち》公へ、伺候《しこう》をかねて藩政史研究の進み具合を話しておく必要があった。いっぽう公からは、ペリー来航から維新までの時代の大洲藩教学に大きな役割を果たした私塾「古学堂」について知りたい、と要望されていた。桜井は古い家並みの中を歩き、加藤家の総二階建ての屋敷がみえる路地で立ちどまった。西をのぞいて二階の三方はガラス障子をめぐらせており、採光と見晴らしがよい。二階の客間の縁側からは、城郭の石垣と、こぶりだが姿の美しい高覧櫓をまぢかにながめることができた。思いがけず、生涯の大半を大洲で過ごすことになった桜井にとって、この西洋風のモダンな様式と和風建築の格式をかねそなえた屋敷は、大洲時代のさまざまな思い出がつめこまれた場所であった。

桜井久次郎は明治三十七年九月、東京府練馬の関村という青梅街道沿いの農村に生まれた。生家は桜井一族の分家で自作農だったが、暮らしは貧しかった。久次郎は勉強がよくできたので帝大を目指したが、両親も親戚も許してはくれず、国学院大学高等師範部に進学した。国文学を専攻した久次郎は、昭和二年の春に私立目黒中学校へ奉職する。

ゆくゆくは母校の大学の教壇に立つつもりで、久次郎は万葉集の研究をつづけていた。すると昭和六年一月、突然、大学の恩師から教務部長へ会うように電話があった。

助手の話が頂ける、と期待して教務部へでむくと、四国の松山にある県立の農業学校へ行ってくれないか、といわれた。驚いて恩師へ相談すると、「大学のためだ」と含むところのある言い回しで、数年のがまんだから受けたほうがよい、と説得された。

久次郎は迷った。家を継ぐ必要はなかったが、落合家の文子と将来を約束し合っていたのである。落合家は高級官僚を親戚筋にもつ法律家の一族だった。

文子は東京音楽学校へ進学したが胸を病み、自宅で療養したあと、大手乳業メーカーで社員に合唱を教えていた。久次郎と出合ったのは、このメーカーの社長夫人が主催していた「万葉に親しむ会」のサロンである。文子は裁判官の父親のはからいでサロンへ出入りするようになり、久次郎はこのサロンで講師役をしていた恩師の代役をすることがあった。熱っぽい語り口の久次郎に文子は心を惹《ひ》かれ、二人はすぐに焼きつくような純愛の仲になった。

晩秋のある日、久次郎は渋谷の落合家に招待された。このときに両親から品定めをされたようだった。大学から松山行きの話があったのは、招かれたあとの年明けである。両親は交際を断つように迫ったが、文子は受け入れなかった。結婚することを誓い合い、久次郎は松山へ赴任した。

しばらくの辛抱のはずであった。ところが頼りの恩師は他の大学へ変わってしまい、母校からも何の沙汰もなかった。離ればなれで五年がたった。この間、盆と年の暮れに久次郎は東京へ帰り、熱い逢瀬を重ねた。両親の反対をふりきり、文子が四国の松山へやってきたのは昭和十一年の初夏のことである。

昭和十六年春、伊予大洲の女学校へ転校し、桜井の人生は大きく開かれる。

大洲は四国北西を流れる肱川《ひじかわ》の内陸部に拓《ひら》けた城下町である。

中世の昔から内陸と瀬戸内海をむすぶ舟運《しゅううん》で栄え、もともとの地名を大津という。大坂の陣で軍功のあった米子の加藤貞泰《さだやす》が元和《げんな》三年、この大津の領地を与えられて入部し、二代泰興《やすおき》がここを大洲と改名した。以後幕末の十三代泰秋《やすあき》まで二百三十年余り、お家騒動も領地替えもなく、いたっておだやかな治世が続いている。

四層の破風《はふ》屋根をもつ天守閣は、その優美な姿を肱川に映していたが、明治の半ばに老朽化して解体されている。城下には中世以降の古い町割りが残り、城郭《じょうかく》周辺の身分制の区割りとあわさって、町内の家並みは上品で風情ある佇まいをみせていた。

歴史が霊気《れいき》を育むとするなら、濃い朝霧につつまれる内陸のこの大洲ほど、桜井の情感にひびく町はなかった。

桜井は万葉集を愛し、自らも抒情歌を詠み、漢籍に明るく、古文書の解読を趣味としている。大洲での暮らしがはじまると、古地図を手に入れ城下をくまなく歩いた。銀札場、蔵長屋、町会所、藩校、練武所などの址《あと》を訪ね、思いは幕末から維新の時代の大洲藩の動静へと広がるのだった。

桜井は国文学を授業で十分に活かせるようになった。授業は文学好きな女学生たちの人気を集めた。妻の文子と同じく彼女たちは「ヤギさん」と、桜井先生にニックネームをつけた。戦後の学制改革で女学校は男女共学の高等学校となり、赴任して十年後の昭和二十六年四月、桜井は教頭に昇任した。

大きな転機となるのは、旧藩主の加藤泰通の知遇を得たことだった。

泰通は、大洲藩最後の藩主である加藤泰秋の二男である。東京で生まれ育ち、イギリスへの留学経験もある。宮内官僚を勤めたあと、昭和七年に貴族院子爵議員に選出され、戦後の昭和二十二年五月に貴族院が廃止されるまでその職にあった。公職をしりぞいてからは、東京を離れ、大洲の屋敷ですごすことが多くなっていた。

屋敷の庭で催された講和条約の発効を祝う野点《のだて》の席だった。

夫婦で参加していた桜井は、「あなたたちは、東京ですか」と泰通公に声をかけられた。ものおじしない文子と話がはずんだ。公は戦前の貴族院時代、司法省の官僚だった落合家の親族のことを知っていた。

数日後、屋敷に招かれ、離れにある書庫に通された。

江戸期に出版された和装本がきちんと整理され並んでいた。地元大洲の歌人が上梓した和歌の本もある。思いきってその借覧を申しでると、「加藤家の史料は門外不出、桜井さん、あなただけは例外ですよ」と信任され、許可された。

それから、二階の客間でのことだった。

桜井は宝暦九年、第六代藩主のときに編述された家史「北藤録《ほくとうろく》」二十巻を手渡された。これまで門外不出にしていたが、このまま死蔵させておくのは忍びない。自分も読んでみたいので、口語訳にし、さらに現代語に訳してもらいたい、とのことである。

このとき、泰通公から、

「あなただけは例外ですよ」

と再度念をおされ、桜井は家臣に取り立てられた気分になった。

半年余り、桜井は校務の合間や、自宅で徹夜などもして、「北藤録」を事務用紙の上段には口語訳、下段には現代語訳で書写し可能な限りの校注を加えた。鉛筆で下書きをし、万年筆の細字で仕上げた訳本は、用紙五百枚ほどの量になった。この間、公がふだん暮らしている屋敷の客間で、公から歴代藩主やその治世のことを熱心に質問された。しかしわからないことばかりで、十分な答えにならない。

仲秋の宵、屋敷で馳走に預かっていた桜井は、公に言上した。

「お蔵の古文書を自在にお借りできないでしょうか」

「何か、お考えがありそうですな」

公は徳利をつかみ、地酒を桜井の杯に注いだ。

桜井は酒をのみほし、丁重に返杯するといった。

「初代貞泰公の大洲入部から、廃藩置県までの大洲藩史を調べて書いてみたいのです」

「それは有り難いが、藩政の編年史を作成するだけでも、大変な作業になりますよ」

泰通は懸念を示した。

「だれかあなたの下で、お手伝いする者はおりますか」

「いえ、門外不出を守りわたし一人でやります」

桜井は律儀に応えた。

「藩史となると、おそらく生涯を費やすことになりますよ」

「不肖、教師をしながらのことです。御心配なさらないでください。生涯をかけることが見つかり、私には仕合わせなことなのです」

桜井は胸の内を正直に話した。

公は改まり、桜井をまっすぐに見つめて、

「そのようなお覚悟がおありならば、加藤家の史料はすべて桜井さん、あなたに託します。思う存分やってみてください」

と、軽く頭を下げた。

歴史の不易

このときから、十四年の月日がながれている。

客間で泰通公と対座した桜井は、古学堂についておよそ次のように言上した。

長州萩の松下村塾と同様に、古学堂からは維新への道をひらいた志士を数多く輩出しているが、大洲藩の志士は日本の歴史に名をのこすことはなかった。維新後の政権に与《くみ》した薩長の志士ばかりが評価されているのは公平さを欠き、残念なことだ。至誠と実行、そして洋学を取り入れた近代化など、萩の松下村塾がひとり有名だが、古学堂も明治維新に大きな役割を果たしている。例えば、古学堂の中心人物だった山本加兵衛尚徳《ひさのり》は家老職のときに、高杉晋作の奇兵隊同様に農民や商人の子弟を募って兵士にとりたて、有事にそなえる徴兵制度を始めた。維新後に大参事（現在の副知事）に就くと、多すぎる寺院の併合整理に着手し、西洋医術を奨励した。さらに藩内村民への種痘の普及に力をそそぎ、戸口調査を実施して戸籍の編製にも取り組んでいる。この急速な改革への不安が高じて、明治四年八月初旬、村民たちが肱川の河原にたむろするようになった。その数は日ごとにふくらみ、河原は四万人もの村民が集結し、物情騒然となった。この大洲騒動を鎮めるため、尚徳は自宅に罪人の首級《しゆきゆう》を切り落とす役人を招き、切腹して果てた。尚徳自刃《じじん》の報が河原の群集に伝えられると、騒動はたちまちおさまった。旧藩主の加藤泰秋に累《るい》を及ぼさず、行政の破綻を招くこともなく、まただれ一人として傷も負わず、投獄されることもなかった。

「大洲藩の志士たちは活躍の場が限られ華《はな》はありませんが、革新性や器の大きさからみて薩長の志士とくらべてもそん色はありません。古学堂の逸材である山本加兵衛尚徳は西郷南洲に匹敵する大人物であり、後世に伝えていかねばなりません」

と桜井は力をこめ思いを述べた。

泰通公は鷹揚《おうよう》にうなずき、自らの考えを伝えた。

「歴史における不易流行、不易なるものを煙滅《えんめつ》させてはなりません」

「その仕事こそ、郷土史を研究する者の誇りです」

桜井は不易を重くうけとめ、少し気負って応えた。

泰通はおだやかな口調で言葉をかさね、

「いまこうしてふりかえると、山本大参事を顕彰した足達儀國町長は実に立派な仕事をされました」

と、柔和な眼差しで足達儀國元町長を褒めた。

この足達儀國という人物は、大正八年から昭和二年まで大洲町長を務め、大洲史談会を組織し、山本大参事の顕彰に尽力した篤志家である。昭和四年には研究成果をまとめて山本尚徳略伝を出版し、さらに山本の生家跡に自費で頌徳碑まで建立した。そのことを泰通公は高く評価しているのである。

足達儀國が収集した古文書類は、いま、「足達文書」の名で郷土館に保管されている。この中には、まだ解き明かされていない史実が豊富にあるはずである。公は桜井に活用するようにすすめた。

「高井君は熱心だし、鑑識眼もある」

公は館長を褒《ほ》めると、話題をかえて、今日の講演はどうでしたか、と尋ねた。公は郷土館後援会の顧問でもある。

桜井は講演内容については要点だけにとどめ、高井からもちだされた左氏珠山遭難のことを話した。この遭難事件は、やはり尋常一様なことではない。

「左氏珠山ですか、どこかで見聞したような名前ですね」

と公はいい、視線を庭園のほうへ静かに移した。

左氏珠山遭難のなぞ

退職して二度目の夏になった。

単調な毎日だが、編年史の執筆は順調である。

退職のとき、享保年間の記述だった綱文《こうぶん》は、すでに文政年間へと入っていた。この一年三か月ほどで一気に九十年近くも進み、土用の丑のこの日、桜井は一八〇八（文化五）年七月二十四日から八月十九日まで、四つの綱文を仕上げた。

七／二四　幕府天文測量方伊能忠敬ら、宇和島領磯崎から長浜に来る。二五日青島近辺、二六日大洲を測量し、二八日長浜より上灘に向かって出発する。

八／一一　大洲藩、替地三町の郷町分離は、すでに五月二九日幕府の認可を得たが、この日郷町に布達する。なお同時に三町は伝馬宿を命ぜられる。

八／一四　泰済、長浜に行き、一夜滞留する。

八／一九　大洲藩、宇和島往還鳥坂路へ並松を植栽させる。

あと六十年で明治を迎える。編年史はいよいよこれからが本番である。文化、文政、天保、弘化、嘉永と進むにつれて史料の数や種類も一段と増加し、精査すべき文書は厖大なものとなっていく。取捨選択に努めても綱文は編年史全体で五千件を優にこえそうであった。

「あなた、お昼にしましょう」

文子の声が、朝から机に向かっている桜井の耳もとにとどいた。読みかけていた「江戸御留守居役用日記」に栞《しおり》をはさみ、桜井は食堂へ行き席に着いた。

食卓には鰻のかば焼きを盛ったどんぶりが二つ並べてある。なんとも食欲をさそう匂いである。鰻の切り身は朝方、文子が道後温泉駅前の魚屋で手に入れたものだ。中骨をのぞいて七輪の炭火で素焼きにし、落合家伝来のタレで丁寧に焼き上げていた。食後、桜井が台所の窓から見えるナツメの実をぼんやりながめていると、その向こうからバタバタとバイクが近づく音がして、家の前でとまった。日に一度の郵便がとどく頃合いである。少し気になったが、桜井は書斎へ入り扇風機で風を起こすと編年史の作業を始めた。しばらくして、ふと気づくとかたわらに文子が立っていた。文子が書斎に来ることはめったにない。桜井は万年筆を置き、顔を上げた。

「何か、ありましたか」

「ええ、お殿様からお手紙がとどいています」

文子は押しいただいていた封書を夫へさしだした。泰通公からだった。ハサミで慎重に封を切り、一枚の和紙と画仙紙のはがきを取り出した。和紙には毛筆の流麗な草書体で暑中見舞いの文言が書かれていた。七月に入って桜井が近況を記したはがきを公へ出していたので、その返礼である。黙読していた桜井は思わず、「んっ!」と声をもらした。公は次のように綴っていた。

〈先日、茶席で貴兄の教え子でもあられる井関美重子女史とお会いしたおり、以前、貴兄がお話しされていた左氏珠山について、宇和島の和霊神社に珠山氏撰文の碑が建立されている、との情報を得ました。また足達文書については高井館長から、大洲騒動だけでなく、西南騒擾《せいなんそうじょう》に関する資料が豊富にある、との連絡を受けておりますので申し添えます。朱夏、遊び心に肱川の若鮎を描きました。涼風が届けば幸いです〉

画仙紙のはがきには、二匹の鮎が寄り添うように泳いでいる。

「まあ、せせらぎが聴こえてきそう」

と文子が水墨画に感嘆したが、桜井は珠山と西南騒擾の文字に釘付けになっていた。

西南騒擾というのは明治十年二月、愛媛県の西南地方の大洲、宇和島、吉田、八幡浜の不平士族四十数名が西郷隆盛の挙兵に呼応して、武装蜂起を企てた事件である。未遂に終わったことで、この事件の本格的な研究はなく、警察側の呼称である「国事犯事件」か、民間の伝承である「西南騒擾」の用語だけが今日にのこされていた。桜井も一通りの知識はあるが、さしあたりの関心事ではなかった。

そして珠山遭難のほうは気にはしていたが、一年以上もほったらかしである。

翌日、公に背中を押される形で、桜井は県立図書館へ出かけ、当時の地元紙「海南新聞」の明治二十九年七月二十一日の紙面から、「左氏撞《すなお》(号珠山)氏殺害せらる」の記事を見つけた。〈尋常中学校南豫分校教諭左氏撞氏は昨日午前七時頃、宇和島町大字広小路に於いて三好蔦江なるものに殺害せられ、加害者はその筋の手に捕縛せられたり。殺害の事情は未だ判然せず後報を待って記載すべし〉とあった。高井の母堂の話は事実だったのである。

二日後の二十三日と二十四日の紙面には、遭難の顛末《てんまつ》が詳述されていた。概要は次の通りである。

珠山が学校に出勤するため、六時四十分頃に広小路に通りかかったとき、三好蔦江に呼び止められた。三好は高知県幡多郡宿毛出身の士族である。明治二十七年頃に宇和島にやってきた。世話をする者がいて、広小路通りに鶴鳴館という私塾を開き、漢学を教授していた。齢六十余歳。門前にいた三好は、珠山の背後から声をかけ、用事があるので立ち寄るようにいった。二人は以前よりお互いを知っている仲らしく、門の前で二人はしばらく話を交わしていた。話が終わって珠山が帽子を片手にその場を去らんとすると、三好は隠し持っていた二尺一寸余りの長刀をふりかざし、珠山の背後にせまると不意に後頭部へ勢いよく切りつけた。この傷は骨にまで達するほどで、珠山は「あっー」と叫びその場へ倒れ掛かった。三好はさらにもう一太刀を深く後頭部へ切り込んだため、珠山はその場に倒れた。三好は狼狽する風もなく、長刀を構えたまま悠然と家の中へ入っていった。

目撃していた人たちがそれぞれ手分けして事件を各所へ急報し、巡査が二人かけつけて寓居の中にいた三好を捕まえようとした。三好は長刀をふるって抵抗したが、しだいに多数の人々がはせ参じ、巡査が三好の長刀を奪い捕縛した。

三好は宇和島警察署に連れていかれた。目撃者の話では、二人が言い争った様子はなく、警察は動機を詮索したがはっきりとしたことは判らなかった。数日前より門前で長刀を抜いてふりかざす行為があったことと、この日の早朝、三好の寓居に一人の生徒が講義を受けにきていたが、その生徒の証言によると、三好の言動は普段と異なって気味が悪かったので、早々に辞去した、とのことである。

なお三好は板垣退助の腹心である宿毛藩士の林有造の下で、西南の役の際に西郷に呼応して政府転覆を企てたため、林らとともに数年にわたり禁固刑に処せられていた。ところが仙台の獄中で様子がおかしくなって特赦放免された。三好は宿毛の実家に引き取られ、八年近く監禁状態におかれていた。その後快癒したので、明治二十四年頃から宿毛にある私塾の教員を勤めていた。だれの世話で宇和島へ来たのかは、本人が錯乱していて不明である。宇和島の寓居では齢八十になる母親と二人暮らしで、その孝行ぶりは近所でも評判であった。警察では三好の経歴から、発狂による仕業であることは毫も疑《すこし》う余地がないとしている——。

これらの記事を精読し、桜井は漱石のいう「愛嬌のあるお爺さん」が、殺害された情況を初めて知った。また遭難は、西南の役から十九年もあとのことだが、記事の中に板垣退助や林有造という歴史的な人物が登場する。それで西南の役が珠山遭難の伏線だ、とうがった見方ができないこともなく、そのことに桜井はちょっとした興奮を覚えるのだった。

しかし、読めば読むほど不明なことだらけである。

珠山と三好の関係がさっぱりわからない。また宇和島で三好の生活の世話をしたのはだれなのか。当然、さらなる続報があると桜井は判断し、記事を七月末まで丁寧に読んでみたが、この事件のことは何一つ記載されてなかった。動機を三好某なる者の「発狂の結果」としてあることは釈然としない。三好の寓居の門前で二人は「談話」をしている。記事通りの談話であれば、通りいっぺんの挨拶ではなく、警察や記者に証言をした目撃者から見て、少しは中身のある会話が二人の間で交わされたのであろう。そうであれば、発狂の結果というのは辻褄《つじつま》が合わないように桜井には思えるのだった。

会話の中で三好が激昂するようなことがあったのか。あるいは以前から、といっても珠山は四月から宇和島へ住むようになったばかりなのだが、三好は珠山殺害を企てていたのだろうか。そうであれば、三好の世話をした人物が重要な役割をもつ。続報があるはずだと桜井はおおいに期待し、八月の紙面をつぶさにみたが何もなかった。さらに九月の新聞に目を通したが、関連記事さえ見当たらない。諦めきれず十月の紙面も隅々まで探したが、やはりなかった。珠山遭難事件は本当に狂人の偶発的な仕業なのか。どうにも疑念は晴れないのだった。

人に恨みを買うようなことはなかったのか。

保恵会雑誌に珠山遭難のことがあるかもしれない。桜井は県立図書館から松山中学の後身である松山東高校の図書館へ直行した。放課後も遅かったが、なじみの司書が図書事務室にいた。彼女は明治二十九年に発行された第四十九号から第五十三号まで五冊の雑誌をすぐに持ってきてくれた。

二月十三日発行の第四十九号に「左氏珠山先生の逸話」と題する記事があった。編集者の生徒が珠山の自宅を訪ね、珠山から大阪で苦学をしていた頃の逸話を聞きだし、四百字ほどにまとめたものである。リード文には「先生性淡泊にして毫も辺幅を飾らず」とある。あん摩をしながら漢学を学んでいた珠山十八歳のときの話である。

招かれた屋敷の主人があん摩の途中で屁をこいだので、珠山が「檀那、転失気《てんしき》（放屁のこと）を致されしや」というと、主人が驚き「汝転失気を解するか」と問い返してきた。珠山は中国の古い医学書「傷寒論《しょうかんろん》」の中にある転失気について語った。主人は珠山の学識の深さを認め、屋敷に珠山を住まわせ、おおいに厚遇するようになった。さらには十三歳の娘をもらってくれと口説かれ、恩義を辞することもできず、承諾するとすぐにも式をあげろ、と迫られた。困った珠山は京都へ逃げ、しばらく隠れていたことがあった。

この記事の文末は、珠山先生にはこの類の逸話がいくつもあり、今回はその一つを生徒諸君へ供するが、先生の苦学を大いに賢察すべきなり、と賛辞があった。

珠山は同僚にも評判が良く、生徒たちにも大いに思慕された教師だったのである。それは十月十五日発行の第五十三号で、さらに確かめることができた。この号では、およそ二頁をつかい、「嗚呼左氏撞先生」のタイトルで不慮の遭難を伝え、真心のこもった弔辞が綿々と綴られていた。文節の結びには「哀《かな》し哉」の文句が使用され、その数は四回もある。そして最後は「吾師の霊、それ浮雲に駕して天門に捫ち、遠く下界を照臨しつつ々あるや否や、希《ねが》くは六百余生の血涙を察せよ、嗚呼《ああ》哀矣哉。」とあった。またこの思いのこもった弔辞に加えて、中学校から遺族へ打った弔電と遺族からの挨拶文も載せてあった。

この弔辞においても、珠山は人に恨みを買うような人物では決してなく、遭難は狂人による偶発だと記されている。保恵会雑誌の記事に疑念を差し込む余地はなく、桜井は珠山の悲運な最期に人生の非情をおぼえるのだった。

それからしばらく経った日のことである。

保恵会雑誌で世話になった司書から、一通の封書が届いた。彼女は珠山の教え子だった景浦直孝が書き残した随筆集の中に、珠山先生遭難についての覚書を見つけ、そっくり筆写して桜井へ送ってくれたのだった。

それには次のように書かれていた。

〈珠山はその後、田舎に帰って悠々詩作を楽しむといって、松山中学を辞職し、宇和島に帰ったのでありますが、その頃、宇和島に三好蔦江という漢学者がおりました。宇和島中学の教諭だったという話もありますが、確かではありません。そうだとすれば転勤してきた珠山と同僚ということになりますので、おそらくこれは間違いでありましょう。ある時、珠山が旅行をするので三好のところへ挨拶に行き、辞して帰ろうとするところを、背後から三好に切りつけられ、殺されました。原因はよくわかりませんが、珠山が宇和島に帰ってからというもの、三好の門弟が次々と珠山のもとへ行ってしまったためともいわれています。またある詩の会で、珠山が三好の詩を厳しく批評したので、珠山は恨みを買ったともいわれています。さらに三好は数日前から酒乱状態で、発狂して斬ったという説があります。いずれにしろ、「坊っちゃん」はユーモラスな小説ではありますが、モデルとなった登場人物の中にこのような悲劇に終わった人物がいたわけです。漱石は同僚の漢学の先生が悲劇の最期を遂げたことは十年後に「坊っちゃん」を書いた時はもちろん、おそらく終生知らなかったであろうと思います。〉

桜井は一読して、この覚書は噂話の類に近いもので、海南新聞の記事のほうがまだ真実を伝えていると判断した。ともあれ、漱石が珠山遭難を知っていれば、『坊っちゃん』に漢学の先生が登場することはまずなかった、と確信するのだった。

西南騒擾

二日後の八月十日、地元の愛媛新聞に思いがけない記事が出た。

県警察史編纂委員会が古い資料を整理していたところ、西南戦争に対応して愛媛県警察が実施した業務を事細かく記した文書が見つかったというのである。記事は「国事犯事件の資料見つかる」の大見出しがつき、九段組みのカコミだから随分大きなあつかいである。一般読者向けのわかりやすい解説で、次のように書かれていた。

〈西南の役（西南戦争）は愛媛県警察にとって、発足間もない県警の威信にかかわる大事件であった。戦場の九州とはわずかに豊後水道をへだてる指呼の間にすぎず、背後の高知には反政府の代表である板垣退助と腹心の林有造が率いる立志社の本拠地がある。県警は警察力のすべてをそいで治安の維持につとめ、政府も東京から警視局巡査と陸軍兵士合わせて一千百名を愛媛県へ派遣した。県警は県内沿岸の警戒取締り、情報収集活動、それに不平士族の動向と民衆の動静をさぐった。これらの業務内容は、和紙に毛筆で事細かく記され、「西南騒擾記」のタイトルで明治十年に七冊分製本された。今回見つかったのはそのうちの二冊だが、県内で武装蜂起を企てた元大洲藩士の武田豊城《とよき》、元吉田藩家老の飯淵貞幹《いいぶちさだもと》、元宇和島藩士の鈴村譲《ゆずる》ら一味の「国事犯事件」の捜査記録の全容がふくまれており、大変貴重な資料である。

この国事犯事件の端緒は、維新政府に不満を抱く飯淵貞幹が長州奇兵隊の生き残りである富永有隣《ゆうりん》や元土佐藩士の大石円《まどか》（以下、弥太郎）らの一派と謀《はか》って、大久保利通から政権を奪い取り、天皇親政を実現しようとしたことに始まる。この動きに武田豊城ら元大洲藩士族も同調した。

征韓論で政府が揺れ動いているのを好機とみて、同志二十名は建言書を携えて上京し、征韓派の元参議に働きかけようとしたが目的を果たせなかった。いっぽう同じ頃、伊予の吉田松陰と称され、尊王攘夷の革命思想家である上甲振洋《じょうこうしんよう》の愛弟子《まな》の鈴村譲は、大臣と参議の暗殺を企て建白書を懐に上京したが、同調者を得ることが出来ずに帰郷している。

不平士族の間で、西郷隆盛の挙兵に呼応しようという気運が高まる中、愛媛でも明治九年秋から飯淵貞幹の屋敷で武田や鈴村の一味が密談を重ねていた。かれらは鹿児島と高知で維新政府を倒す動きが起これば、ただちに蜂起できるように武器弾薬を製造準備することにした。愛媛県警はこの不穏な情勢をつかみ、不測の事態に備えていた。

鹿児島から薩軍（西郷軍）の一番隊が熊本方面へ出発し、熊本城を包囲した明治十年二月二十一日、飯淵、武田、鈴村らの一派は、明朝の蜂起を決めた。ところがその直前、松岡信太郎という山口県熊毛郡田布施村出身の不審人物が県警に逮捕された。松岡は何のためらいもなく、すべてを警察に暴露したため、関係者四十三名は一斉に検挙され、この「国事犯事件」は未遂に終わった。〉

新聞には、「西南騒擾記」の本の表紙と、毛筆で綴られた文書の写真が載せてある。

桜井は写真を見つめながら、泰通公が手紙に書いていた西南騒擾が、新聞の活字となったことに不思議な機縁を感じた。そして新聞レベルの知識は桜井にもあるのだが、富永有隣がこの事件にかかわっていたことは驚きだった。

昭和五年の春、桜井は文子を誘い、この当時すでに映画でも好評を得ていた『富岡先生』を、日本橋の明治座で観たことがあった。『富岡先生』は、もともと晩年の富永有隣（小説では富岡先生）をモデルにした国木田独歩の小説である。冒頭で、独歩は富岡先生（有隣）を「維新の風雲に会しながらも妙な機《はずみ》から雲梯《うんてい》をすべり落ちて、空しく故郷に引っ込んで老朽《おいく》ちんとする人物」としている。劇作家の真山青果はこの原作に手を加え、頑固偏屈のひねくれ者になった有隣の悲憤慷慨を創作戯曲に仕立てている。井上正夫が扮する富岡先生の血を吐くような科白《せりふ》と演技が、すさましい迫力で桜井のこころに響いた記憶が残っている。

実際の有隣は松下村塾で高杉晋作や久坂玄瑞《くさかげんずい》（禁門の変で自死）を教え、この塾で学んでいた山縣有朋や伊藤博文など明治の元勲を小僧あつかいにしていた長州の儒学者である。

明治二年末から翌三年にかけて起こった奇兵隊脱退騒動で、有隣は四国の土佐へ逃れる。明治十一年の暮れに土佐の山奥で捕縛された有隣は、東京の石川島監獄で服役。出獄後しばらして郷里の山口県へ帰り、晩年は妹の嫁ぎ先があった山口県熊毛郡田布施村に住み、この地で漢学を教える塾を開いていた。小説「富岡先生」は国木田独歩がこの頃の有隣を実際に訪ね、取材し創作した作品である。

さらに一人、新聞には武田豊城という桜井にはなじみのうすい人物が登場していた。吉田藩家老の飯淵や上甲振洋が重用した鈴村のことは知っていたが、武田豊城について、足立儀國が書いた山本尚徳の略伝で目にした記憶がある程度で人物像はわからない。この武田豊城という元大洲藩士は「西南騒擾」の資料が発見されたことで突如、郷土史に姿を現わした感があった。しかし藩政史の本流からみて小物にすぎないのであろう。桜井はまだ関心を抱くことはなかった。

武田豊城の末路

盆が明けた。

桜井は郷土館の高井館長へ手紙で尋ねることにした。足達文書の中にある西南騒擾に関する史資料のことである。泰通公から教わったのだが、どのようなものがあるのか教えてほしい、と書いた。高井なら労を惜しまず、誠実に調べてくれるはずである。それで遅ればせながら、左氏珠山遭難についてもまだ不明なことばかりだが、遭難そのものは事実だったことも追記しておいた。

　八月下旬に高井から分厚い封書で返信があった。

　中身は折りたたんだ足達家の家系図である。多くの人名と没年等が記され、読みとるのに骨が折れる。系図の欄外に、足達儀國町長の実父は足達儀正といい、儀正の妻の音羽は、武田千穎《ちかい》という大洲藩士の歌人の三女である。また千穎と鹿子《かのこ》の夫婦の間に生まれた長子が豊城で、三女の音羽は豊城の妹である。したがって足達儀國は豊城にとって義弟にあたる、と添え書きがあった。そして一枚、便箋が入れてあり、九月十七日の土曜日に私用で松山へ行く機会があるので、三越デパートの二階にある喫茶店で直接会って話したい、とあった。

　桜井は居間へ行き、高井へ電話をかけた。

　返信の礼をいうと、高井はのっけからいった。

「足達文書はこれまで、閲覧も貸出も一切なかったので、たまげましたい」

「そうですか、だれも関心がない、ということですか」

　桜井がしみじみ応えると、

「大洲の者《もん》でさえ、足達町長のことを忘れとりますけんなあ。戦前のことは話さん世の中になっとります。一億みんな前だけ向いて、それいけどんどんですけんな」

「なるほど、豊かにはなりました。しかし郷土の歴史も大切です」

高井のしゃがれた声は大きくなった。

「占領軍に魂を抜かれたままですらい。桜井さんが足達文書をお調べになるというけん、武田豊城のことにちがいないと思うて、豊城に関係する書簡六十五通を整理して順次写真に撮り、四つ切りの大きさに焼いとりますんじゃ」

「写真に焼いている？」

「そうですらい。このままだと死蔵されたままですけんな、歴史的に価値のある書簡を写真にして、郷土館で展示することにしたんですらい。それでその前に、何点か桜井さんにお見せしようと思っとります」

とりあえず足達儀正と豊城の間でかわされた書簡の写真を持参する。書簡を現代語に訳し、展示に値する史料なのか、桜井に判断してほしいとのことである。桜井は全面的に協力することを約束した。

その日、三越の喫茶コーナーへ行くと、高井は待ちかねていたように手をふった。桜井は窓際の席で向かい合った。

注文を取りに来た女店員が行くと、

「桜井さん！」

高井は上体をのりだし、次のようなことを一気にしゃべった。

武田豊城は純粋で、行動を重んじる大洲教学をもっとも体現した人物である。足達町長は山本尚徳の次に、武田豊城の顕彰をしたかった筈だ。しかし自分の伯父でもあるので、それはできなかった。自由とか平等とかがもてはやされ、戦前のことを否定する論調がはびこっているが、戦前がすべて悪いわけではない。個人も大切だが、郷土や国を想う心をそまつにしてはならん。武田豊城は顕《あら》われるべき時に現われた憂国の士である。今こそ、われわれは顕彰しなければならん。

と、まるで教壇から生徒たちを説きふせるかのような勢いである。

女店員が来て、注文の品を二つテーブルに置いた。

桜井は座りなおし、手提げ鞄から手帳と鉛筆をとりだした。

「ぼんやり聞いていると、もったいない話です。メモをします。いろいろ教えてください」

もちろん皮肉ではなかった。顕彰はともあれ、幕末から維新にかけての時代を官製の歴史ではなく、地方史の枝葉から改めてとらえ直す必要がある。武田豊城はその手がかりになりそうである。

「いやいや、桜井さん。教わるのはこっちのほうですらい。メモをせんでも、豊城のことなら少し書いたものがありますけん」

高井はテーブルの端に置いていた風呂敷袋をひらき、茶封筒から事務用紙を一枚とりだし、桜井の前へさしだした。

「豊城の略伝です」

「なるほど、これがそうですか」

桜井は用紙を手にとり、目を落とした。

〈生年月日は天保二年（一八三四）十一月二十五日、未《ひつじ》の刻《こく》過ぎ。実父の千穎《ちかい》は大洲地方では名の知られた歌人。豊城は父に従い国学と漢学を修め、和歌を習った。兵学は源家《げんけ》古法を伝授された。十三歳で御側勤に出仕、のちに会計局に勤務。万延元年、豊城は三十歳で家督を相続。槍を持つ足軽身分の御長柄組小頭《おながえぐみこがしら》となる。この頃、勤王の志士として身分の違いをこえ山本加兵衛尚徳と盟約を結ぶ。幕末は会計局周旋方として主に京都で藩財政運用を担う。維新後、新政府の施政に不満を抱く不平士族達と謀《はか》り密かに鉄砲・玉薬を調達して貯蔵した。明治十年二月の西南騒擾で逮捕。国事犯罪人として有罪。懲役五年の刑に処せられ、士族の身分ははく奪。出獄後、受け入れる者は誰もなく、廃屋に住し、極貧と中風の病のなか、明治十九年（一八八六）四月四日没。享年五十三〉

桜井は略伝から顔を上げた。

「これは、これは、よく調べましたですね」

「いやぁ、足達町長が調べられたものを写しただけですらい」

高井は切れ長の目をほそめ、照れくさそうな表情を浮かべた。透明ガラスの窓ごしに大通りを行きかう人やクルマがみえ、路面電車が停留所にとまっていた。桜井は電車に乗りこむ人たちを見つめながら、ゆっくりとコーヒーを飲み、豊城の生涯をたどった。

歌人を父にもち、本人も和歌を習ったとあるが、どんな歌を詠んだのだろうか。下士の身分ながらも取り立てられ、京では他の藩との交渉役となっているから優秀な人物だったのであろう。しかし維新後、不平士族の首魁《しゆかい》となって囚われ、不遇な生涯を終えている。

視線をもどすと、高井が四つ切りの大きさに焼いた豊城の書簡の写真をテーブルに広げていた。全部で六枚ある。

「これは、明治十五年四月十八日（旧暦三月三日）の雛節句の日に、豊城が実子の豊国に持たせ、妹音羽の嫁ぎ先の足達儀正のところへ届けさせた書簡ですけんどなあ。この日、豊国は叔母の音羽のはからいで、足達家の雛祭りに招かれたので、死期が近いことをさとっていた豊城は、遺書のつもりで勤王一筋だった生涯をふりかえり、悔やむことのない赤心を綴っておりますらい」

と高井は内容を説明し、六枚の中の三枚を桜井が読みやすいように並べた。カナまじりの漢字が和紙に墨書されている。字は左右天地にくずれにくずれ、よほど注意深く読まないと判読は難しい。その上、あちこちに滲みがあり、墨がにじんでいた。桜井は手にとり、二枚目のなかほどに、〈遺書ヲ以テ申上、小倅へ御傳ヘヲ願度存含居候也〉と読める文章をみつけ、高井の説明に納得した。候文だが文章は平易である。ただ、字のくずれと滲みのために、読み下すのに骨が折れそうである。中風でふるえる手に筆をにぎり、ひとり老残をさらす心境を書きつらねたのであろう。

高井も写真をのぞき、指で示しながらいった。

「これらの滲みは、豊城の涙ですらい」

「涙ですか。あとでじっくり読んでみます」

豊城ではなく、書簡を受けとった足達儀正やその子息の儀國が落とした涙のように桜井は感じたが、あえて口にしなかった。

残りの三枚は六日後の二十四日、書簡を読んだ儀正が不審に思ったことを書面にして尋ねた諸点について、豊城が応えたものだと高井は説明した。こちらの書簡の字のくずれは前ほどではなく、滲みもない。

桜井はざっと一読した。結社、勤王、攘夷、鎖港、討幕、開港、王政復古、条約改正、皇国維持といった字句が並び、幕末から維新にいたる藩内進歩派の主義主張の移り変わりが綴られている。またこの時代、京にいた勤王の進歩派志士は、天誅組や会津藩の守備隊から逃れるために花街に遊び、ひそかに主義を告げて志を結ぶことが時世の習いであった、と豊城は自己弁護をしていた。文末は、〈一簞ノ食一瓢ノ飲ヲ楽ンデ以テ時ノ至ルヲ待ツノミ。猶拝顔可申承也〉となっていて、遺書がわりの前便とやや趣がことなっていた。

「どうですかなあ。展示する値打ちはありましょうかな」

「もちろんです。書簡の写真と一緒に現代語訳と解説をつけたら申し分ありません。それにしても豊城関係書簡の史料価値は高い。全部読んでみたいですね」

「そうですか、あと三月《みつき》もあれば全部写真にできますけん。十通ごとぐらいにわけて、そのつどお送りします」

高井は請け負い、桜井は展示のための手伝いを約束した。

石碑が伝える左氏珠山

ひと月余りすぎた十月三十日の日曜日である。

左氏珠山の調査のため、桜井は早朝の特急で宇和町へでかけた。

当初は宇和島の和霊神社の珠山撰文の碑文《ひぶみ》だけが目的だった。それで教え子の井関美重子に神社の大銀杏の紅葉が見頃になれば、碑文を読みにいくつもりだ、となかば物見遊山で伝えていたら、宇和島へ行くなら手前の宇和町へ立ち寄るべきだ、とすすめられた。宇和町には左氏珠山の研究者がいるので、会ってみたらどうかという。休日なら自分がクルマで案内できるので、宇和町の駅で待ち合わせをしたい、と彼女は運転手を買ってでた。

桜井は女学校で三年間、つづけて美重子の担任をしている。女学校時代、彼女は病気がちで体操の時間は見学することが多かった。桜井は授業がないとき、校舎の片隅でぽつんとしている美重子の側で、一緒に体操の授業をみていた思い出がある。美重子は女学校を卒業すると、生家と同じく山林地主で知られる井関家へ嫁いでいる。夫は家業をつがなかったので、山林経営は代々井関家に仕えてきた番頭一家にゆだねられていたが、子育てがひと段落すると、美重子は大番頭と一緒に山へ入るようになり、女性の植林家として一目おかれるようになっていた。

九時すぎに列車は宇和町の卯之町《うのまち》駅に着いた。

美重子が運転するコロナは、宿場町の家並みが残る街道をゆっくり進むと駐車場へ入った。そこで二人を待っていたのは、薄茶のジャケットが似合う地元の中学校の国語の教師だった。クルマからおり、名刺を交換した。男の名刺には「郷土史家　中平周三郎」とだけあった。宇和町の生まれで、町の教育委員会にいたときに郷土史に取り組むようになった、と街道を一緒に歩きながら中平は自己紹介をした。桜井よりも一回り年下である。宇和高校時代の桜井校長の高名はよく承知しているというので、桜井は痛く恐縮した。

商家がならぶ通りを少し歩くと、小学校の校庭の角地にめざす碑文はあった。二メートル近い高さの大きな青石の表面をみがき、そこに漢字がびっしり彫りこまれていた。文末の「大正五年十二月」の日付は読めたが、泥やほこりに汚れた本文の字は読みづらい。

「左氏先生が宇和町を去りなさってから五十年目の大正五年ですが、町民が先生の遺徳を偲んで建立したもんです。それから今年はちょうど五十年が経っとりますが、ご覧のとおり石碑はほこりだらけ。なしてもう左氏珠山を知っとる者はほとんどおりませんです」

と中平は丁寧な言葉づかいで説明し、なげいてみせた。

桜井にしたところで、『坊っちゃん』のモデルを興味本位に詮索していたなかで、左氏珠山を知ったにすぎなかった。それが今、まわりまわって珠山遭難を調べることになったのは奇縁である。珠山を殺害した三好蔦江は、西南戦争で兵を挙げようとした林有造とつながりがある。それで珠山と三好の接点をあえて求めるなら、西南戦争なのだろうか。桜井はふと、そんなことを考えながら、碑文を読もうと目をこらした。

碑文の内容は主に、宇和町とのかかわりを記した珠山の経歴である。

中平は碑文のあらましを説明し、最後に力をこめた。

「安政五年のことですが、町の有力な商人たちが大師堂に塾を開き、大坂に遊学していた珠山先生をお招きしましてな、これが宇和町での学問のはじまりです」

「ほう、学問ですか」

「ええ、そうです。寺小屋ではありません」

と中平は強調した。

「安政五年というと、幕府がペリーに屈して日米修好通商条約が結ばれ、いよいよ開港開国へと動きだす年ですね」

「そうです。尊王攘夷派の志士が次々とつかまっとります。大獄の始まりです」

と中平はこの時代への関心を口にした。

たしかこの年の暮れであった。松下村塾を開いていた吉田松陰は、ふたたび野山獄へ囚われの身となっている。富永有隣は松陰が再入獄すると松下村塾を去っていた。有隣は郷里の近くの村の寺院で、兵学や経書を教えながら、時代の転換を待つことになる。維新へと日本中が大きく動きだしていた。四国のこの僻遠の地にも、その地鳴りは伝わっていたはずである。

珠山にも時代の趨勢は読めていたであろう。

碑文をはなれ、申義堂へむかって歩いた。

道すがら中平はさらに説明をつづけた。

珠山が宇和町で教えたのは十年ほどであった。宇和島の藩校明倫館へ奉職することになった珠山のもとへ子弟や町人が集まり、師が去ればこれからだれに習えばよいのか。せっかく根付いた町の教育が水泡に帰してしまうのは誠に残念だと涙を流した。珠山はこれに応えて、わが師である上甲振洋先生が八幡浜におられるので、宇和町に来て教えてもらうように頼むからどうか心配しないでくれ、と諭した。そこで子弟や商人たちは資金と労力を出し合い、また町の人々が総出で建築を手伝い、ひと月余りで立派な塾舎を建てたので、珠山はこれを申義堂と名づけた。

上甲先生が来るというので、町の人たちが総力をあげて申義堂を建てたが、上甲振洋も明倫館の校長に招へいされた。それで近隣から代わりの教師が代役を務めることになった。その後すぐに学制が公布され、国をあげての教育がはじまる。町では有力な商人が資金をだし、申義堂のはすむかいに大きな校舎を建築した。これは四国で最も古い小学校で、開明学校と名づけられた。この開明学校の校舎は戦後、町の役所や図書館になっていたが、やがて閉館し、それからすでに何年も経っている。使い途《みち》はなく、この先、申義堂とともに解体されるかもしれない、と中平はいかにも残念そうであった。

少し早かったが、桜井は中平をさそい、通りのそば屋で昼食をとった。この席で、桜井は珠山が松山中学でもその学識を重んじられ、同僚や生徒から慕われていたことを中平に紹介し、「保恵会雑誌」で調べたことをまとめて、送ることを約束した。

中平はたいそう喜び、珠山の話がはずんだ。

「これは、桜井先生が実際に宇和島の碑文を見いさってから読んでいただいたほうがよい、と思っとりましたが、今おみせします」

中平はバッグから更紙をだした。

珠山の経歴を記した碑文と同様に、漢字がびっしりならんでいる。

「これがお二人の行きんさる、和霊神社の石碑に刻まれた珠山撰文です」

「ほう、これですか。丁寧に書写されましたね」

桜井は中平の熱意に感心した。

「本文の内容、じっくり読みんさると面白いですよ」

桜井は鉛筆で漢字を確認しながら、碑文を読みはじめた。

最初に、西南戦争で官軍に加わり戦死した南予の軍人二十四名と警司局巡査一名の姓名がある。それから、「死を以って国に報ずる者は、靖國の招魂社で弔い慰霊されている。あえて石碑を建てて、いったい何の文を刻するのか」との世の批判に応え、「靖國の招魂は朝廷天下人民の典礼に待つものであって、この戦役で命を落とした我らの郷人が、はたしてこの典礼に加えられることはあるのだろうか」と疑問をなげかけ、「かれらは勇戦すれば郷土の人々に損害が及ぶことを憂い、鋭闘せずして戦死した仁ある人たちである。これら世間に知られない人々の姓名を記し、将来に残し知らしめることが、かれらに報いることではないか」と珠山は石碑建立の理由を記していた。日付は明治十五年一月である。

桜井は顔を上げた。

「これは普通の戦争記念碑とは、えらいちがいますな」

「そうです。なして題額『殺身成仁』のとおり、身を殺して以《も》って仁をなすですから奥が深いです。直接の戦闘ではないんですが、後方支援で亡くなった郷土の人々の慰霊碑です。珠山先生の見識の高さと仁愛あふれる人柄が偲ばれます」

と中平はひどく感心した面持ちである。

だまって聞いていた美重子が遠慮がちに尋ねた。

「撰文の最後が『永對鬼嶽』というのもいいですね」

鬼嶽は、宇和島の町をすっぽりとふところに抱いてそびえたつ鬼ケ城山《おにがじょう》のことである。桜井もその表現に、向かい合う石碑と山とのはりつめた時空を感じ、実際に自分の眼で撰文に対峙したい思いにかられるのだった。

桜井のそんな気分を察したのか、中平はバッグから新たにもう一枚の更紙をとりだした。珠山に関する三種類目の碑文で、用紙は書写された漢字でうまっていた。中平は説明した。

宇和島の法円寺に珠山の墓がある。この墓は、宇和島出身で大阪商工会議所の会頭だった土居通《みち》夫《お》が、奇禍に遭遇し落命した珠山を悼《いた》んで建立したものだ。撰文を寄せたのは当時、大阪の文壇の重鎮だった藤沢南岳である。この撰文には珠山の略歴の最後に、藤沢が四言八句の漢詩を添えている。時間があれば法円寺へお参りされたらよい。しかし今日は行けないかもしれないので、この撰文を先にお渡ししておく。松山に帰られて、じっくりお読みになれば、珠山遭難のなぞに迫るヒントが見つかるかもしれない、というのである。

桜井は中平の熱意に胸をつかれた。

「中平さん、事件を伝えた海南新聞の記事『左氏撞《すなお》氏殺害せらる』をお読みですね」

「ええ、もちろんです。警察が三好を狂人として事件を処理したことになっとりますが、真相はともかく、私はこの事件そのものに新旧の時代の摩擦のようなものを感じております」

「時代の摩擦ですか」

「えらい抽象的な表現で恐縮ですけんど、事件は珠山先生と三好という個人的な問題よりも、なんかもっと大きな要因があったと思っとります。たとえば雷雲がわきたち、雷がある一点に落ちる。どこになぜ落ちたか、雷の場合は科学的に説明できて明快ですけんど、突然、宇和島の一点に起きたこの殺傷事件は、人間がつくる歴史や文化の衝突だったように思えてならんのです。いやいや、これは先生を前にして、歴史の素人の手前勝手な感想ですけん、聞き逃してくださいや」

中平はすぐに謙遜したが、桜井は一郷土史家の見識に感心した。

「素人だなんて、とんでもありません。新鮮な刺激をうけます。珠山遭難から何かを読みとらないといけない。いま、そんなことを考えています」

「歴史に学ぶ、ということですかなあ」

「明治維新、西南戦争、そして珠山遭難のこの三つをつなげるものをみつけなければなりません。中平さんのおかげで宇和島へ行くのが俄然楽しくなってきました」

別れ際、中平は新たな史料が手にはいれば、送ることを桜井に約束した。

コロナは宇和町から険しい峠道をこえた。

深い入り江の奥にひらけた吉田町に入ると、しばらく海沿いの国道を走り、ゆるやかな峠をひとつこえて、コロナは宇和島の市内へはいった。

和霊神社は市街地の北端を流れる須賀川沿いにある。

須賀川に架かる太鼓橋をわたり、大鳥居に迎えられて境内にはいった。濃緑の森を借景にして社殿がある。かたわらには色づいた大銀杏が青空へまっすぐのびている。

二人でそれとなく境内をさぐったが、目指す石碑は見あたらない。桜井は社務所で、禰宜《ねぎ》らしき若者にたずねてみた。わからないので宮司に話してみます、と若者は奥に消え、しばらくしてもどってきた。そして、西南戦争の石碑なら参拝者用トイレがある広場のすみだそうです、と他人事《ひとごと》のような顔で教えてくれた。

境内に通じる東側の石段を下り、林の日陰になったその広場へいくと、珠山の撰文を刻む石碑が人目に知れず、墓石のように立っていた。

石碑は鬼ヶ城山を望んでいたが、広場の周囲の木々が山への眺望をさまたげている。建立した当時は、はりつめた空気が周辺にただよっていたのだろうが、いま石碑は、木陰のうす闇に沈むばかりである。

近づいてみると、碑面いっぱいにすきまなく漢字が彫りこまれている。窪みに苔が生え、読みづらい。桜井は中平から渡された撰文の更紙をたよりに漢字をたどり、あらためて文意をたしかめた。

ふと気になることがよぎり、じっと碑面を見つめていると、背後から美重子が、「どうしました？」と声をかけてきた。

桜井はちょうど肩の高さのところにある漢字の一群を指でたどりながら、現代語に訳して読みきかせた。

「諸子の戦没は哀しいかな。初め賊の起こるや肩氣《きき》、すなわち非常なる力をだす勇気を恃《たの》み戦いを始めたが、敵の勢いが烈しく十日もたたないうちに豊後に闖出《ちんしゅつ》す……（諸子戦没哀矣《かな》初賊之起也肩氣《きき》恃勇猖獗《しょうけつ》縦横未旬日其先鋒既闖《ちん》出於豊後《ぶんご》……）」

戦役当初の戦況はこのとおりだった。

政府は西郷軍の残党が豊後水道を渡って宇和島や八幡浜に潜入するおそれがあるので、六月初旬に警視局巡査と陸軍兵士合わせて一千余名を愛媛県に派遣し、南予方面に配置する決定をだした。

だがいっぽうで、政府は国民的な英雄である西郷隆盛が率いる西郷軍を「賊徒」呼ばわりすることは出来ず、「逆徒征討」の大義名分で西南戦争に臨んでいる。

西郷軍の敗北で明治維新は終結した。

その後、政府は官民あげて近代化を強力に進める。明治十五年というと歴史の審判にはまだ早すぎるのだが、西郷軍が「賊」呼ばわりされるようになっても、それはこの時代の社会の空気を反映したもので、珠山の表現は妥当なものだったのだろう、と桜井は推察した。とはいえ西郷に呼応して立ち上がり生きのびた志士たちにとって、「賊」の表現は許しがたいにちがいない、とも桜井は思うのである。

石碑と、書写された撰文の漢字をじっくり見比べていた美重子がつぶやいた。

「賊の一字をとったら、慈愛あふれる撰文ですのに残念です」

桜井はなおしばらく石碑を見つめていたが、美重子をうながし、広場の外へ歩きながらいった。

「珠山って人は、時代に敏感な人だ」

「それ、迎合という意味でしょうか」

「いや、そうではない。国をつくる激動の時代に、しっかり前を見つめ、自分に誠実に生きた。それが珠山だ」

少し前まで文献上の人物にすぎなかった珠山が、桜井の胸中にはいりこんでいる。

二人は、広場に面した須賀川沿いの小路へでた。

「でも、その珠山先生、宇和島で思いもせん非業の最期をとげておられる。突然、斬り殺されなさるとは、惨《むご》くて言葉にもなりません」

美重子は太鼓橋のふもとで立ちどまり、公園の木々の梢ごしにながめられる鬼ケ城山を見つめた。たしかに惨いことだ。でも往々にして、それが歴史であり人生なのだ、とそんな思いにかられながら桜井も山へ視線を向けた。秋が深まって大気が澄み、山頂までつづく稜線が青い空に際立っていた。

珠山の墓がある法円寺は、市街地の南端の小高い里山の麓にある。そこへも行ってみようということになり、二人は法円寺まで足をのばした。目指す墓は、墓所のなかでもわかりやすい場所にあった。珠山は松山で病没した妻加寿の墓をこの法円寺に建てた。ところが、妻の死から一年足らずのうちに今度は珠山自身の墓が、珠山を師と仰ぐ土居通夫によって、妻加寿の墓の傍らに建立されることになる。墓石の裏に刻まれた墓碑銘の終わりに、中平が示唆した藤沢南岳の漢詩があった。

知我篤我　篤者在比（我を知る者は我に篤し　篤き者ここに在り）
不知者恨　毒暴如彼（知らざる者は恨む　毒の暴なる彼の如し）
達者知命　莫恨其毒（達者は命を知り　其の毒を恨む莫し）
学識有誉　冥安千篤（学識誉有り　瞑して篤きに安んぜよ）

桜井は、第三句と第四句の文字に目が釘づけになった。

現代文に意訳すると、「自分を知らない者は人を恨む。毒ことの野蛮さがあのようなことをする」と読める。遺恨による殺害であることを明記してある。

郷土史家の景浦直孝が、「珠山先生遭難」の覚書で、珠山が恨みを買う原因を二つあげていた。

それは三好の門弟が次々と珠山の塾へと変わってしまったことと、三好の漢詩を珠山が厳しく批判したことであった。藤沢の漢詩はこのことを念頭につくられたようである。狂人だということの真偽はともかく、三好は珠山に一方的な恨みを抱いていたようだ。またそれが本当なら、一流の漢学者で時代への識見も高かった珠山は一面、殺されるほどの恨みを買うほど世事にうとかったともいえる。

学者や研究者にはそのような人物がいるが、苦労人の珠山にあてはめると、どうもしっくりとしない。珠山という人物を知り、身近に思うようになるにつれて、遭難の真実はこうした俗事とは別な気がする。事件を伝えた新聞は、宿毛に住んでいた三好が老母をつれて宇和島へ転居する際に、世話をした者が宇和島にいたと書いてあった。その人物はだれなのか。事件とのかかわりはないのだろうか。そもそも三好は、珠山のことを以前から知っていたということもありえるではないか。

わからないことばかりである。

宇和島からの帰途、そんなことに思いを巡らせているうちに、桜井は助手席でうとうと眠り込んでいたらしい。

「先生、見てください。入り江の海がすごくきれいですよ」

と美重子に軽く肩をゆすられ、桜井は目がさめた。

コロナは峠をこえ、ゆるやかな下り道を走っていた。左手前方の入り江の海が西日にキラキラ輝いている。

「おかげさまで、収穫がいっぱいあった」

と桜井は感謝をつたえた。コロナは峠を下りきり平地にはいった。夕日に映える入り江の古びた町並みが目の高さにある。遠くすぎ去った昔にひきもどされていく気がする。

美重子が感に入るような声でいった。

「大洲にも、まだ名もない偉人がいますよね」

「そうだなぁ、西南騒擾の志士は偉人とはちがうが、もっと知られてもよいと思う」

と桜井は豊城を念頭に応えていた。

大洲だけでなく幕末から明治の時代、名がなくも志操高潔な人物は日本に数多くいたはずである。こうした人物の生きざまを伝記や小説にして残し、後世に伝えていくことも郷土史家の仕事ではないだろうか、と桜井は思っていた。

没落士族の無念

月が替わり十二月になった。

大洲市では市史を編さんする話が具体化していた。

桜井は第二編歴史の「第四章近代」を単独で、また第八編の「第二章文化財」は郷土館の高井と共同で執筆を担当する。そこで高井からのさそいもあり、郷土館が休日の第一月曜日、桜井は早朝の汽車で大洲へでかけた。

タクシーをつかまえ、最初に寿永寺へ行った。

祥月でも忌日でもなかったが、事前に法要をお願いしていたので、住職が四柱の位牌を祭壇に安置し、桜井が来るのを待っていてくれた。行年当歳から四歳まで、あっけなく夭折した亡児の法要である。あいにくここ数日、文子は体調が悪くて遠出ができず、父一人になったが、住職のとなえる読経がながれるなか、桜井は心中で、大洲藩政編年史の仕事が終われば東京に帰り、まっさきに墓をつくることを大洲の地に眠る早世した四人の児に約束するのだった。

寺を辞して、郷土館へ歩いて行った。

事務室をのぞくと、高井が昼食に弁当を用意していた。

桜井がトイレからもどってくると、「さあ、行きましょうや」と高井はさいそくし、地味な色の山高帽を地肌のすける頭にのせた。里山の中腹に、武田千顆と豊城の墓がある。その側には武田豊城記念碑が建立されている。高井はとっくに調査を終えているが、これらを文化財として史誌にとりあげたいので、桜井にもみてほしい、というのだった。

足達文書のなかにある武田豊城関係の文書類の大半は、高井が写真に撮り、すでに桜井の手許に届いていた。まだしっかりと読み込んではいないのだが、九月の半ば、松山の三越で高井と会ったときに渡された豊城の書簡だけはいちはやく事務用紙に書き写し、さらに現代語に訳して内容をわかりやすくし、暗記するほどに読み込んでいる。

豊城を首魁《しゅかい》とする勤王派は、西郷軍と呼応して蹶起《けっき》することに活路をみいだそうとしたが、全員があっけなく逮捕される。士族の身分ははく奪され、国事犯として松山の牢獄につながれる。中風を発病して特赦放免された豊城はひそかに大洲にもどり、小さな借家で半身不随の身を養い、その日の糧にも窮する極貧のなかにいた。

明治十五年、五十二歳の豊城は余命いくばくもないことを覚悟する。ちょうどこの年の四月の雛節供の日、実子の豊国が豊城の妹の嫁ぎ先の足達儀正家へ招かれることになった。そこで豊城はまだ七歳の豊国に、足達儀正宛てにしたためた書簡を持参させた。その文面には、純粋に天皇統治の大本《おおもと》を護ること一筋にあゆんだ、豊城自身のことが縷々《るる》記されていた。

この書簡には、維新の動乱期の下級士族のきわめて人間的な物語がつまっている、と桜井は思うようになり、現代語訳で暗唱できるようにした。何か機会あれば、いまの人たちに伝えたい、という気持ちがある。

この日も、高井のあとについて山道を登りながら、桜井は書簡のさわりをお経のように唱えていた。

「勤王の政党のことについては、もとより結社の内外をとわず、文久、元治、慶応、明治改元から蹶起《けっき》までのおよそ二十年間、あるいは東西に奔走し、あるいは昼夜を分かたず、あるいは花街に遊び、あるいは不肖の息子を養子にもらい、旧藩にあっても人を鼓舞し、倒れて病むことも覚悟し、ついに家産をやぶるにいたるも、これを顧みずにあらず、長年の苦心は失敗におわり、囚われの身になってしまった。汗顔のいたりではあるものの、こうして赤心をさらけだしたのであるから、死すとも怨むことはなく、水戸烈公の一軸をいまもときどきは掛け、あるいは楠公の筆墨を掛けて遠い昔を懐かしんでいる。このことはかねてより、自分の臨終が近くなって、遺書として申し上げ、小倅の豊国へお伝えいただきたいと思っておりました。口もきけず歩くこともあたわない難病の身なるも、このように二十年来の胸の内を吐露するときがきたことは嬉しく、あらましは前文の通りであります」

急な坂道が迫り、桜井は暗唱をとめ小岩に足をかけた。横から伸びてきた小枝をもち、岩のうえに上がった。

先を行く高井がふりかえり、豊城の書簡を全部暗記しているのか、と訊くので、桜井は肩で息をしながら、そうだ、と応えると、墓地はすぐそこだから、あとはお経のかわりに続きを暗唱すれば豊城もよろこびます、と真顔でいった。

朝からの濃霧は晴れ、灌木が葉を落した隙間から、大洲の市街地が足もと近くにながめられた。墓地には高さが一メートルに満たない武田親子の花崗岩の墓石が二つならび、歌人だった父千頴の墓の左側面には二首の歌がきざまれていた。豊城の記念碑は二メートル近い高さがあり、台座も六角形で立派である。側面には五行にわたって豊城の略歴を記した銘文がある。

高井はこの記念碑建立のいきさつを説明した。

父儀正から豊城のことを聞いて育った儀國は、豊城の人徳を偲び、勤王の大志にこころを惹かれた。儀國は明治十五年に父があずかった遺書を大正三年、当時郡中で町会議員をしていた豊国へ返却している。そしてその際、郡中の寺に仮葬されたままの豊城の遺骨を大洲の武田家の墓地に移し、豊城の頌徳碑のようなものを建立してはどうか、と豊国にはたらきかけ、昭和五年に記念碑が完成した。費用は豊国がだし、銘文は儀國が書いた。そのはしがきには、〈陋巷ニ窮死シタ志士ノ末路ハ、深ク追懐セネバナラナイ〉と儀國は自らの思いを記しているという。

高井の話を聞き、桜井は改めて記念碑に目をとめた。

「どうですか、なかなかええもんでしょうが」

背後から高井が同意を求めた。

「このような記念碑があるとは、これまで知りませんでした」

「儀國町長のあとは、だれもとりあげようとせんかったですけんな」

「なぜでしょう」

「行政サイドでいえば、票にならんからでしょうなあ」

「なるほど、そういうことですか」

戦後二十年、東京オリンピックを成功させ、日本も自信と誇りをとりもどしつつある。

「おはなはんもええんですけんど、大洲人のこころを伝えていかにゃならんのです。史誌にこの記念碑のことはしっかり書き込みましょうや」

「ええ、もちろんです」

桜井が即答すると、高井は墓前で膝をおり、持参した線香に火をつけて二つに分け、それぞれの墓にそなえた。香煙がたちのぼり、林の奥からツグミがするどく啼く声が桜井の耳朶《じだ》をうった。

なぞに迫る物語

小一時間後、桜井は三の丸の屋敷で泰通公にあった。

公は来年の春には米寿をむかえる。高齢だが顔色はよく、声も張りがあり何事も委細までよく記憶していた。桜井は最初に、藩政編年史が天保五年八月まですすんでいることを話した。

公は桜井の苦労をよく承知しており、進捗状況を聞くと、「御苦労さま、ご丁寧なことで痛み入ります」と柔和なまなざしで謝意を口にした。それから話題を転じ、「今年は、桜井さんにとって、忙しい年になりましたね」とねぎらうのだった。

珠山遭難と西南騒擾という新たな史実が突如、桜井の行く手にすがたを現わしていた。藩政史に直接かかわりのある出来事ではないのだが、桜井は埋もれている史実をほりだす決心をしている。公は宇和町と宇和島での調査のことは、茶の席で美重子から聞いているといい、そのことでたずねた。

「和霊さんの珠山撰文の石碑では、西郷軍を『賊』呼ばわりしている、とのことですが、たしかですか」

「はい、一字だけですが『賊』が使われています。おそらく珠山は犠牲になった人々の大義をきわだたせるため、あえて使ったのではないかと思います」

「つまり、賊の文字ほどに西郷軍を悪《あ》し様にしてはいない、ということですか」

と公は念をおした。桜井は少し間をとり、応えた。

「石碑建立は明治十五年です。西南戦争から五年、内戦による分断は統一されて、人々は維新政府のすすめる近代化に目をむけていましたから、その分、撰文もすなおに受け入れられたのだと思います」

公は鴨居の上にある十三代泰秋が揮毫した扁額の書を見つめていたが、視線を桜井にもどしていった。

「明治十五年というと、世相はすでにそのように変わっていますか。あと十数年で清との戦争が始まる。維新以後の歴史の流れはまさに激流だね」

「ながされていく人たちも、当然でてきます」

「そういえば武田豊城が同じ明治十五年に書いた書簡、読むのはつらいものがあります」

「加藤様がお読みになっているとは、おそれいります」

桜井は驚き、あたたかなものが胸中をふきぬけるのを感じた。

「高井君ではないが、西南騒擾と武田豊城のことは、研究者の論考も大切だが、情の通じる物語のようなものも欲しい」

泰通公は、おだやかなまなざしを桜井へむけた。

かしこまる桜井を諭すように、

「論考と物語、この二つの大役は桜井さん、あなたしかできない。論考をもとに物語を仕上げ、大洲史談会の『温故』に発表されたらよい」

と公は桜井に期待を託した。

「温故」というのは、足達町長が大正時代に始めた史談会の会誌で、ここ最近になって郷土館関係者の手で復刊している。桜井は編年史とあわせて豊城のことに取り組むのはやぶさかではなかった。ただ、それを物語として仕上げるとなると、自信がなく桜井は返事に窮するのだった。だまっていると、公はダメ押しをした。

「史実に基づいて想像をふくらませれば、左氏珠山先生の遭難のことにもつながってくるかもしれませんよ。編年史はもとより、私はあなたが書く物語も読んでみたい」

桜井は背筋をのばして、応えた。

「自信はありませんが、歴史に埋没していった志士の思いを書いてみたいと思っておりました。ただ編年史とのからみで西南騒擾の論考に数年間はかかります。物語は論考をふまえてのことになります。お待ちくださいますか」

「ええ、いいですとも。みんなが楽しみにしていますよ。大洲での調査や取材が多くなると思います。離れをお貸ししますから、宿がわりにお使いなさい」

と、公は桜井の背中を押すのだった。

年明けの昭和四十二年から、桜井は編年史作成と西南騒擾の調査に埋没することになった。そして昭和四十四年二月、松山に拠点のある伊予史談会の研究機関誌に、「軽輩志士武田豊城の志操と生涯（一）」と題する論考を発表し、豊城の遺書がわりの書簡に関する研究成果を明らかにした。次回からは、豊城の経歴をたどりながら年代順に、西南騒擾へと展開していくことにした。

幕末から維新にかけての郷土史料は種類も多く、内容も豊富で多岐にわたっている。西南騒擾の調査も編年史の作成もあまりはかどらず、漠とした不安にかられている中、昭和四十六年二月二十三日、加藤泰通公逝去の報せが道後の自宅にとどいた。

桜井のなかにぽっかり大きな空洞ができた。

しかし、桜井は日常を何一つ変えなかった。公の存命中には間に合わなかったが、終結が近くなった編年史の作成作業と、調べるほど面白味が増してきた西南騒擾の解明を粘り強くつづけた。

この年の五月、豊城の経歴と藩政での活躍を調査した「武田豊城の志操と生涯（二）」を伊予史談会に発表した。豊城が生まれた天保二年十一月から、長じて京都へ周旋方として派遣され、山本尚徳の手足となって情報収集に奔走する文久二年までのことを、史料をもとに明らかにしたものである。それからさらに二年間をかけて四回、それぞれに「国事犯事件」と副題をつけて、文久三年八月の「八・一八政変」から大政奉還、さらに明治十年二月まで、西南戦争へ呼応しようとした豊城一派の思想と行動を調べて発表した。

この一連の論考のなかの第六回目の発表は、昭和四十八年五月のことである。桜井は文末に「この稿未完」と書き入れ、ひとまず論考の筆をおいた。そして休む間もなく、泰通公への約束であった、物語「しき石なれど」の執筆を始めた。

四国伊予の小藩の藩政史に生涯を費やした郷土史家が、不平士族の反乱と珠山遭難の間にぽっかり空いた十九年間の溝をどのように埋めたのか。反乱に至るまでのいきさつは物語となって、「温故」に発表されたので、そのさわりの部分をまず次の第二部に収載したい。時代は百年をこえて一気にさかのぼる。読者は当初、とまどうかもしれないが、珠山遭難のなぞに迫る伏線としてお読みいただきたい。また、桜井は晩年、なぞの解明にたどりついたのだが、重篤な脳梗塞で倒れて寝たきりとなり、一切の表現を失ってしまった。大変惜しく残念なことだが、この物語の結末を世に問うことはいまだにできていない。

第二部

物語「しき石なれど」

維新の胎動と大洲藩

年が明けた文久四年二月二十日、年号は元治《げんじ》に改元された。

京では参預会議がたびたび開かれ、将軍後見職の徳川慶喜ら五人の参預諸侯によって長州藩の処分問題と横浜鎖港が話し合われていたが、合議にはいたらず、三月には参預会議体制は崩壊した。

参預諸侯の一人の島津久光は、公武合体をすすめるため、沖永良部島《おきのえらぶじま》に遠島されていた西郷吉之助を赦免し京都によびよせた。西郷は三月十四日に京にはいると、政治的には中立の立場をつらぬき宮廷守護に専念した。長州藩では、尊王攘夷の急先鋒だった高杉晋作が脱藩して京に潜伏していたが、帰郷すると脱藩の罪をとがめられ、三月下旬、萩の野山獄へ幽閉された。

京を舞台に維新の胎動がはじまっている。

大洲藩の京都詰の同志から、大洲へ帰っていた豊城のもとへも、朝廷、幕府、諸藩、そして志士や浪士の情勢が飛脚便でひんぱんに届いていた。

豊城は古学堂の仲間へ訴えた。

「このままでは、わが藩は時代から取り残される。奉行や目付は何かにつけ、御家大事というばかりで、まるで糠に釘ではないか。何をいっても聞く耳をもたん。わが藩はみながもっと闊達《かったつ》に意見を交わすようにならんと改革はできん」

そうだ、そうだと賛同の声が教室内にあがった。さらに昨年八月、長州藩を京から追放した政変

〈八月十八日の政変〉では、京都異変を伝え聞いた有志数名が脱藩して京にはいり、連れもどされ処罰されている。これも急な異変に備える係を設置しておれば、不本意な処罰者をださずにすんだことであった。豊城は仲間の意見をまとめ、「言路開達・急務係設置」と題して、幕臣有志二十七名が連署する内容の建白書を上申した。

〈（前略）当今は久しく平安になれ、嫉妬や忌諱《きい》をさける風ばかりが大いに流行り、下の者は口を閉じて何も言わず、上の者は下問を恥じて察することなく知らぬ存ぜぬが、天下一般に広がる悪い習わしに御座候。御国の大事機密の事件に御座候ては、だれかれ身分俸禄の多寡を問わず、すべて御直聴の上、邪正当否の御英断を賜りたく候。また当今の時勢に精通した御有司の方から三名を御選びの上、急務係の任を御委ね候。猶小事に就いては御聞取の上にて御討論を有し、速やかに曲直可否御果断の上、御実行被りたく存じ奉り候。（後略）〉

豊城たちは、上層部の反応を心待ちにしていたが、呼びだしもお叱りもなく、まさになしのつぶてであった。

京都に滞在する御留守居役の山本加兵衛は、藩内上層部が動かないのであれば、予定どおり古学堂の仲間を中心に進歩改革派が主導し、農民や町人から兵を募って洋式銃の部隊を編制するよう豊城に指示をだした。そこで豊城は長州藩校へ留学の希望を奉行に願いでたが、これも何の音沙汰もないままであった。

いっぽう、十一代藩主泰幹《やすもと》の娘が長州藩の支藩の長府藩十三代藩主毛利元周《もとちか》のもとへ嫁いでいることから、大洲藩は長州藩処分問題では、毛利家からの懇願を幕府につたえる立場にあった。四月三十日、江戸では大洲、因州（鳥取）、対州（対馬）の藩士がそろって幕府総裁職に面接し、三港の鎖港と寛大な長州処分を建言しようとしたが果たせなかった。

七月十一日、この件では京の加兵衛も動いた。

大洲藩京都留守居の名をもって、京都所司代の稲葉正邦に面接を求め、長州寛典《かんてん》を建言した。ところがすでに時おそく、藩主父子の赦免を求める文書を朝廷に奉上するため、長州藩の三家老が率いてきた軍勢はいつでも入京ができる態勢にあった。

七月十九日早暁、長州勢と幕府及び会津、薩摩等の諸藩が御所の中立売門《なかだちうりもん》でついに衝突、攻防戦がはじまった。二日間の戦いで京の町が炎につつまれるなか、長州兵は撤退していった。

この禁門の変で長州藩が朝敵となると、大洲の城内の御用屋敷では保守因循《いんじゅん》派の家老や奉行が集まり、評定を開いた。

進歩改革派を率いる加兵衛の存在自体が大きくなりすぎ、目障りになっていた。加兵衛が朝敵長州の寛典を建言したことは藩の立場を代弁したまでのことで、責めることはできない。そこで保守派の重役たちは、京都詰が周旋交渉を名目に藩費を浪費した責任をとらせることにし、加兵衛に謹慎を命じた。加兵衛は八月初旬に帰国、山奥の植松村に蟄居《ちっきょ》を余儀なくされた。

労咳を病んでいた藩主泰祉《やすとみ》が二十一歳の若さで急逝したのは、八月十六日である。大洲藩では十一代泰幹の四男で十九歳の廉之進泰輔（後の泰秋）を跡目願いのため急遽江戸へ登らせることになった。一行は九月一日に長浜港を出帆、郡中に上陸すると、陸路で今治の波止浜へ行き、瀬戸内海を帆船で尾道へ渡った。江戸に着いたのは十月五日のことである。

この間、姻戚にあたる長府藩主毛利元周《もとちか》は、禁門の変の長州処分の結果、官位を取り上げられ（召放）、江戸屋敷も召し上げとなった。大洲藩は幕府からの下命で、江戸の藩邸に毛利の家来家族を預かることになったため、長州藩とのつながりはいやがうえにも深まることになる。

兵制改革

元治二年四月七日、慶応に改元された。

改元を機に加兵衛の処遇がゆるみ、面会が解禁となった。

閏五月の初旬である。

豊城は肱川の源流へいたる渓谷沿いの小道を歩き、昼前に植松村の集落に着いた。ここは渓流の左右の段丘に拓《ひら》かれた小さな山村である。見渡すと、石組みをした棚田が、櫨《はぜ》林の若葉が風にそよぐ山の中腹までつづいていた。田に水をはれば、村は一年でもっとも瑞々しい季節をむかえる。豊城は歌心をさそわれながらも道を急ぎ、加兵衛が蟄居している庄屋を訪ね、離れへ案内をこうた。

京都詰めの周旋方として、豊城は加兵衛の下で各藩の情勢を探る役目を担ったあと、加兵衛より先に大洲へ帰っていたから、一年八か月ぶりの再会だった。

加兵衛はいくぶん色白になっていたが、隆々とした体形は変わらなかった。話はすぐに内外の政情へひろがった。

「幕府の長州再征はございますか」

と豊城は訊いた。幕府は長州藩主父子と五卿の江戸への拘引を執拗に求めていた。三月二十二日には、大洲藩に対して拘引に協力するよう通達があった。藩では家老と奉行が同様の通達をうけた広島、龍野、それに宇和島藩と打ち合わせをするために大坂へ出向し、四藩ともに幕府への協力を断っている。

萩で謹慎中の藩主父子の拘引は、長州藩自体がのらりくらりとこばみつづけ、事態の進展はなかった。四月にはいると幕府は長州再征の部署を定め、将軍家茂は再征の勅許をえるために上洛した。再征はもはやさけられず、いつ幕府は大軍を動かすことになるか、どこの藩でも最大の関心事だった。

先の長州征伐では、大洲藩は幕府からいつでも出兵できるよう命じられ、宇和島藩に配された幕府派遣の軍目付の監視下におかれていた。幸い戦にならなかったが、再征となれば、姻戚の長州藩と戦うことになる。

山奥に蟄居していても、こうした情勢は加兵衛の耳にはいっている。無地色の単衣の衿元をととのえると、加兵衛は応えた。

「幕府は長州をこらしめたいのだが、西国の藩にその気はない」

「では、どうなりましょう?」

豊城は正座したまま前へにじりでた。

障子も雨戸も開け放った縁側から、緑風が座敷をふきぬけていく。

加兵衛はかみしめるようにいう。

「薩摩の西郷吉之助殿は反対しておる。西郷殿がうんといわないと、西国の藩は動かない」

「お言葉ですが、薩摩は長州を毛嫌いしている……」

「情勢は変わった。京都詰からの情報だと、土佐の勤王派の志士が薩長の仲をとりもとうとしている」

「土佐の勤王派ですか」

加兵衛は小さくうなずき、中岡慎太郎と坂本龍馬など数名の名前をあげ、声に力をこめていった。

「薩長が結べば、幕府が大軍で長州を攻めても勝ち目はない」

「幕府が長州一藩に負けると申しますか」

加兵衛は深く首肯し説明した。

長州は薩摩や土佐の仲介で、兵制の洋式化をすすめるだろう。いま最も威力のあるミニエー銃は、命中率でゲベール銃の十倍だといわれている。大砲にしても薩摩や佐賀で改良されたものが長州へわたる。薩長連合に土佐も味方をすれば、討幕へと勢いづく長州の軍事力は、幕府軍をはるかに凌駕することになる、というのだった。

「軍備だけではない。幕府が征伐の号令を発しても、太平に慣れきった士族の戦意があがるはずはないではないか」

「しかし会津や桑名の藩士は意気盛んではありませぬか」

この両藩は禁門の変の主役でもある。

加兵衛は屋敷の庭の桐の花が風にゆれるのをながめていたが、視線をもどすと、諭すようにいった。

「よいか豊城、槍、刀の時代はとっくに終わったのだ。わが大洲藩も重役や因循頑迷《いんじゅんがんめい》な輩《やから》の抵抗があろうとも、兵制改革をいそがねばならん。郡中では、六左衛門殿が組織した洋式鉄砲組郷の農民たちが、足軽に取り立てられたというではないか」

「はい、おおせの通りでございます。足軽取り立ても国島六左衛門さまの建言だと承知しております。藩ではこの四月、郡中の鉄砲組郷をゲベール隊として召し抱えることになりました」

「そうか、それは大きな前進じゃ」

加兵衛は目じりをさげた。

「幸い、重役方もわが古学堂の仲間の進言に耳を傾けてくれるようになりつつあります。仲間が藩内をまわって農兵を募っておりましたが、このうち、百二十四名にゲベール銃訓練をほどこすよう藩から申し受けました」

「ほう、わが藩も変わりつつあるな。豊城よ、この流れをとめてはならぬ。町民にも漁民にも働きかけて洋式銃部隊の拡充をはかられよ」

と加兵衛は命じ、頬をひきしめた。

夏から秋へかけて、豊城は進歩改革派の仲間とともに、加兵衛と書簡で絶えず連絡をとりながら、軽輩身分と農民や町民有志からなる洋式部隊の組織化に力を注いだ。

長州再征が必至という時勢下、飛脚の往来がひんぱんになり、藩内の緊張はいやがうえにも高まっていった。

長州再征と大洲藩

慶応二年六月、幕府はついに長州再征へ動きだした。七日の午前、幕府軍艦は周防大島への砲撃をはじめた。十四日には広島の芸州口、十六日には島根の石州口、そして翌十七日に小倉で幕府軍と長州軍の戦いが始まった。

大島口開戦前日の六日、大洲藩は幕府軍目付から、松山藩が長州征伐へ出陣するので郡中浜においては、要求のある場合、「薪水の御用並びに漕船差出に応ずるよう」布達された。

戦いがはじまると、郡中や長浜の浜辺では、砲弾を発射する大砲の音が「ズシン、ズシン」と聞こえてきた。

松山藩の兵士が周防大島へ上陸し、一部の村を占拠したという情報が大洲藩に届いた日の翌日のことである。豊城はふたたび植松村の加兵衛のもとを訪れた。

「加兵衛さま、長州といえどもやはり幕府にはかないませぬ」

豊城がつい失意を口にすると、加兵衛は意に介さず応えた。

「戦はまだ始まったばかりだ。大島口だけでなく、幕府は東西の多方面から長州を挟み撃ちにするだろうが、どこの藩も本気で戦う気はない。現に大島攻めに参加しているのは、松山藩だけである。鎧兜の兵士が大島に上陸しても、じきに長州の奇兵隊が現われ、撃退されるだろう」

「加兵衛さま、奇兵隊はそんなにも精強ですか」

と豊城は率直に訊いた。豊城が学んだ兵学は、源家《げんけ》古法と呼ばれるもので、鉄砲を使用した現実的な戦闘も兵士と物資の動員等についての考察もなく、江戸初期の合戦を図面や書物にした机上の兵学に過ぎなかった。ここ最近になって、西洋兵制を翻訳した高嶋流の洋式操練を啓行隊に取り入れたばかりである。

加兵衛は額にふきだした汗を手ぬぐいでぬぐった。梅雨晴れで夏の日が朝からふりそそぎ、山間の村は蒸すように暑い。

加兵衛は手ぬぐいを脇へおくと、次のことを明かした。

六月の初め、藩から奉行の使いが来た。その者が伝えるには、先般、長州の長府藩から使者があり、長州ではすでに薩摩との間で密約が成立している。幕府が長州再征をおこなえば、薩摩は長州を支援するという内容である。またこの密約の成立で、長州は薩摩を介して大量の兵器を長崎の外国人商館から購入し、幕府との戦いに備えている、とのことであった。情勢の報告を終えると使いの者はあらたまり、藩はいま加兵衛の力を必要としている。ちかぢか蟄居を解くので、長州へ密行し軍事全般を調査せられたい、と藩の意向を下達したのだった。

しかしほどなく長州再征がはじまったので、加兵衛は密行を控え、植松村にとどまっていた。

「長州は最新の兵器で、民百姓まで死を覚悟して戦うだろう。幕府に勝ち目はない。幕府の権威は地に落ち、いよいよ討幕がはじまる。豊城、そのように心得よ」

豊城は口元をひきしめうなずくと、訊ねた。

「倒幕となると、勤王のわが藩はどうなりましょう？」

「後方から長州藩を支援することになる」

「それで勤王にかないましょうや？」

「案ずるな、朝廷から倒幕の勅命をたまわるのだ」

と加兵衛は何事でもないようにいった。

「倒幕の勅命！」

豊城は声をひそめて反復し、にじり寄った。

「長州支援となれば、わが啓行隊の出番でございますね」

「いやいや、せいてはならん」

加兵衛は右掌をぐっと差しだし、豊城をつよく制した。

「長州再征がはじまった今、小藩のわが藩がやるべきことは、まず土佐藩との親交だ。わが藩から隣交を願う使者を早急に送るよう奉行へ申し伝えたところだ。薩長の同盟の仲介をしたのは土佐の若い志士たちだ。ご隠居ながら山内容堂殿は志士たちの手綱さばきもたくみで、京の政局に大きな力をお持ちじゃ。そこでわが藩としては、江戸留学の経験もある京都留守居役の滝五郎を帰郷させ、土佐へ派遣してはどうか、と重役たちに建言しておる。おそらくお屋形様はお聞き入れになるだろう。啓行隊が動くのは土佐の動きを確かめてからのことじゃ」

豊城は加兵衛の智謀にいまさらながら感心した。山ひとつへだてた土佐と手を結ぶことはやぶさかではないのだが、懸念はあった。山内容堂は参預会議の構成員になったほどの実力者である。隣交はよいのだが、小藩の大洲はのみこまれるおそれがある。

「土佐は脱藩者が多く、過激な乱暴者ばかりだと聞きます。近づくと災厄がふりかかるおそれを感じます」

加兵衛は豊城をみすえ、おだやかにたしなめた。

「古学を学び、天皇親政を正義とする者は、大きな真心が必要だ。乱暴なのは小心だからだ。豊城よ、古学の本意をいま一度、しかと胸に刻むことだ」

かしこまる豊城に、加兵衛は見通しを語った。

長州再征は早晩、幕府側の都合で終結する。その後は、近代化をすすめる雄藩と幕府が、連合で政府をつくりこの国を治めることになる。もっともこのときに、長州、薩摩、そして土佐や肥前の各藩から台頭してきた若い志士たちが、どのように動くか。かれらの言動が日本国の将来を左右することになる、というのだった。藩主ではなく、若い志士がこの国の主役になる、という加兵衛の予見はにわかに信じられなかったが、新しい時代がすぐそこに迫っていることを豊城は教えられた。

加兵衛の建言をうけいれた大洲藩は京から滝五郎を帰郷させ、六月二十六日に滝五郎を代表とする使節団十六人を土佐へ派遣した。

七月八日、使節団の中から滝五郎ら三名が高知の別荘で山内容堂に面会した。かれらは京の政局について容堂から腹蔵のない意見を聴いたあと、十三代藩主泰秋の漢詩を献上し、酒宴を楽しんだ。

その京の政局は、加兵衛の見通しよりも早く、事態が動いた。

七月二十日、将軍家茂が大坂城で死去したのである。

将軍家を継承した徳川慶喜のはたらきかけで、朝廷は休戦の勅命を発した。九月二日には、小倉口を除いて停戦合意が成立し戦闘は終息した。

加兵衛はただちに長浜から帆船で長州の三田尻へ上陸し、御茶屋で第二奇兵隊参謀の林半七と面会した。林の率いる奇兵隊は大島口の攻防において、高杉晋作が指揮する丙寅丸《へいいんまる》の夜襲攻撃に乗じて上陸し、わずか四日間で大島の奪還に成功している。加兵衛はこの大島口での戦闘のほか、石州口と芸州口の戦いの様相を聞き取り、西洋の軍装と武器及び戦術の優越を改めて認識したのだった。その後、加兵衛は山口へ足をのばし、藩校山口明倫館を視察した。旧来の萩明倫館とことなり、ここでは卒族軽輩身分の入学もゆるされており、校舎全体に活気があふれていた。加兵衛は藩庁で政務役の広沢兵助と会い、大洲藩の志士を山口明倫館に留学させることについて了承を得た。

いろは丸の顛末

洋式銃購入の目的で長崎入りした国島六左衛門に、「海運は儲かる」と商談をもちかけたのは、おそらく薩摩の五代友厚だったのであろう。六左衛門がオランダ人の商館主から蒸気船を購入したのは、慶応二年六月のことであった。

いろは丸の処女航海は九月のはじめのことで、長浜への廻航だった。いささか凱旋気分の六左衛門は、長崎から意気揚々と乗船した。しかしながら大洲藩独力の運用はできないので、運用方や機関方は亀山社中の海員にゆだねられた。マストには薩摩藩の旗をかかげ、馬関海峡を通過して伊予灘を航行していたところ、六日の昼過ぎ、長浜の沖合でたまたま藩主になって初めて帰国する泰秋の御座船《ござふね》と遭遇した。

大きな帆をはった御座船は、海原にゆられながらのんびりとすすんでいる。その先には肱川の河口と長浜の港がみえる。まだ豆つぶほどの大きさだが、桟橋にならぶ人垣は、藩主を迎える大名行列の一行である。

「お屋形様に蒸気船がいかにすぐれものか、ご高覧たまわる絶好の機会じゃ、速度をあげぃ！」

六左衛門は船将に命じると、甲板へでて、舷側から御座船へむかって両手をふった。いろは丸の煙突から黒煙がもくもくと吹き上がり、前をゆく船との距離がみるみるちぢまった。六左衛門だと気づいたのか、水夫たちがいろは丸へむかって呼びかけ、こちらをみている。駆けるような船足に驚いている様子である。いろは丸が御座船の右舷を通過して前へでると、六左衛門はただちに減速を命じた。すると風をうけてすすむ藩主の船は、ゆっくりといろは丸を追いこしていった。いったん後方へ下がると、いろは丸は再び速度をあげ、今度は御座船の左舷をこれみよがしに通過して前へでた。そして再び、後方へ下がる。このような示威行動をくりかえすうちに港が近くなり、桟橋の人影は大きくなった。いろは丸の動きにつれて、人の群れも右に左に動いている。

「無礼なふるまい！」

出迎えの重役たちや保守派の家来は腹をたてたが、豊城はもとより古学堂の仲間や改革派の藩士は自在に航行する蒸気船に目を細め、

「めでたいことぞ！」

と喝采をおくった。

御座船につづいて入港したいろは丸は、三日間停泊し、木蝋《もくろう》、漢方薬の原料である木附子《きぶし》、それに松板を積み込んだ。この間、六左衛門は四人の大目付が居並ぶ座敷に呼びだされ、お咎めをうけた。

「どうかご安堵くだされ。蒸気船の交易は莫大な富を産みます」

と六左衛門は大風呂敷をひろげ、当初購入の予定だった洋式銃を一年後には買い揃えることを約束した。

藩のお咎めはのりきったものの、保守派の反対は実に烈しく執拗であった。

〈西洋の偽道に血迷った六左衛門は、富国を口実に莫大な公財を費やして蒸気船を買い、もっぱら

私欲にかられ蓄財を図らんとしている。六左衛門は啓行隊へ洋式銃を与え、奴隷のような調教をし、国家を転覆させようと企んでいる。断じて看過できず、天の国賊であり、天罰が下ること必定である〉といった内容の署名入りの斬奸《ざんかん》状が何種類も城下に出回り、六左衛門は険悪な空気のなか、豊城ら古学堂の仲間に見送られ、いろは丸に乗りこむと長崎へもどっていった。

この後、十一月十四日、いろは丸は赤地に白の蛇の目の紋章旗をかかげ大洲藩所有船として長浜へ帰港したが、船上に六左衛門のすがたはなかった。藩から長崎へもちこんだ商品の売却にてこずり、長崎の下宿にとどまっていたのである。困り果てて、買主を五代にあっせんしてもらったが、高い手数料を取られ利益はわずかだった。さらに長浜への廻港にあたり、荷主をさがしたが見つからず、長浜へは空船で帰ってきた。

いろは丸が前回と同じ積荷を満載して、長崎へもどってきたのは八日後の二十二日である。貨物を陸にあげて出港を待ったが、一月近くたっても金融面の問題が解決できず、船は港の沖合に停船したままになった。

六左衛門は何度も藩に資金の支援を願い出たが、返ってくるのは非難と糾弾の声ばかりである。

六左衛門はおいつめられ、十二月二十五日未明、責任をとって自害し果てた。

六左衛門の自害は豊城と進歩改革派に大きな衝撃だった。

六左衛門をおいつめたのは、直接には金融上の問題である。維新への激流のなか改革の時流に乗り遅れまいとする小藩にとって、少しでも多くの資金を得ることが改革の成否につながっていたのである。長州密行から帰藩した加兵衛はただちに勘定方担当の奉行を拝命し、維新後も藩会計局担当権大参事として藩財政のやりくりと立て直しに取り組むことになる。

いっぽう豊城は三月下旬、藩命をおびて三田尻へゆき、加兵衛のときと同じく御茶屋で林半七に会い、奇兵隊をはじめとする諸隊のことについて情報を集めた。そして山口の藩庁で広沢兵助と面談し、「いざ討幕となれば、大洲藩は長州藩との姻戚関係に重きをおく」という藩の立場を伝える極秘文書を手渡し、また兵庫開港に関しては長州藩と同じ意見であることを口達した。

帰藩すると、加兵衛が待っていた。

そろって、寿永寺の六左衛門の墓へ参り、無念をなぐさめた。

「産業を振興し、藩を豊かにせねばならぬ」

と加兵衛は墓石に語りかけ、傍らの豊城に決然と言い聞かせた。

「六左衛門どのの志を無駄にしてはならん。よいな、豊城」

「六左衛門さまこそ、まことの進歩改革者でございました」

「決死の覚悟で藩を豊かにしようとしたのだ」

「加兵衛さま、蒸気船はそんなにも儲かるのでしょうか」

「これから交易はますます盛んになる。やがて外国との行き来も始まるであろう。海運は藩財政の柱だ」

というと加兵衛は墓石をはなれ、寺の伽藍の向こうにひろがる城下の景色をしばらくながめていた。肱川の土手に菜の花が咲き、田園はレンゲの花におおわれている。加兵衛はかたわらの豊城の肩に手をおくと、会計局承事に豊城を抜擢したことを明かし、「力を貸してくれ」と、手に力をこめた。

大洲藩の特産は和紙と蝋である。

藩はこの二つの商品作物の生産に力をいれた。売りさばくために大坂の蔵屋敷に産物が集まってきたが、資金融通の取り決めの中心は京都であった。慶応三年五月、豊城は京都へ派遣され、留守居役の宿舎の近くに拠点をおいて、大洲藩御用達の商人とともに資金調達に奔走することになった。

年明けの慶応四年一月三日の鳥羽伏見の戦いから、九月二十二日の会津若松城の落城まで、錦旗を掲げた維新政府軍（官軍）の武力による旧勢力の壊滅が行われ、天皇親政の体制が確立していく。

この維新回天に、大洲藩は小藩ながら直接参加している。しかしながら、藩主泰秋の若さゆえか、それは分に過ぎたものとなり藩財政に大きな負担を強いることになる。また長浜と郡中という二つの良港をもつ大洲藩は、海運に活路をみいだそうとするが、これがかえって財政の窮迫をまねくことになる。

いろは丸の場合、後藤象二郎から交渉があり、長崎から大坂までの一航海、土佐藩に貸し出すことになった。運用は坂本龍馬の土佐海援隊で、海援隊としては初めての海運事業だった。亀山社中の船員が船に乗りこみ、大洲藩の者は一部の水夫見習いを残して全員が船をおりた。

いろは丸が運ぶのは小銃と弾薬で、四月十九日に出航、五月十日に長崎帰港の契約で賃料は五百両であった。ところが四月二十三日の夜半、鞆《とも》の津沖でいろは丸は紀州藩の明光丸と衝突して沈没した。非は紀州側にあったので、紀州藩が賠償金を土佐藩と大洲藩に支払った。しかし大洲藩については船価の一割引きで、かつ年賦償還だったので、いろは丸購入代金の未払い分四万二千五百両の債務は、虎の子の船を失ったにもかかわらず、そっくりそのまま大洲藩に残されてしまった。

民の志操

蒸気船を失った藩は再度、海運の旨《うま》みをもとめ坂本龍馬の仲介で、オランダ商館から二千石積みの帆船を購入することになる。船価は一万二千両の六回払いで洪福丸と命名した。藩と龍馬の計画では、北海道の松前と新潟の物産を大坂へ運び商益を得る算段だった。ところが交易をはじめる前に、龍馬は京都で暗殺されてしまった。

藩では藩士に長崎で商会を開かせ、舶来品や肥後の物産を洪福丸に積み、各地の港で売りさばこうとした。しかし事は思うように運ばず、慶応四年八月、藩は洪福丸の長崎からの引き上げを命じ商会を閉鎖させた。藩士ら関係者は洪福丸で帰国することになり、八月十日にいったん下関の港へ入った。

この頃、戊辰戦争は東北地方の旧幕府勢力が同盟を結び、官軍と烈しい戦闘をくりひろげていた。新政府は会津戦争への増援を決め、アメリカから借用した蒸気船アシロット号に軍将と幕領以下佐土原の藩兵が乗りこみ、また広島と小倉の藩兵は土佐藩所有の帆船横笛丸に乗船した。両船は下関回りで日本海を北上し、越後の柏崎に上陸する予定であった。

ところが、大洲藩の洪福丸が下関に入港した翌日の十一日、横笛丸は下関港の着岸に失敗して大きく破損したため、荒海の日本海での航行は不可能となった。そこで増援部隊の軍将の大納言久我《くが》通久《みちつね》は、大洲藩主泰秋宛ての公式な依頼状を作成し、洪福丸を軍用として借り上げたい、と大洲藩へ申し入れた。断ることは叶わず、洪福丸は官軍へ借り上げられたため、大洲藩士ら関係者は大破した横笛丸で長浜へ帰ってきた。

船足の遅い洪福丸は蒸気船アシロット号にけん引されて日本海を北上したが、暴風雨のため石州浜田沖でけん引ロープは切断された。九月二日、洪福丸はなんとか越前敦賀港に入港し、部隊は陸路で新潟へ向かった。年が明けた明治二年六月、新政府は大破したままの洪福丸を長浜港へ帰港させた。大洲藩は洪福丸の借り上げや損傷について補償を求めたが、新政府側からの回答はなかった。

このように海運で大洲藩は財政を豊かにしようとしたが、二隻とも「貸与」がわざわいし、図らずも大きな負債をかかえることになったのである。また慶応三年五月以降、維新回天にかかわる大洲藩の活動も藩財政をひっ迫させた。

この激動の時代、大洲藩は小藩なりの活路を求め新政府に協力したが、資金をまかなう藩会計局の苦難は並大抵のものではなかった。豊城は京に拠点をおきながら、物産調集方や質座取方の有力商人から数万両単位の資金を調達する仕事におわれる日々の中で、天皇親政の時代を迎えたのである。

そして版籍奉還から二年後の明治四年七月十四日、廃藩置県が発令され、知藩事（旧藩主）は華族に列せられて東京へ呼び寄せられることになった。中央政府からは各県へ県令が派遣され、維新政府による中央集権体制への移行が始まる。大洲騒動が起こったのは、この年の八月八日である。七日後の十五日、大参事の加兵衛は騒動の責任をとって自裁し、果てた。

豊城が京でこの悲報を知ったのは、加兵衛の死から十日後のことであった。九月に会計局の役職を解かれた豊城は、帰郷すると山本家の屋敷を訪れ、加兵衛の位牌に焼香した。去り際、後家がそっと主人の遺した言葉を伝えた。

「豊かにすべきは、民の志操である」。

仕官の誘い

明治四年十月、大洲八幡神社の例祭が終わった翌日のことである。

晩秋の気配がしのびよる山道を登り、豊城は神社のわきに建つ古学堂へ出かけた。

ゆるやかに蛇行し、山麓の深い森の奥でいったん小さな湖水になった肱川は、四層の城郭の白壁を湖面に映している。初夏、大騒動を起こした群衆でうまった河原は、澄んだ日だまりのなかに静まっていた。

豊かにすべきは、民の志操である、と常々語っていた山本加兵衛尚徳の言葉が豊城の脳裏をよぎっていく。目をつむり、そのことを考えていると、枯葉をふむ人の気配がした。

顔を上げると、宇和島藩の支藩吉田で幕末まで家老職にあった飯淵貞幹が従者をひとり従えて立っていた。勤王の志士として、お互い知らない仲ではなかったが、相手は版籍奉還をしたばかりの小さな県とはいえ、参事の高官である。豊城が驚いて起立しようとするのを制し、飯淵は広縁に豊城とならんで腰をおろした。従者を浮舟の豊城の家へやると、女房の増穂が「主人は肱川のほうへでかけている」ということだった。それで古学堂であろう、と飯淵は察し、馬を川沿いの街道にとめおき、坂道を登ってきたのだ、という。例祭のあとしばらくは古学堂も休みなので、あたりはひっそりとしている。

「加兵衛さまのことを思っておりました」

豊城は眼下の河原をながめながらいった。

八月に散髪脱刀令が太政官から布告されたので、豊城は丸腰だが、髷は結ったままである。飯淵も同じだが、腰には扇子をさしていた。

「誠に惜しいお方じゃった」

飯淵も河原のほうへ視線をうつした。

勤王で志を同じくしていた飯淵は加兵衛とも交流があった。維新後の明治政府の改革にも参事として苦い思いを味わっている。

「京の四年間、便りは頂いておりましたが、お会いできず、残念でなりません」

「周旋方とはちがい、会計は大変でござったであろうな」

「なにごとも御一新がまかりとおり、わが藩も過分な出費を強いられました」

周旋方のあと、豊城は維新前後に再び京へ派遣され、資金調達で奔走した。戦にでることはなかったが、それなりに精一杯働いた思いはある。

視線を豊城にもどすと、飯淵は断じた。

「御一新はよかろう。だが拙速に過ぎる。加兵衛どのも急ぎすぎたのだ。わが藩には、いや、吉田県でござるが、吉田には吉田のやりかたがある」

伊予八藩は藩名そのままに八県になったばかりである。旧藩主はみんな東京在住となり、かわりに県令が派遣されている。

「しかし飯淵さま、維新政府は改革をますます速めております。薩長のやることを、古学堂の仲間は決して容認してはおりませぬ」

と、豊城は語気をつよめた。

飯淵は腰から扇子をぬきとり、パチリパチリと開け閉じしながらいった。

「御一新は本来、日本の古道を習うことから始めねばならん。断髪ひとつにしても急ぐことではあるまい」

「自分は髷を切るつもりはございませぬ」

「それはよかろう。さきの上野戦争でも、官軍の中に一人だけ丁髷《ちょんまげ》の兵士がおった。それも宇和島藩の兵士だというから愉快ではないか」

「どなたでしょうか、その方は」

「鈴村譲という御仁じゃ、なかなかの気骨者だが、存じておるか」

豊城が首を横にふると飯淵はいった。

「鈴村はのぉ、王政復古の一役を担おうと、自ら志願して東京へでかけ、彰義隊と白兵戦をやった。今は宇和島に帰っておるが、西洋の制度におもねり、朝令暮改ばかりの維新政府には大いに不満であるらしい。まあ、わからんでもない」

「われわれも王政復古を目指しておりました。志願してまで上野戦争へ出かけるというのは、誠に恐れ入ります」

鈴村は、初めて聞く人物であったが、行動を重んじるところは、大洲教学と相通じるところがある。豊城は鈴村に親しみを感じた。

「鈴村はいま、八幡浜の謹教堂で同志を募り、尊王運動を始めている」

「八幡浜の謹教堂ですか？」

豊城はこれも初めて耳にする名だった。飯淵は意外な顔で、

「そなたは、まだ知らぬのか」

とたしかめた。

謹教堂は宇和島の藩校を辞めて八幡浜に帰った上甲振洋が、この五月に開いた私塾だが、評判が良く、伊予だけでなく土佐からも書生が集まり、その数はすでに二百人をこえるまでになっていた。

「上甲振洋先生のご高名は存じておりますが、謹教堂のことはうかつにも存じませぬ」

豊城が不明を恥じると、飯淵は諭した。

「浮舟にこもると、どうしても世の中にうとくなる。実は豊城どの、今日はおりいって頼みたいことがあって参った。来年は吉田に謹教堂と同様の塾をこしらえるための準備に入る。そなたの学識が必要じゃ。手伝ってくれぬか」

「吉田に飯淵さまが塾でございますか」

唐突な話に、豊城が何とも返答ができないでいると、飯淵は急ぐ話ではないので、年明け頃までに返事をもらいたい、と言い残すと山道を下っていった。

塾の教師の誘いよりも、豊城の関心事は上甲振洋の謹教堂に向けられた。振洋は以前から名の通った朱子学者である。豊城が家督を相続した頃加兵衛に外国のことを学びたい、と相談したことがあった。そのとき、振洋の門人で、卯之町で漢学塾を開いている左氏珠山を勧められた。それで珠山に教えを請うつもりでいたが、尊王攘夷の気運が高まる中、兵制の改革が急がれたため、珠山に会う余裕がなくなってしまった。

夕方、浮舟の家へ帰ると、増穂が庭に七輪をだし、メザシを焼いていた。煙がうすく立ち上がり、暮れゆく日が増穂の白いうなじにあたっている。気がついて、増穂はメザシを火から遠ざけると豊城のもとへ歩み寄り、

「飯淵さまの使いの者が」

と不安そうなまなざしになった。

「なに、案ずることではない。古学堂で会った」

とだけ応えると、豊城は引戸をあけ、玄関で草鞋をぬぎ足元を洗った。

この夜、豊城はなかなか眠れなかった。飯淵から聞いた上甲振洋や鈴村譲、それに左氏珠山のことが頭から離れない。維新政府は天皇親政の土台である皇基をないがしろにしている。そう思えば思うほど、八幡浜の謹教堂へ出かけ、意見を交わしたい誘惑にかられた。手元不如意ではあるが、手土産代とそれに一晩泊まるくらいであれば宿代もなんとかなるであろう。増穂の寝息を耳にしながら、豊城は八幡浜へ出かけることを決意し、眠りについた。

上甲振洋と左氏珠山

上甲振洋から、冬の間ならいつでも会えるという返書が届くと、豊城は増穂に八幡浜へでかけることを伝えた。途中に雲海の湧く夜昼峠の難所があるが、大洲から四里ほどの旅程である。一日で往復できないこともなかった。長火鉢に炭をついでいた増穂が、火箸をおくと顔を上げていった。

「八幡浜のお四国山《しこくやま》は、ご利益にあずかることが多いと、ご近所でも評判でございます」

「存じておる。一時《いっとき》あれば巡《まわ》れるというではないか。おなごや年寄りには重宝であろう」

と、豊城は書見台の本に視線をおいたまま応えた。

お四国山は、商都八幡浜の小山につくられたお四国参りの霊場である。一里足らずの山道には、四国八十八か所由来の祠《ほこら》や石仏が札所の順番に安置されているので、手軽に四国遍路が体験できる。

「だんな様、お帰りになる朝、お四国山へお参り願えませぬか」

きっぱりとした物言いに引かれ、豊城は増穂をみた。

「お子がほしゅうございます」

豊城はまなざしをやわらげ、

「それはわしも同じじゃ。お頼みして参るぞ」

といとしい気持ちをにじませ、応えた。

朝、浮舟を出て、峠の雪道をかんじきをつけて乗り越え、八幡浜の町に昼すぎに着いた。通りは行き交う馬車や商人でにぎわっている。豊城は飯屋で腹ごしらえをし、商家が建ち並ぶ表通りを港のほうへ歩き、小路を少し入ったところで謹教堂をみつけた。

この私塾の主の上甲振洋は、弘化二年から十年間、宇和島藩校の明倫館に出仕していたが、藩政への疑念、とりわけ藩主伊達宗城《むねなり》の洋学導入が気に入らず、安政元年に辞職して八幡浜に帰り最初の塾をひらいた。また振洋はこの頃から、幕政を批判する漢詩を次々に発表し、西南の雄藩にその名が知られるようになった。その高名を慕い、左氏珠山は嘉永二年、振洋のもとへ入門している。そして振洋が八幡浜へ隠遁すると、師に従い八幡浜へ帰っている。その後、珠山は大坂の漢学者のもとへ遊学したあと八幡浜へもどり、安政五年には卯之町の町民たちに迎えられ塾をひらくことになる。いっぽう振洋は明治二年九月、再び請われて明倫館に出仕するが、翌三年十一月に辞表をだし、自由な身となった。二度目の私塾となった謹教堂は評判が高く、県外からも含めかつての志士や浪人たちが、書生として出入りしていた。

「たのもう」

豊城は声を張り上げた。すぐに総髪の書生が現われ、家屋の奥へ案内してくれた。旅装を解き座敷で待っていると、初老の痩《や》せた男が硬い表情のまま現われた。背丈があり、白いものが目立つ長髪は異様に長く、その先は腰のあたりまである。眼窩《がんか》の奥に沈む怜悧な眼光で、豊城をじろりと視た。ようこそおいでなした、と振洋はこめかみをふるわせながら甲高い声でいった。

振洋の話は具体的でわかりやすく、説明は丁寧だった。

振洋はまず、洋学は異端の最たるものだ、と自分の立場を明確にした。上は政府から下は寒村の医者に至るまで洋学を唱えるが、誠に不自然なことで、日本人本然の性をゆがめ、上下定分の理にもとるものだ、と烈しく批判する。

ペリー来航後の開港で、物価が騰貴したため庶民は生活に窮し、国力全体は著しくおとろえた。維新後の改革では、大洲藩においても農民騒動が起こったが、宇和島藩でも同様である。富国強兵策の失敗、藩庁役人の無能、農民の不満、これらはすべて西洋の政策を安易にまねたからだ。いまこそ古道に習い、王道政治にたちかえるときである、というのであった。

豊城も王政復古こそ維新の本道だと信じてやまない。それゆえ、振洋の話に大いに共感した。西洋に習うばかりの開化政策に偏すれば、皇基をゆがめる。したがって外国との付き合いは慎重のう

えにも慎重でなければならない、と豊城は考えていた。このことを改めて振洋に問うと、

「先王より定まりたる攘夷をもって、政治の要諦とすべきであろう。外国を遠ざけることこそ、帝意にかない、民心を豊かにする」

外国を排斥する考えに一点の曇りもなかった。

「誠に有意義なお話、御礼申し上げたい。ところで、上野戦争にてお手柄の鈴村どのは、いまは宇和島でございましょうか」

豊城が在所を訊くと、振洋の表情に一瞬、険がはしった。

「鈴村はいま、土佐へ行っておる」

「土佐とは、またいかなることでござりましょう」

「そなたは、土佐勤王党のことはご存知であろうな」

振洋はさぐるような目でたしかめる。

「大概のことなら承知しております」

と豊城は応えた。土佐の情勢に通じた古学堂の仲間から、おおよそのことは聞いている。

土佐勤王党は幕末、尊王攘夷の一大勢力であったが、藩内の弾圧で慶応元年には事実上壊滅した。もともと坂本龍馬も中岡慎太郎も勤王党員である。中岡の場合は板垣退助らの協力を得て、武力討幕派を組織していた。中岡の死後、板垣は大石弥太郎ら旧勤王党員を率いて戊辰戦争に参加した。

維新後、旧勤王党は大石弥太郎を中心になお勢力を保ち、やがて明治七年に古勤王党を組織し、反

政府運動の中心勢力となっていく。板垣は維新政府の要職に就いたが征韓論に敗れて下野、自由民権運動を展開して明治政府と対峙することになる。

豊城は、土佐藩の要職を辞して、在野で活動する大石弥太郎と政府の中枢にある板垣退助の存在は知っていた。そして古勤王党の噂を聞くにつれ、大石には一度会ってみたい、と思っていた。

鈴村はその大石に会いに行ったのだ、と振洋は打ち明けた。

「王政復古のために、勤王党の力が必要だ。鈴村は謹教堂の考えを大石に伝えに参った」

「まずは洋風の排除でございますか」

「それもあろう。だが、それだけではござらん」

振洋は口元をひきしめ、しばし沈黙した。

ふと気づくと、豊城の背後に書生が三人控えている。

振洋は少し前のめりになり、豊城との間を縮めた。

「吉田の飯淵どのとは盟約を結んだ仲だ。拙者がもっとも信頼しておる同志なのだ。その飯淵から、そなたや古学堂の門人は、まことの国士だと通知を受けている。だからそなたをここに迎え入れたのだ。鈴村のことも土佐の大石のことも、そなたを同志と思って話しておるのだが、よろしいであろうな」

振洋は有無も言わさない口吻で、同意をもとめた。

「面会そうそう、有難いことでございます」

唐突な話に面食らったものの、同志となることは望むところであった。

振洋は声をひそめ、いった。

「そなたは、富永有隣どのを存じておられるか」

豊城は頷いた。いま維新政府に追われている儒学者である。

第二奇兵隊の軍監をつとめ、大島口と石州口にも参戦した富永有隣は、この反乱軍の陣頭指揮をした主導者のひとりだった。

藩庁での和解交渉に立ち会った有隣は、その場で捕縛され、周防の柊《ひいらぎ》にある牢獄へ閉じ込められた。ここでは毎日、反乱に加担した隊士の斬殺が行われていた。有隣はかつて野山獄で松陰と共に教師をした仲であり、高杉晋作もその野山獄へ幽閉されていたことがある。

有隣はこの事実を監獄の牢屋役人に話して懇ろになり、監視がゆるんだすきに、夜陰にまぎれて脱獄した。常備軍に雇用された隊士のなかに逃亡を手助けする者がおり、有隣は港で旅装を整えると、船で宮島へ渡り、陸路をたどって鞆之浦へ出た。それからふたたび船で讃岐に渡り、丸亀で土佐勤王党の同志の出迎えをうけた。有隣は同志に導かれて四国山地をこえ、物部川の東部の香美郡野市村の大石弥太郎（円《まどか》）の屋敷にかくまわれた。

この頃、土佐藩の要職にあった大石は、幕末から維新にかけて長州の尊王攘夷派の志士たちと深い親交があり、有隣のことは志士たちからよく聞かされていたのである。

「有隣どのは、土佐で勤王党の仲間たちの屋敷にかくまわれておる。郷士のつわものが護衛してお

るので、官憲も手出しはできぬ。だが、いつまでも勤王党にまかせることもできぬ。いったんはこ
こ謹教堂か、あるいは飯淵の力がおよぶ山奥の里庄へ退避させたい。有隣どのも土佐だけでは退屈
であろう。なかなかの傑物だそうだから、われわれも会ってみたい。そのことで、鈴村が大石宅へ
出向いておるのだ」

と振洋は極秘の情報をためらいなく明かした。飯淵がお墨付きを与えたからであろう。

豊城は一点の疑いもなく同志に迎えられていた。

「同志をもっと増やし、声をあげねばならん。鈴村は高知県庁へも出向き、参事の林有造とも会うつもりだ」

「はて、林有造は存じませぬが、参事といえば高知県の最高権力者、そのような立場の方が王政復古に賛同とは、とても思えませせぬ」

豊城が率直に疑念をぶつけると、振洋は説明した。

土佐人の根っこには尊王攘夷があり、薩長の新政府を決してよく思っていない。板垣の参謀として戊辰の役で戦功をたてた林は、板垣によって土佐藩庁へ送り込まれた。そして廃藩置県が実施されると、高知県の初めての参事となったが、もともと尊王の思いが強い志士であった。

「林どのは宿毛の士族なり。宿毛の士族は土佐一の気骨者ばかりと聞いておる。天下の板垣が惚れこんだ御仁だ。間違いはなかろう」

と、振洋は思わせぶりなことをいった。

意を決し謹教堂を訪ねた豊城は、ぐいっと腕をつかまれ、新たな世界へ引き込まれた感があった。

豊城は振洋の話の内容を脳裡に刻みこむように、人名をならべた。

「伊予の鈴村譲と飯淵貞幹、土佐の大石弥太郎と林有造、それに長州の富永有隣、今日は振洋先生のおかげにて、この国を憂う多くの同志がいることを知り、誠に心強い思いを致した。御礼申しあげたい」

豊城は頭を下げ、一呼吸おくと、訊ねた。

「ところで、左氏珠山なる漢学者にもお会いしたいのだが、いかがでしょうか」

振洋の口元にうっすら笑みがうかんだ。

「あれは志士ではないが、温かい心根の人物じゃ。拙者が最初に明倫館へ出仕しておったときに、藩侯がひそかに蘭学者の高野長英どのを江戸から招いたことがあった。拙者との対面も予定されていたが、嘉永二年の正月、長英どのは突然、宇和島を去ってしまった。するとそれから程なく、明倫館に拙者を訪ねてきたのが、珠山だった。元服してまだ数年後のことで、かんばせはモモのようで、ういういしい若造であった」

「嘉永二年というと、二十年以上も昔でござるが、現在はどこにお住まいでしょうか」

「宇和島じゃ、明倫館で漢学を教授しておる」

振洋は応えると、豊城の背後にひかえた書生のひとりに、宇和島の絵地図をもってくるように命じた。

宇和島は初めての土地である。

豊城は明倫館の場所を教えてもらった。

海が穏やかなら、宇和島行きの廻船があるので、それに乗れば昼八つ（午後二時）頃に着くということだった。豊城は港の船宿に泊まることにし、謹教堂を辞去した。別れ際に、

「お四国山に参るのは、次の機会になされるがよい」

と、振洋はさりげなくいった。

船宿で一夜を過ごした豊城は、翌日、帆船にゆられ宇和島まで船旅をした。

明倫館に珠山を訪ね、上甲振洋の名をだすと、応接間に通された。給仕がやってきて、座卓の左右に置かれた丸火鉢に火をおこし、室内を暖めてくれた。出された茶を口にし、四半刻《しはんどき》ほど待つと、授業を終えた左氏珠山が袴すがたで現われた。

「長らくお待たせして、かたじけない」

珠山は詫びを言い、やわらかなまなざしで来訪者を見つめた。

互いに名乗りあい、豊城は時局観を伺いたい、と用件を伝えた。

「そのことなら、そなたが昨日お会いした上甲先生ほどの賢者はおいでませぬ。自分は内外の情勢にうとく、語ることはござらん」

と珠山は師の振洋をたて、とりあわなかった。豊城はあらためて珠山を見つめた。珠山も総髪だが、肩のところで束ね、髷をつくっていた。顔は日和下駄のように四角く、鼻は低く小鼻は大きい。

話すと口ひげが上下にうごき、鼻孔がふくらむ。容貌のもつおだやかな雰囲気は振洋とは対照的で、豊城よりも二つ年上の四十三なのだが、ずっと老成した感があった。

珠山は漢詩をよくする、と聞いていたので、豊城が父の千頴《ちかい》の話をすると、よそよそしい空気は一変した。

「歌人武田千頴の名声は、伊予一円に響いておりました」

と珠山は敬意を示し懐かしんだ。卯之町の塾では千頴の和歌を取り上げて解説し、町民たちに鑑賞させたこともたびたびであった。明倫館でも千頴の和歌を学生たちに教えている、と珠山は明かした。そして給仕を呼ぶと、短冊をもってくるように命じた。千頴は四年前に他界したが、千頴の和歌や随筆を編集した私家版の歌集を門人たちがつくっていた。珠山は人づてにその歌集を手に入れている。

給仕が持参した一枚の短冊には、毛筆で書かれた流麗な文字が滑るようにならんでいた。

後の世に何を残さん
歌詠みの朽ちる言の葉
されどしき石

千頴の辞世の歌である。平凡だが、豊城の胸にしっかりしまわれている。

「味わい深い歌であるから、短冊にしたためております」

「見事な書にて、かたじけない。父も本望でござる」

「いやはや、歌に導かれ、一気に書き申した」

「それにしても深く美しい字でございますな」

豊城が感心すると、珠山は目じりをさげ、よい筆を使ったからだと謙遜した。

そしてその筆の話をした。

珠山は振洋に弟子入りして間もない頃、寺子屋の手伝いをしていたが、そこで読み書きを教えていた寺子が長じて脱藩し、大阪府権小参事からいまや新政府の鉄道掛《かかり》をするまでに出世した。明治二年正月、珠山が明倫館教授となったのを祝って、その教え子が中国の湖州湖筆を一本、贈ってくれたのだという。

「ほう、湖筆でござるか」

湖筆は絶品ゆえに、なかなか手に入らない。

「いまは土居通夫《みちお》と号して、新政府の立派な役人じゃわい。自分には過ぎた教え子で冥利この上ない」

珠山は出世した教え子に感謝し、かれが脱藩のきっかけとなったことを話した。

それはちょうど十年前の文久元年秋のことである。土居通夫は剣術修行の名目で宇和島へやってきた坂本龍馬と他流試合を行い、この縁で坂本と交流し、坂本の「憂国の至誠と高邁達越な弁論」

に深い興奮をおぼえた。坂本と「日夕に往来して国事を談じ、堅く将来を約した」仲となり、土居は慶応元年六月、剣術巡回教授の名目で出奔した。

大洲から肱川を舟で長浜まで下り、そこから炭船に乗って大坂へ行った。大坂で五代友厚の知遇を得たことが飛躍への奇縁となる。いま、土居通夫は新政府の要人たちとの交流を深めつつある。その様子などをときおり、珠山へ手紙で知らせてくるのだ、という。

珠山に会えたのは、宇和島行の成果であった。この日、豊城は宇和島に宿を取り、翌朝早々に宿を発ち、陸路宇和町を経由して大洲へ帰った。

日は落ち、城下は木戸番の灯りが仄かに夜道を照らすだけである。豊城は亡き加兵衛の屋敷の前で歩をとめ、長屋門へ向かって一礼した。そして浮舟の坂道を登っていくと、弓張提灯を手に増穂が門前に立ち、主人の帰りを待っていた。

「寒かったであろう。いつから待っていたのだ」

「いましがた、宵五つの鐘で表へ出たところです」

「ほう、それはよい頃合いじゃ」

と豊城は感服した。主人の帰宅時を知っていたのか、夕餉の焼き魚も煮物も暖かい。いささか怪訝である。増穂がいった。

「昨日のこと、謹教堂からの使いが来て、あなた様は宇和島へ寄ることになった。明日、晴天ならば、お帰りは宵五つになる、と知らせてくれました」

「謹教堂からの使いだと？」

「お若い方でございました」

「そうか……」

豊城は箸をとめ、天井を見上げた。豊城の胸中を知ってか知らずか、お四国山は次のときにぜひ、と増穂は甘えるようにいった。

西洋化の汚辱

この年の初夏のことである。

大石弥太郎が従者をひとり伴い、振洋に会いにきた。ひと月前、面談を望む大石からの書状が届いていたので、振洋はふだん宇和島に住む鈴村譲と吉田の飯淵貞幹、それに大洲の豊城にも大石との面談の案内を送っていたが、豊城からは欠席の返書があった。

従者を連れて村をでた大石は、土佐湾沿いの下田街道を西へ西へと歩いて幡多郡中村村まで行き、そこから四万十川の土手道をさかのぼり、峠をいくつかこえて四国山地を縦断した。距離にしておよそ六十里、八幡浜まで五日間の旅路だった。船を使わず、山間部を歩いたのは、富永有隣の隠れ家を探す意図があってのことで、先に鈴村から伝えられていた山村の里庄（庄屋）の家の下見をすでに二軒すませていた。

振洋は大石の来訪をことのほか喜び、商人町の料亭で遠来の客をもてなした。

五つの膳がならび、迎える側には振洋、飯淵、鈴村と座り、床の間を背にして大石、少し離れて従者が着座した。武断派としても知られる大石だが、挨拶の口上をながながと述べたあと、側でかしこまっている従者を紹介した。

「改めてお引き合わせいたす。こちらは松岡信太郎と申す。土佐もんではござらん。長州の吉敷《きしき》郡秋穂《あいお》村の出身でござる。いまは富永先生の付き人をしちょる」

「ほう、長州でござるか」

飯淵が松岡信太郎なる者を視すえた。

身体は大石よりもひとまわり小柄である。目がほそく日焼けした頬はとがっている。

「手前はもともと秋穂村の百姓でありますが、富永先生の定基塾で勉強し、奇兵隊に入れてもらいました。それで芸州口と石州口で幕府軍と戦っちょります」

と松岡は訊きもしないことまで話し、大石の横顔へちらっと目をやり、口を閉じた。

すでに高知で二人に会っている鈴村が、松岡は有隣先生が最も信頼している門弟で、先生が土佐へ呼び寄せたのだ、と補足した。

酒をくみかわし、歓談は深夜にまでおよんだ。

大石は藩から江戸へ派遣され、勝海舟の塾に入った。櫻田にある長州藩邸にたびたび出入りし、桂小五郎（後の木戸孝允）らと親交を深めた。土佐の同志を募り勤王党の盟約を結んだのも、海舟の塾にいた文久元年八月のことである。以後、加盟者はどんどん増え、大政奉還までに百九十名に達していた。大石は長州の志士との交流が深かった。ところが維新後、木戸孝允、伊藤博文、井上馨など長州の文治派が重要な政務をにぎるようになったことで、王政復古が遠のき、裏切られた思いが強い。

初対面の振洋と飯淵を前に、大石は皇国論も熱っぽく語った。

神話は事実であり、わが国は天皇家がお開きになり、子孫に永遠に伝えるものである。天皇のご子孫が世を治めるのは当然で、それ以外の者がその地位をうかがうべきものではない。神勅こそが国の根本である、というのだった。

会談は大いに盛り上がり、政府派遣使節団へ話がひろがると、飯淵や鈴村も加わってさんざんにこきおろした。国造りが始まったばかりだというのに、政府の要人がごっそり日本をぬけ出し、百人を超える使節団を引きつれ、洋行する必要があるのか、という大いなる疑念である。このことについては、末席に坐していた松岡までが議論に口出しをし、留守役の西郷や江藤、それに板垣を褒めそやすのだった。

十日後、この会談の報告書が謹教堂から豊城のもとへ届いた。

豊城が欠席したのは古学堂の仲間と相談の上でのことであった。謹教堂とはいましばらく距離をおきたい、という意見が仲間内に多かったからである。振洋の舌鋒するどい論理や鈴村の果敢な行動力にふりまわされることをおそれていたのである。

「土佐人は豪気ゆえに、脇が甘いのではないか」

と、豊城は大石が松岡信太郎なる者を従えて来たことを憂慮した。有隣の門弟とはいえ、奇兵隊の生き残りである。辛酸をなめている。用心しなければ、と思った。

振洋にとっては不快な出来事が進行していた。

明治五年八月に学制が発布され、政府は近代的な教育制度の整備拡充に着手する。宇和島では明倫館が廃校となった。八幡浜では官立の学校ができたものの、町内の子弟は従来通り謹教堂へ通学するので、県庁は謹教堂の閉鎖を振洋に命じた。お上のいうことに逆らうことは出来ず、振洋は謹教堂を立秋までに閉じ、別の私塾を開くことにした。

いっぽう明倫館の廃校で珠山は失職したが、明治六年年四月、珠山は郷里に開設された八幡浜浦第一〇四番学校に奉職することになった。県庁は教職員に髷を禁じ、髪を短く切って職務にあたるよう通達をだした。珠山もこれに従い散髪して、八幡浜へもどってきた。

四月中旬、珠山が振洋のもとへ挨拶に訪れた。髷を切り落とし、ざんぎり頭である。

無沙汰をわびる珠山から目をそらし、振洋はこめかみをふるわせ、愛弟子を一喝した。

「汚れたる世に合わせるは、孔孟の痛絶するところぞ」

ところが珠山は平然とし、いまや天下の形勢は散髪である。沐浴に便利で夏は涼しく手入れも易い。現今、どこでも君子はかくのごとくである、と応えた。振洋は怒りに拳をふるわせ、言い渡した。

「君子たる者、俗に流れてはならぬ。長髪にあらざれば、立ち入ることを禁ずる」

それからひと月余り、振洋は珠山の様子をさぐらせていたが、珠山は髪をのばす気配はなかった。

振洋は破門絶交を言い渡す手紙を書き、書生にもたせた。

その後、振洋は盟約を結んだ土佐勤王党の大石やその同志と会うために高知へ出向き、野市村の大石の屋敷に集まった十数人の同志たちと会い、酒をくみかわした。有隣は姿をみせなかったが、門弟の松岡が部屋のすみに顔を出していた。大石に見送られ、赤岡の桟橋から塩船で浦戸へ出て、振洋は大阪行きの蒸気船に乗った。

大阪に数日滞在し、西洋化を強める世情に接したあと、京都へ行き、博覧会を観てまわり、「貪商射利」の精神に染まった日本を嘆き、王政復古の思いをいっそう強くした。日本各地で日々着実に西洋化がすすむことを危惧しながら、振洋が八幡浜へ帰ったのは七月中旬のことであった。

振洋はこの旅の所懐をしたためて小冊子をつくり、門下生はもとより、県内では大洲の古学堂と吉田の飯淵一門並びに宇和島の鈴村譲へ送った。その大意は、制度、文物、風俗、習慣に至るまで西洋化の大波に襲われ、皇国日本は汚されている。とりわけ洋装や断髪は皇国の魂に対する侮辱である。けだし大きな政変でも起こさない限り、西洋化の汚辱をそそぐことはできない、というのであった。

十月下旬、期せずしてその大きな政変が起こった。

征韓論をめぐり、西郷と江藤らの留守派と洋行派が対立し、西郷をはじめ政府中枢にいた五人の参議が下野した。対立の根っこにあったのは、江藤と大久保のすさまじい権力闘争であった。維新政府の実権は、洋行派の岩倉と大久保がにぎり、内政の改革に重点をおいた薩長の専制がすすむ。

しかしこの政変は時勢から取り残され士族たちに、政府を倒す糸口をあたえることになる。

政変から日もない、十月下旬のことである。

土佐勤王党の庇護を離れ、旧吉田藩領の山奥の里庄の農家にかくまわれていた有隣が動いた。有隣は飯淵を呼び、伊予側の同志の密会を八幡浜で開くように指示した。数日後の夜半、足音をしのばせ、同志がばらばらに密会場所に集まってきた。部屋の奥に、大男の有隣と痩身の振洋、二人から下座へ飯淵、鈴村、豊城が陣取り、このほかに謹教堂、古学堂、飯淵一門からの参加者が入口を固めるように座った。

行燈の灯りに浮かぶ有隣の容貌は怪異である。みんなは一目見てあっと息をのみ、視線をそらせた。有隣は十四歳のときに天然痘を患い、ひどいあばた面の上に左眼はつぶれている。見える右眼は異様に大きい。

こんどの政変で天朝に名を借りた洋行派の有司専制が始まる、と振洋が口火を切った。われわれは大同団結し、有司専制を倒さねばならない、とゲキを飛ばす。

有隣はしゃがれた低い声でいった。

「門弟をひとり、佐賀へやっちょる。佐賀の士族は江藤をかついで立ち上がるだろう」

「おー」と部屋にどよめきが起こった。

しずまると、飯淵がつけたした。

「佐賀へ遣わされたのは、松岡信太郎という長州人だ」

「ほう、奇兵隊のあの御仁か」

と、振洋が細い声をあげた。

松岡は先の八幡浜での会談で、留守派の改革をしきりに褒めていた。

鈴村は片膝をたて、眉間に青筋をたてながら煽った。

「江藤参議が立つなら、われわれもうかうかしてはおれん」

室内がふたたび騒がしくなり、飯淵が手で制していった。

「西郷先生しだいだ。西郷先生が立てば、みんなが呼応する。われわれはその時を待つ。これからは君谷先生（富永有隣の土佐潜伏時代の変名）のお知恵も是非、お借りしたい」

飯淵はかしこまると、ぎょうぎょうしく頭を下げた。

行燈に照らされ、有隣だけは顔がはっきりわかる。

有隣は鷹揚にうなずき、予言した。

「江藤はちかぢか反乱を起こす。松岡は佐賀の士族は呉越同舟じゃ、というてきちょる。反乱は大久保の計略どおりだ。すぐに鎮圧される」

「大久保は、士族をつぶそうとしておるのだ」

振洋がつきさすように叫んだ。

飯淵が、西郷はどうするつもりなのか、と有隣へ訊いた。

「西郷は大人じゃけぇ、まだ立ちはせん。周易では明治九年十月がよい、と教えている」

「九年十月というと、あとまだ三年あまりある」

飯淵が待ちきれないようにいうと、みんなも口々に三年は長い、と肩を落とした。

すると、有隣は三年の意味をじゅんじゅんと説いた。

「あと三年で、士族は廃業になる。政府批判の気運が高まるのは必然。山口の萩には前原一誠という切れ者がおる。西郷しだいで、前原も挙兵する。前原は西郷と同様、全国四十万の士族を束ねることが出来る器ぞ。西郷と前原が立つまでに、伊予と土佐が中心となり、全国の同志の結集をはからねばならんのだ」

有隣の言葉は重く、説得力があった。

この密会において、西日本各地と東京の情勢を探り、西郷に呼応できるよう、同志の連帯を強めることになった。活動の司令塔は振洋がつとめ、飯淵と鈴村は補佐役である。そして豊城には、伊予側の同志のいっそうの結束を図ることが求められた。

翌朝、豊城はお四国山を参拝した。

中央での大きな政変にくわえ、尊王派の巨魁富永有隣の登場で、王政復古への道筋が明確になった気がした。必ずやりとげなければ、と祠の石像に誓いながら豊城は参道の山道をたどった。そして頂上の広場へ着くと、お大師様に増穂が子どもを授かるよう祈願した。

明治七年二月、江藤は武装蜂起して十八日には佐賀県庁を占拠したが、ほどなく政府軍部隊に鎮圧された。逃げだした江藤は鹿児島で西郷に会い、高知へと逃避行し、林有造らに兵を挙げるように説くが果たせなかった。江藤は安芸郡東洋町で捕縛され、四月十三日に佐賀で処刑のうえ梟首された。

高知では自由民権運動が主流となり、四月十日に板垣や林が中心となって、立志社が設立された。豊城は、「民権自由の説は、其極点に達するときは、陛下を蔑視し朝憲を紊乱《びんらん》するに至るべし」との考えに行きつき、自由民権とは距離をおいた。大洲の士族は以前よりまして豊城を軸に同志的結合を強めることになる。豊城の志操は旧藩時代から変わることはなく、高知の大石や潜伏中の有隣と強固な連携をもった。

いっぽう、全国の尊王派士族との盟約を結ぶため飯淵をともなって京都に上っていた振洋は、数か月滞在して全国の数多くの同志と気脈を通じあい、決起へ向けた成果をあげていた。ところが江藤が反乱を起こした明治七年の二月、振洋は二階から階段をふみはずして転落し、半身不随の重傷を負い自宅で療養する身になった。これ以後、少壮の鈴村と老練な飯淵、それに振洋の子息の震吉が挙兵へ向けた活動を担うことになった。

ところで、江藤が非業の死をとげた明治七年四月のことである。

兵庫裁判所所長に出世していた土居通夫が、脱藩以来九年ぶりに郷里の宇和島へ帰ってきた。両親や親族に会い、墓参りをすませた土居は帰路、懐旧の思いと相談事を胸に、八幡浜へ立ち寄り恩師の珠山を訪ねた。珠山は満面に笑みをうかべ、粗末な官舎の中へ教え子を招き入れた。珠山は訪問客にまつわりつく子どもたちを外で遊ばせ、妻の手作りの郷土料理で教え子をもてなした。

懐旧談がひとくぎりすると、土居は改まり、司法省に奉職してほしいと頭を下げた。清廉な人格と該博《がいはく》な知識をもち徳望のある人物をいま法曹界は求めている、と土居は恩師を説得した。地位も待遇もよかった。年の明けた明治八年一月、珠山は岡山地方裁判所の判事補となり、八幡浜を去っていった。

古勤王党の戦略

富永有隣の占いで、武装蜂起の好日が一年後にせまった十月のことである。

高知の大石は言論派の立志社に対して古勤王党を組織していたが、ふたたびもちあがった征韓論の対立で、中央政府では板垣や後藤象二郎が参議を辞して野に下った。大石はこの政変を維新政府打倒の端緒ととらえ、隅田川河口の旧土佐藩主山内家の長屋門内のアジトへ緊急の通知を発し、決起の日が差し迫っていることを九州と山口、さらに北陸や東北等の同志へ周知させ、武器弾薬の準備を呼び掛けるように命じた。さらに大石は伊予側にたいし、謹教堂から同志を東京のアジトへ送ることと、有隣がかくまわれている宿毛《すくも》へ幹部を派遣するように要請し、大石自身は党員を数名伴うと、西郷南洲の私学校と連携するために鹿児島へでかけた。

大石の要請をうけて、振洋は鈴村に政府への建白書をもたせて上京させた。その要旨は、「姦臣三条実美、岩倉具視、木戸孝允、大久保利通等を誅《ちゅう》し、彼に雷同する者を退け、再び島津久光之職を復し、専ら国教を任じ悉《ことごと》く其言を用うれば、即ち庶幾《ねがわ》くは危を変じ安しとなし、皇運を挽回し万国に対立し長く不測の患なからん矣」と、言説をもてあそぶきらいの極めて過激なものであった。また、あわせて飯淵と豊城に有隣の隠れ家へ行くように命じた。この頃有隣は、高知県幡多《はた》郡宿毛村からさらに南へ下った大月村へ潜伏先を移し、村の医家にかくまわれていた。

同じ高知でも幡多郡の人々は、権勢を嫌う気風が強く維新政府をこころよく思ってはいない。そこへ西郷や板垣と後藤の下野で、大久保と木戸の専制が強まり、幡多郡の旧郷士や豪商たちの憤懣はふくらむばかりであった。

有隣をかくまうことになった漢方医の大井田正水は、不遇をかこつこの巨魁の登場を手放しで歓迎した。大井田は郡内の郷士や有力者を次々に訪ね、古勤王党の下部連盟を結成すると、挙兵にむけた準備をはじめた。

有燐は大井田家の裏座敷で、昼はつりさげた蚊帳《かや》のなかで本を読み、漢詩をつくり、絵を描いてすごした。夜がおとずれ党員が集まってくると、孫子の講義をし、求められれば易を占い、酒に酔うと大久保や木戸を手ひどくののしった。

豊城と飯淵が大月村についたのは、十一月二日の宵の口である。

二人が座敷へはいると、有隣と大井田をかこみ車座になっていた男たちがいっせいに立ち上がって、「ようこそ来てくださおった」と口々に遠来の同志を歓迎した。すぐにお互いに名乗りあった。豊城は宿毛の大月へ行けば、有隣とその門弟で長州人の松岡信太郎という従者に会える、と聞いていたが松岡は不在だった。

「八幡浜でお会いした松岡どのは、どうされておられるか」

飯淵が松岡のことを有隣へたずねた。

「松岡なら、大石について鹿児島へいっちょる」

有隣はだみ声で即答し、大井田が付け足した。

「わしどもの裏屋敷で富永先生を警護しておったがよ、宿毛は古勤王党の村じゃ。警護とか必要ないけん。大石先生が西郷大将に会いに鹿児島へ行かれるちゅうので、松岡さんはお世話役でついていったがよ」

「ほうか、大石先生のお供で鹿児島くんだりまでのお」

飯淵は緊迫する情勢をかみしめるように応えた。

大井田は数字をあげて説明した。

「いま鹿児島県は、城下町歩兵四大隊、砲兵二大隊、常備兵十七大隊、守備隊二十大隊、そのほかあわせて総勢一万二千名の士族が、西郷大将のもとに統治されておると聞いちょるけん。大石先生は西郷大将がつくられた仕組みを学ぼうとされているのじゃ」

「すると先々、古勤王党が高知県を治めるおつもりか」

「そうじゃ、立志社と手を結べば、高知は鹿児島とおんなじよ」

香美、長岡、安芸、高岡の東部の郡では四百人、宿毛をはじめ中村、大月、土佐清水、四万十などでは七百人の古勤王党員がいつでも武器を手に立ち上がることができるのだ、と大井田はいう。

「立志社でも林先生は挙兵派じゃき、いざとなればさらに数百人のもんが集まる。そうなりゃ、二千人近い部隊が大阪城へと攻め上がることになる。そうじゃねや、三好さん」

大井田は壁際であぐらをかいている男に同意をもとめた。

三好は箱膳へ大ぶりの杯をかえすと、とがった顎をあげ、大仰に頷いてみせた。ついさっきの名乗りで、三好は自分のことを家禄七石七斗の四等士族の家柄だと云い、やせて浅黒い頬に薄笑いをうかべたものである。豊城はその不逞な表情に気をひかれたが、そのとき、三好の隣りにいた同志が、「三好どのは少年の頃、宿毛の天童といわれちょった。同じ村の林有造先生を師と仰ぎ、いまは立志社の社員をしちょる」と三好のことをいった。そこで大井田は、有隣が立志社にもこの会への参加を呼びかけたので、三好は林の名代として高知から来た、というようなことを補足し説明した。林有造は宿毛では西郷と並び称されるほどの人物である。さすれば四等士族と家柄を侮った三好も、名代となれば、立志社ではしかるべき立場の社員なのだろう、と豊城は受けとめた。しかし二千人近い部隊が大阪城へと攻め上がる、という大井田の説明に三好は頷いただけで、そのことで発言することはなかった。

大井田が話した古勤王党の戦略はおよそ次のとおりである。

西郷が兵を挙げれば、大阪以西の士族がみんな呼応するのは必然。四国は伊予側が動けば、古勤王党が高知、松山、今治、そして海をわたって山陽道へと展開し、九州を北上してきた西郷軍と合流して大阪城へ至る道が一気に開ける。さらに山陰や北陸からは前原八十郎（一誠）が率いる部隊が京都を支配する。こうした西日本の情勢をみて、東北の士族も立ち上がり、薩長の一部の者が天皇をないがしろにする政治を終わらせることができるのだが、成否はすべて伊予側の決断次第なのだという。

大井田の話がすむと、有隣が飯淵と豊城に、

「あと一年もないけぇ。武装蜂起の準備をされよ」

と重々しくいった。

武器を買うための資金を調達するため、これと思う相手に道理を説き、情に訴え、出資をつのる。結束させ、密告をふせぐためには連判状をつくらねばならない。ここ大月と宿毛村では、弾薬の一部の購入費は有力な商人が出資することになっていた。このほか庄屋、質屋、造り酒屋、問屋、染物屋、炭屋などからもすでに資金を得ている、と有隣は語り、同志に命じて連判状をもってこさせた。そこには英銃十挺、弾薬百発、草鞋五十足などの品目と、それぞれの数の下に協力者の屋号や氏名が記されていた。

もっともこのようなことは官憲の目が厳しく、政治風土も異なる伊予ではできない。そこで有隣は二人に、政治結社の活動費の名目で信頼のできる相手から資金を調達し、武器弾薬を密かに買い求め、屋敷内に秘蔵しておくように指示した。

翌々日、豊城は大月村をあとにした。飯淵は三好とつれだち立志社へ行くことになったので、帰路はひとりである。

宿毛の村をでて、四国山地から宇和海へ流れ下る松田川の土手道を歩いた。紅葉にそまった山奥へ分け入りながら、小さな支流から、いよいよ本流へと漕ぎ出すことになる自分の行く末を思った。もう引き返すことはできなかった。

挙兵準備

年が明け、明治九年になった。

一月下旬、豊城は古学堂の同志数名を伴い、旧藩主加藤泰秋の邸宅へ押しかけた。門前に現われた家扶《かふ》に、

「今年中に、必ずや忠義をもって天朝に奉ずべきときが来る」

と天下国家を語りかけ、加藤家が所持する小銃を借り受けたい、と強引に申し入れた。

家扶は何事かと目を白黒させていたが、「王事をもって家事を辞するは臣下のつとめではないか」と豊城は声を荒げて諭し、問答無用とばかりに蔵の鍵をもってこさせた。豊城が抜刀して家扶を制している間に、同志たちは蔵から洋銃五十四挺を運び出すと箱につめ、牛車に積みこんだ。刀を鞘に納めると、豊城は丁重だが一歩もひかない態度で、同志一名を東京へ派遣したいので、金五十円を借用したい、と要求した。口論となったが、豊城とその同志らの尋常ではない目つきに家扶はおそれをなし、五十円を貸与した。

それからひと月ほどたった、三月のはじめである。

同志と手分けして集めた弾薬と雷管はそれぞれ二千発をこえていた。豊城はこれらを八箱の荷物にして駄馬の背にのせ、馬ひき一人と付添一人を同志から選び、吉田の山あいにある飯淵の別邸へ送った。飯淵はすでに、弾薬三千発と元込銃二十挺を収集し、別邸の床下に秘匿していた。また奥野川の里庄の農家にも相当数のライフル弾薬、火薬、胴乱を隠していた。豊城から送られた分をふくめ、伊予側としては武器弾薬の秘蔵に一通りのめどがついた。

この頃、武装蜂起に同意した者は、武田豊城を首領とする旧大洲藩士族が二十四名、飯淵貞幹配下の旧吉田藩士族が十七名、上甲振洋の旧謹教堂門下の旧宇和島藩士族が四名、それに飯淵一門に同調した平民三名の四十八名であった。

全国の挙兵派の情勢をさぐり、結束をかためるために、伊予側では同志の中から二名を高知の大石と宿毛の有隣のところへ、また別の二名を萩の前原のもとへ、そしてあと二名を鹿児島の西郷南洲と参謀の桐野利秋のもとへ派遣することにした。

その日、浮舟の坂道にある古木の山桜が満開だった。

昼すぎから豊城が庭先の畑を耕していると、八幡浜からの使いが来て、振洋からの封書を手渡した。備中鍬をおき、石に腰をおろすと豊城は書状を取りだした。内容は鈴村と一緒に鹿児島へでかけ、蜂起の時期をさぐってもらいたい、という依頼である。豊城は隣家のわらぶきの屋根ごしに咲き誇る山桜をしばらくながめていたが、やがて立ち上がると家の中へ入っていった。

土間の台所で夕餉《ゆうげ》の支度をしていた増穂が、手をとめて豊城のほうをふりかえった。

「増穂、鹿児島はちいと遠いのだが……」

夫に武装蜂起の企てがあることは、増穂もうすうす知るところである。

「どうしても、とおっしゃるならお引きとめしません」

増穂は姉さんかぶりした手ぬぐいを手にとって、夫を直視した。

「でも、あなた様は、もうお一人のいのちではありませぬ」

「案ずるな、武田の家のことなら、心配はいらん」

子どもにめぐまれなかった豊城夫妻は二年前、養女にした末妹の常磐《ときわ》に、姻戚の家から五男を娘婿に迎えていた。名を弥年《みとし》といい、三十歳の男盛りである。武装蜂起は死も覚悟の上のことであるから、娘婿ができて武田家の跡取りの心配はなくなっていた。

「家のことではございません」

増穂はきっとした顔になり、

「わたし、お子を授かりました」

と腹に両手をあてた。

「そうか、まことか」

「秋の中頃、神無月の頃かと」

「うむ、十月か……」

豊城の脳裏に、有隣が占った武装蜂起の日がよぎった。

大事がかさなる月になる。子が生まれ、ひきかえに自分は戦で死ぬかもしれない。そのような現実が、半年後に待ち受けていた。のこされる者のことを思うと、愛おしさがこみあげてくる。死を覚悟している身なれば、せめてその日まで、増穂のそばにいてやろう、と豊城は決心した。

鹿児島行きは断念したが、豊城の志操がゆらぐことはなかった。豊城は決意を新たにし、十五名の同志と皇基保護の盟約を確認しあった。

我等頻年勤王愛国之志雖有之、愚朦短才、未其機に投ずる能はず、仰而天に辱ず、治乱興水に不拘、皇天上帝に誓い、丹誠と奮義とを似て、

皇基を保護せん事を敢て誓ふ

明治九年四月八日

武田豊城以下十五名署名と花押

十月四日早朝、増穂が男の子を無事に産んだ。

豊城はわが子に豊国と名づけた。

六日後に産婆が産毛をそった。それを機に産室を片づけ、ふだんの寝室にもどした。その夜、豊城は眠っている赤子の頬をなで、増穂にいたわりの言葉をかけた。

「明日から、お出かけでございますね」

と増穂が澄んだ声でいった。

十月から輪番で、同志が数名、古学堂の道場に寝泊まりして、蜂起にそなえる態勢をとっていた。お家の一大事ということで、家事を優先させてもらっていたが、その分、豊城は明日からしばらく道場へ泊まることにしていた。

「家に帰れぬかもしれぬ。あとを頼むぞ」

「女のわたしは、何もないことを祈るばかりです」

増穂の願いが天に通じたのか、何事もなく十月が過ぎようとしていた。

鹿児島はどうなっているのか。大石と有隣のもとへ使いを出そうとした矢先の二十四日、熊本で神風連の士族百四十人が暴発し、それに呼応して二十七日に福岡で秋月の乱、翌二十八日には前原一誠が不平士族を率いて、萩から県庁のある山口へ攻め上った。

明日こそ、いよいよ西郷大将が立つ、と伊予側は蜂起の時にそなえた。しかし西郷が兵をあげることはなく、三つの反乱は政府軍によってほどなく鎮圧された。萩の乱の首謀者が裁かれ、十二月初旬に前原ら八名は斬首された。

土居通夫と西南騒擾

それから一週間後の日曜日のことである。

瀬戸内海に面した備中玉島の港町の料亭で、左氏珠山は土居通夫と昼食をともにしていた。姫路の港から朝一番の船に乗り、正午前に玉島港に着いた土居は、その足で指定の場所へ急いだが、珠山をすこし待たせてしまった。珠山はこのとき、開設されたばかりの玉島区裁判所の判事に昇任していた。

食事を終えて人払いをすると、土居は話しだした。

江藤新平から前原一誠まで、政府は反乱を誘発させ、不平士族の鬱憤を目論み通りに晴らした。残るのは、鹿児島を治める西郷南洲である。年が明けると、政府は私学校の生徒を刺激する策をうつ。西郷は立たざるをえない状況においこまれるであろう。そして戦になれば、西郷軍に勝利はなく、賊徒として裁かれることになる。

「西郷軍が賊徒に……」

重い話に杭をうつように、珠山は反復した。

「政府はこの機に、政府軍の戦力を西郷軍へ集中させるため、蜂起直前の全国の賊徒を一網打尽にするつもりです。そのため政府は各地に密偵を配しています」

と土居は声をいっそうひそめた。

お聞き願いたいことがある、というので玉島港近くの料亭で会うことにしたが、あまりにも機密性が高く重い話に珠山は返す言葉がなかった。

「それで、密偵のことでありますが」

土居はさらに声を落とした。高知に逃亡している富永有隣についても、実は富永の従者から逐一、情報を入手しているのだ、という。

珠山は腕を組み、顔に困惑の表情を浮かべた。

「富永有隣は、高知の古勤王党にかくまわれている、ということは私も承知しているが、有隣の従者が密偵とは、とても考えられんことだ」

「お言葉ですが、政府、すなわち大久保卿は実に巧妙です。大久保卿は以前から愛媛の不平士族の動きを警戒し、すでに数年前から密偵を送りこんでおるのです」

「愛媛にも密偵とは、驚きですな」

「有隣の従者はもと奇兵隊員なので、有隣は信じ切っております。なかなか有能な男です。不平士族の拠点へ行き、反乱をあおっております」

「密偵が反乱を扇動している?」

「ええ、その通りです。しかしこれからは逆に火消し役です。有隣が一目おくほどの男ですから、うまくやるはずです」

土居は従者の能力を褒め、珠山の耳元へささやくように、その密偵のおそるべき行動を明かした。

大洲を中心とする不平士族が蜂起する直前、密偵は仲間をよそおい警察に捕まる。密偵は警察に仲間の名を明かし、武装蜂起を暴露する。不穏な情勢に備えていた愛媛県警はただちに出動し、不平士族をことごとく逮捕収監する。こうして無用な争乱を防ぐのである。愛媛はきっとうまくいくであろう。しかし高知には、古勤王党や立志社という頑迷な反政府勢力がのこされている。そこで、この有能な密偵を愛媛の官憲から早めに解放し、高知の大石や有隣のもとへ返し、かれらが西郷軍に呼応しないよう画策する、というのである。

「わが国は近代化を急がねばならんのです。無用な血を流さないためにも、密偵の働きは実に大きいのです」

土居は肩で大きく息をした。

珠山の表情がおだやかであることを認めると、いった。

「本来、私か児島（児島惟謙・後の大審院院長）がすべきです。しかし波風がたち、物事が複雑になるおそれあります」

と前置きすると、土居はふところから封書をとりだし、卓上に置いた。

「名前を記した紙が入っております。しかるべき時がきたら、その男が政府の密偵だと、松山の警察や裁判所判事へ知らせていただきたいのです」

「なるほど、そういうことでしたか。伊予の同胞を内乱から守ることになるのなら、やりましょう。しかし何よりも西郷南洲が兵をあげなければよいのだが」

「おっしゃる通りです。しかし、そうはならないのです」

土居は、易者のように断言した。

明治十年二月十五日、西郷軍の大隊が熊本城を目指して北上を開始した。その五日後の二十日のことである。愛媛県警察第五出張所（以下、大洲警察署）管内の内子分屯所の警官が不審な男を拘引したところ、驚くべき陰謀を自供したため、ただちに大洲警察署へ送致した。同署は事の重大さに驚愕し、愛媛県第四課（明治十二年に警察課と改称）へ急報した。第四課は即刻、警察本部を総動員し、賊徒の蜂起に備えた「臨時取締」隊を大洲へ急行させた。

愛媛県警の「松岡信太郎告発書」（抜粋・原文カナ表記）を以下に記す。

周防国熊毛郡下田布施村
　山口県平民作兵衛弟　松岡信太郎

明治十年二月、県下伊予国大洲・宇和島間の間に往来し、鈴村譲・飯淵貞幹・武田豊城等は国家の事を憂慮する者と伝聞するを以て、国事を談ずるに託し、右数名に面会し金銭物品等を欺取し、遂に鹿児島へ赴くと偽り、大洲を発し内子村を過るの際、刀を携るを以て拘引究問する処、前文数名の者と陰謀の事を倶に談論すと口述し、此の件の罪に依て、刑官に送付す

松岡の供述をもとに二月二十三日午後二時、武田豊城は浮舟の自宅で捕縛され大洲署へ拘引された。翌二十四日午前一時、飯淵貞幹が吉田分署に、また同日午前五時に鈴村譲が第六出張所（宇和島警察署）に、そして二十五日までには関係者全員四十三名が警察署に拘引され、順次、唐丸籠で松山の警察本庁へ護送されていった。豊城が松山の県庁内警察拘留所に収監されたのは、二十六日早朝のことである。

第三部

歴史のたくらみ

富永有隣の行燈

物語「しき石なれど」は、大洲史談会会報「温故」特別号に掲載された。発行は昭和四十九年九月初旬である。桜井は史談会事務局から三十冊自宅へ送ってもらうと挨拶文をそえ、執筆でお世話になった方々へ謹呈した。

さっそく、美重子から電話で感想がとどいた。

「明治の国造りに、武士はいらなくなったということですよね」

「うむ、奇兵隊の反乱から西南戦争まで、明治政府による不平士族の一掃だ」

「でもそれ、明治の国造りに必要だった。一掃されたけど、しき石にはなった」

「その通り。それに伊予の場合、蜂起の直前に捕まったからよかった。西郷軍に加担していたら戦死か処刑だった。失敗したのが幸い、数年の懲役ですんでいる」

と、桜井はおだやかに話をまとめた。なにはともあれ、左氏珠山は伊予の不平士族のいのちを助けたのである。

左氏珠山の研究家である中平周三郎からも丁重な礼状が届いていた。

中平はこのなかで、地理的には宿毛と宇和島が重要で、この二つの町は昔からさまざまな分野で交流が深い。有隣の逃亡生活の拠点のひとつが宿毛であることは、珠山遭難への好奇心を大いに刺激する。これから自分も調べてみたい、と書いていた。

郷土館の高井館長は、三年前の十月に交通事故で死去していた。館内で所蔵と展示する分をふくめ、「温故」を三冊ほど未亡人へ送っていたところ、未亡人から有隣についてとっておきの情報を入手したので、ぜひ郷土館へ出向いてほしい、と誘いの手紙があった。

そしてこの頃、一番の読者である文子が、「大洲へ行きましょうよ」ともらすようになった。寿永寺へ出かけて四人の亡き児《こ》の法要をしたあと、本堂の須弥壇の脇に置かれた「南無仏太子立像」をじっくり拝観したい、という。この木像はまだ二歳の聖徳太子が合唱している幼児像である。

「泣きだしたら困るなぁ」

桜井はいたって真面目に心配した。

二人が大洲で暮らしていた頃、亡き児の法要で寿永寺を訪れると、文子はこの幼児像の前でいつも泣いていたのである。

松山から大洲へ赴任して間もない昭和十六年七月、三歳の誕生日を祝ったばかりの長男薫久《ただひさ》がジフテリアにかかり、あっという間に息をひきとった。それから三年後の十九年九月、長女の千穂が三歳を迎える前に死んだ。終戦の年の初夏、文子は三人目の子を無事に出産した。色の白い女の子で久惠と名づけた。ところが配給のみの貧しい生活が妊婦にこたえたのか、文子は母乳がでなかった。近隣の人たちの情味にすがりなんとか命をつないだものの栄養が足りず、乳児は小さな布団に横たわったままだった。二年後の二十二年七月、自家中毒の症状がひどくなり、久惠は絶食、浣腸、注射を繰り返す衰弱の極みのはてに他界した。さらに翌二十三年の早春、三女茉莉《まり》を授かったものの、生後ひと月も経たない日の朝、冷たくなっていた。

四人の児《こ》の、親の手のひらに余る小さな遺骨は、借りていた家からほど近いところにある浄土宗の古刹《こさつ》寿永寺に預けられていた。

十月の最初の月曜日、桜井夫妻は汽車で大洲へでかけた。

二人がそろって大洲へもどるのは、泰通公の市葬に参列して以来だから三年半ぶりのことだった。

寿永寺では、法要のあとで桜井が住職と話をしている間、文子は南無仏太子立像をこころゆくまで拝観したのだろう。いつになくすっきりした表情で庫裏の応接室へ顔をのぞかせ、住職へ感謝を伝え、行きましょう、と桜井を促した。

寿永寺を出て、二人はゆるい坂道をくだった。空はよく晴れ、運動会の練習をしているらしく、中学校のグラウンドのほうからフォークダンスのメロディーが聞こえてくる。その軽やかな音色がながれゆく里山の方向へ視線をむけて立ちどまり、文子が昔のことを口にした。

早世した児たちの挽歌を詠んでほしいと願っていたら、末っ子の茉莉の七回忌のときに、あなたは初めて一首詠んだ。その一首は悲嘆の底から立ち上がるぞ、というあなたの宣言に聞こえた、というのである。

吾子《あこ》はいま
むらさきうすき煙となり

ゆふ空かけて　たかく高くあがる

という挽歌だったが、憶えているか、と。

もちろん、忘れるはずもない。道端に佇み、二親は西の空をしばらく見つめていた。視線の先の里山には、四人の児を荼毘に付した火葬場があるのだった。

寿永寺のあとは、加藤家の菩提寺である曹渓院へお参りし、泰通公の墓前に「物語」を書き上げたことを報告することにした。老衰のために死去した泰通公の葬儀は市民会館大ホールで市葬としてとりおこなわれ、一千名をこえる人々が参列している。その盛大な葬儀の導師だった和尚が、桜井夫妻を泰通公が永眠する五輪塔へ案内してくれた。二人揃って感謝の誠を捧げ、冥福を祈り、西南騒擾に関する論考を物語に仕上げたことを霊前に報告した。

夫妻は庫裏の座敷で和尚の接待をうけた。

和尚は桜井が差しだした「温故」の特別号をめくりながら、

「高杉晋作のような志士はおりませんか」

と物語の登場人物のことを訊いた。

高杉は身分でいえば飯淵貞幹が近いが、飯淵はこの時代でいえば老人である。

「あえていえば、武田豊城でしょうか」

桜井がやや身びいきに豊城の名をあげると、よこから文子が釘を刺した。

「あら、生真面目だけではダメですよ」

「豊城は維新以後、不平士族を率いた改革者だ」

「でも、粋やしゃれっ気がないわ」

「晋作の都々逸とはちがい、豊城は一流の歌人だよ」

「その生真面目さが重い。なぞは多いけど同じ長州人の富永有隣のほうが魅力的」

「そうか、やはり、あなたも有隣ですか」

「そうです、富岡先生です」

「昔、明治座で観ましたね」

「ええ、迫力になんども息をのみました」

文子はうなずき、微笑をうかべた。

夫妻のなぞかけ問答のような会話に、和尚がわりこんだ。

「わかりました。そりゃ、それ、国木田独歩ですらい」

「そうです、そうです、独歩です」

桜井はあわてて応えたが、話の思いがけない展開がおかしく、文子が笑いだすと、つられて和尚も桜井も声をたてて笑った。

お昼は、肱川沿いの老舗料亭「たる井」でうな重でもと思ったが、文子は手軽なものがよいというので、市役所前の食堂の五目うどんですませた。それから、一足先に自宅へ帰る文子が乗った特急バスが国道を左折するのを見届けると、桜井は石畳の小道をたどり郷土館へ未亡人を訪ねた。

月曜日なので館内はひっそりとしていた。

事務室の粗末な応接セットに桜井は腰をおろした。未亡人はポットの湯を急須へ注ぎながら、西南騒擾の論考も未完だったが、せっかくの物語もやっぱり未完なので、捕まった士族たちのその後を書いてほしい、といった。そして湯呑みを桜井へわたすと、自分の机の引き出しを開け、パンフレットを一枚とりだし、卓上においた。

「見てくださいや。これを思いだしました」

未亡人はパンフレットにある民具の白黒写真の中から、骨組みの枠だけになった手提行燈を指さした。写真のその行燈をみた桜井は、「おおっ！」と声をあげた。

〈富永有隣の使用した行燈〉

とキャプションにある。

顔を上げると、待ちかねたように未亡人が説明した。

四国山地の中央部に位置する高知県長岡郡大豊は二年前に町制がしかれたが、今もけわしい山がつらなる秘境の山村である。この山村にある定福寺の釣井善光住職が、収集した民具類を境内の民俗資料館で順次展示することになった。その開館案内のパンフレットは昨年、郷土館にも届いていた。未亡人は物語を読み、富永有隣に胸騒ぎをおぼえた。頭の隅に行燈の写真がしまわれていたのだろう。パンフレットを探しだし、行燈の写真をみつけた。彼女はさっそく釣井住職へ電話をし、有隣の情報を入手していた。

「この行燈は捕まる前日まで、有隣が持ち歩いたもんですらい」

「前日まで？　すると有隣は大豊村でつかまった！」

未亡人はいかにもといった表情で、ポケットから紙片を取りだした。

「場所と、しまい（最後）にかくまった郷士の名前です」

紙片を桜井へわたした。

〈捕縛場所　長岡郡大豊町粟生１６１番地　有隣をかくまった人　小笠原清之進　現在の家の世帯主　小笠原猛〉

紙片を見つめる桜井の顔に上気がさしている。

「その行燈は、小笠原さんの前に有隣をかくまった岡本さんという人の家のもんで、定福寺がゆずり受けたということですらい」

「それでつかまった時期は、わかっていますか」

「明治十一年十一月です」

「十一年、十一月か」

「山のソバ畑は、白い花が満開じゃったそうですらい」

「ソバの花と駕籠で運ばれる有隣、目に浮かぶようです。それにしても西郷南州亡き後、有隣は一年以上も土佐にいた。これはぞくぞくする事実です」

「大豊へ行きなさる？」

「もちろんです。有隣がつかまった十一月、雪が降らない前に出かけて、山と寺とそれに行燈を見ないといけません」

桜井はふるいたつ思いをしずめるように応えた。

当初、桜井はひとりで行く予定だった。

列車で六時間もかかる上に、秘境の山村で宿を探して泊まる必要がある。定福寺の釣井住職にいろいろ尋《たず》ね相談をすると、寺は十年前からユースホステルをしているので、相部屋になるが宿泊はできる。それに境内も里山も紅葉が見頃を迎えているから、ぜひ、ご夫妻でおいでなさいと誘われた。

「そういえば、旅らしい旅って、なかった」

と文子は来《こ》し方をふりかえり、一泊だけなら、と同行することになった。

文化の日の翌朝、旅支度をして夫妻は玄関をでた。

「行ってきます」

と文子は板塀の根元へ声をかけた。ツワブキがひっそり黄色い花を咲かせている。文子が植えた多年草で、今年も初老の二人に秋の深まりを教えてくれる。小さな花に見送られ、二人は連れ立ち朝日がさしこむ小径を道後駅へと歩いた。路面電車で国鉄松山駅へ行き、九時二十八分発の急行「うわじま1号」高松行きの列車の客になった。

香川県にはいってしばらくすると、車窓には海辺の市街地が迫っていた。列車は速度を落とし、車内アナウンスは観音寺が近いことを告げた。

「ほら、あなた、可愛い山が見える」

文子の指さす方向に、松のしげる小山がある。

「あれは琴禅《ことひき》山、頂きから公園の銭形砂絵がよく見えるよ」

「銭形砂絵？」

文子が不思議そうな顔をするので、桜井は寛永時代に村人たちが一夜にして海辺の砂浜に砂絵をつくった、という伝説をかいつまんで紹介した。

「それって、銭形平次の寛永通宝ですか」

文子は、いま人気のテレビ時代劇のことをいった。

「そう、寛永通宝の投げ銭だ」

その時代劇では、捕物の場面でコインが飛び交う。

桜井は東京から松山の農業学校へ転勤してまだ間もない頃、高松へ出張した帰りに観音寺で途中下車し、銭形砂絵を観にいったことがある。銭形砂絵を目にした者は、お金に不自由はしない、という伝説に魅かれてわざわざそうしたが、どうやら当ては外れたままである。そんなことを文子に話すと、妻は小さな笑い声をたて、

「あなた、憶えている？　ほら、十銭サクライ」

と二人の苦くもおかしみのある思い出にふれた。

大洲へ越した昭和十六年の晩秋のことだった。

亥《い》の子祭りで、子供たちが大勢、桜井の家の前でゴウリン（亥の子の石）を地面につきながら、大きな声で亥の子の数え歌をうたった。東京育ちの桜井夫妻には初めての経験である。無病息災と五穀豊穣を願う歌の文句も面白く、感心しながら楽しんでいるうちにゴウリンつきは終わった。年長の男の子に文子が十銭をわたすと、別の子がノートに十銭と記入した。それから子供たちは門の外へでると、一斉に大きな声ではやしたてた。

「十銭サクライ、十銭サクライ」

はやす声はしばらくつづき、やがて路地の奥へと消えた。

わけがわからず、文子が隣家のおかみさんに尋ねると、「十銭では少なかったのでしょう」という返事。五十銭が相場だという。夫妻は顔をあからめ恐縮した。

大豊町の豊永駅には、午後の三時を少し過ぎて着いた。

駅舎まで、釣井住職がクルマで迎えにきてくれた。

ハンドルをにぎりながら、かれはすぐ行燈のことを話しだした。

定福寺と山峡をへだてて向かい合う山麓の集落に、岡本という養蚕農家がある。もともと土佐の長宗我部家に仕えた家で身分は足軽だった。いまの当主は八十歳になるが、その祖父武光は村で漢方医もしており、漢籍にも明るかった。岡本家は大きな屋敷で、部屋は十一もあったが、武光は神棚のある客間に有隣をひと月ほどかくまっていた。行燈はこのとき有隣が持ち歩いた「あかし（灯）」だという。

「有隣は岡本さんから、粟生《あお》の小笠原さんのところへ移ったそうですね」

桜井は未亡人から教わったことをたしかめた。

「そういうことです。山から山へ、郷士の家を渡り歩いとったということです」

「お世話をする郷士の覚悟は見上げたものですね」

「まさに土佐のいごっそうですな。なんぼ学問がえらいゆうても相手はおたずね者だもんで、頑固で気骨がないと世話はできゃあせん」

「本当にたいしたものです」

桜井は心底感心した。

このような秘境にまで、有隣をかくまう絆はつながっていたのである。

長州なまりの客

クルマは吉野川にかかる鉄橋をわたり、つづら折りの坂道をぐるぐるのぼった。渓谷がだんだんと遠ざかり、山の中腹にある寺の駐車場に入った。最盛期はすぎたが、周囲は紅葉したモミジやイチョウにおおわれている。

ホステルはロッジ風の建物で室内は明るく清潔だった。四時に釣井が取材を組んでくれていた。

文子は部屋で一休みすることにし、桜井はノートを手にひとりで庫裡へ行った。

表座敷で待っていると、釣井が小笠原猛翁を連れてきた。有隣を土佐で最後にかくまった小笠原清之進の孫である。翁は今年で九十歳になるというが、腰が曲がっているぐらいで、受け答えはしっかりしていた。

祖父の清之進から聞いた話では、祖父は村一番の大柄だったが、有隣はさらに大きかったそうである。

有隣は昼間はずべん（家にひっこんで、そとにでないという方言）で、夜間に出歩くときは易学や書を教えている村の若者を従者にしていた。清之進は家の客間で有隣をもてなし、毎日うまいものを食べさせていた。有隣が民兵を集めるというので、清之進は高知へでかけ、あり金をはたいて火薬や鉄砲をどっさり買い、家の倉に隠した。それから何日か経った昼時である。高知から捕吏が数十人、とつぜん村に押しかけ、粟生の清之進の家をとりかこんだ。

「ぴーぴー、ぴーぴー笛をふいて、そりゃおとろしいことじゃった」

と翁は自分が見てきたようにいい、肩をすくめる。

有隣が庭におりると、従者が灯のついたローソクを盆栽の台の上に立てた。捕吏はじわりと包囲網をちぢめる。

「あわてるな、見ちょれ」

有隣は捕吏の頭《かしら》を一喝した。

腰から静かに小太刀《こだち》をぬくと、エイ！　エイ！　と鋭い気合いを発し、ローソクを左右から二回切り払った。その都度、ローソクは灯をかすかにゆらしたが立ったまま燃え続けた。

「もう十分じゃ、お縄につくか」

有隣は従者にいいきかすように伝えた。

小太刀を捨て、おとなしく捕吏の指示に従った。

「心配ない、安心しちょれ」

遠巻きに見つめる村人へ、野太い声をかけた。

有隣を乗せた「おしばり駕籠《かご》」は、村人たちに見送られ杖立峠をこえて高知へと運ばれて行った。

「有隣には、覚悟があったのでしょうか」

と桜井は訊いた。捕吏が押しかけてくる日を知っていたように思える。

「そりゃそうじゃろう、有隣岩に隠れりゃ、決してつかまりゃせん」

と翁はいった。

「有隣岩？」

聞き返すと、かわって釣井が説明した。

豊永駅から吉野川沿いに上流へクルマで四キロほど行くと郵便局がある。そこから急峻な山道を三キロばかりじぐざぐに登ると、小字で寺内という地区に建立された豊楽寺《ぶらくじ》薬師堂へ行き当たる。この薬師堂から小一時間ほど峠を歩くと、梶ケ内という集落に行きつく。この集落の背後の山につきだした巨岩が有隣岩である。岩穴は三段あり、それぞれ中は深い。有隣は毎日、算木と筮竹《ぜいちく》を用いて占い、危険を察知するといち早くこの巨岩の穴へ何日も隠れていた。

危険を察するたびに、その薬師堂の裏の小道を通って有隣は梶ケ内の巨岩に身を隠していた。そのことを想像すると、逃亡をつづける有隣の切迫した息づかいまで聞こえてきそうである。しかし、なぜ、清之進の家で有隣はおとなしく捕吏の手に落ちたのか。

「密告があったのでしょうか」

桜井はためらいがちに翁に尋ねた。

赤銅色に焼けた首をふり、翁はにべもなく否定し、傍で釣井も首をふった。

「有隣に会いに来る者はなかったのでしょうか」

「さあ、どうじゃろう」

翁は腕を組みじっと目をつむった。そして思いだすのか、目をとじたままいった。

「つかまる前のこと、高知から来た客と、有隣先生は長州なまりで話をしちょった、と爺様から聞いたことがあります」

「長州なまりですか、それ、確かですか」

「ええ、たしかに長州、といっちょりました」

翁は目を開き、はっきり応えた。

その客は松岡信太郎にちがいない、と桜井はひそかに胸の中でつぶやいていた。

翌日の朝、役場の教育委員会の係長が運転するクルマで豊楽寺薬師堂へ行った。境内は吉野川の渓谷を見下ろす山の中腹である。自然公園に指定されている梶ケ森と杖立山が晩秋の空にそびえ、その左右には四国山地の峰々が幾重にもつらなっている。

本堂の薬師堂は深い木立の奥にあった。

こけらぶきの屋根と四周はすべて板壁の建造物だった。周囲に人の気配はなく、薬師堂だけが境内にひっそりと鎮座し、その古色蒼然とした趣は、木立の奥で時のながれを止めてしまったかのようである。

入母屋造りの屋根と堂内に安置された薬師如来坐像や阿弥陀如来坐像は重文である。案内役の係長からひと通りの説明をうけたあと、桜井は有隣が岩に隠れるために通った小道のことを尋ねた。係長は薬師堂の東側の小高い崖のほうへ目をやり、苔におおわれた石段へ桜井夫妻を導いた。

「すべるけん、気いつけてください」

石段を上がりながら、係長が心配した。

さらに上へとつづく山道が森の奥へ視線をみちびく。

「この道は木材を運ぶ馬の道でした。子どもの頃、夜は馬の背のカンテラの明かりが、山肌にちらちら見えちょりました」

「ほう、カンテラですか」

「まるで蛍の光みたいでした」

「なるほど、情景が目に浮かびます」

奥深い山村ならではのことである。桜井がその明かりを思い描くと、有隣のかざす行燈と重なるのだった。

寺の境内をでると山道の勾配はきつくなった。係長は立ちどまった。

「ここから一時間ほど登ると、有隣岩のある梶ヶ内の集落です」

「往復となると、二時間ですね」

文子が、もう一泊してもよいといったが、登るのは体力がなくどだい無理である。それで係長に有隣岩について説明を乞うと、新たな情報があった。

昭和四十六年五月、係長は富永有隣を研究している郷土史家を有隣岩まで案内したことがあるというのである。その人物は橋詰延寿といい、元小学校の校長であるが高知では郷土史家として名が通っているという。先方の了解がとれたら、ぜひ連絡先を教えてもらいたい、と桜井はさっそく係長に依頼した。

山道をひきかえし、石段をおりてお地蔵様を拝観した。

古い地蔵の表面は摩滅し苔がはえていた。その中のひとつを指でたどると、安永三年と刻まれていた。二百年も昔である。順に年代が下り、幕末から明治にかけて祀られた地蔵菩薩が多数をしめていた。二人は薬師堂の前の庭に立ち、来たときよりもさらに深々と拝礼し、豊楽寺をあとにした。

帰りの鈍行のなかで、桜井は歌を文子にみせた。拝観することのできなかった薬師堂の如来像を念じ、わきあがった挽歌だった。文子は両手で拝むように黙詠し、目じりをハンカチでぬぐうと瞳をあげ、よい旅になりました、と微笑した。

南無帰依佛
涅槃接受のおん眼
くまなく吾子も容れさせたまへ

郷土史家の使命

年が明け、昭和五十年になった。

桜井夫妻が道後で暮らしはじめて十年目の新春である。

借家のすぐ近くの神社へ初詣にでかけたほかは、桜井は三が日もふだん通り書斎にこもっていた。二十数年間、ひとときも休むことなくつづけてきた「大洲・新谷藩政編年史」の執筆は、年をこすことなく昨年の暮れに脱稿している。初代大洲藩主加藤貞泰が入部した元和三年（一六一七年）から廃藩置県の明治四年（一八七一）までの二百五十六年間の出来事である。項目数は四千七百十件に達し、綱文は五千件をこえている。引用した史料は、加藤家に関する文書から日本全体にかかわるものまで幅広く、その種類も典籍・棟札・碑文など全部で四百二十九点にもなった。執筆原稿は事務用のＢ５ノートに縦書きで三十一冊、紙数にして四千三百四十枚である。

もともと、桜井が自ら泰通公に申し出たライフワークである。

ノートをこのまま書斎に積んでおくのはさすがに耐え難く、桜井は当初、大洲市か県の図書館、あるいは史談会への寄贈を検討した。一地方の小藩の編年史であるが、原稿のままであるにしても、その価値に桜井はゆるぎのない自信をもっていた。とはいえ、図書館へ寄贈しても、ノートのままだと、事実上の死蔵となり、その存在すら忘れられてしまう。

思案を重ね、桜井は編年史の厖大な量のなかから、まず年表の項目と綱文を一冊分の量に編纂し直し、しかるべき出版社から上梓することにした。新たに原稿を起こさなければならないが、数年あればできる仕事である。その後、本史料も活字化し、順次出版していく。桜井はこのような心づもりになっていた。

いっぽう、物語「しき石なれど」は、あちこちで読まれていた。「桜井が西南騒擾を物語にしている」という類いのうわさが広まったらしい。十数人の関係者にしか送っていなかったが、自ら手に入れ読んだのであろう。送った数の何倍もの知友や元同僚、それに教え子から、賀状の余白に物語の感想や寸評が記されていた。論考ではあり得ない反響である。武田豊城とならんで富永有隣や左氏珠山の言動にふれたものも多数あった。

そして未完の「しき石なれど」に加筆し、本にしてほしいと書いてきたのは、美重子と同時代の教え子の篠崎和子である。

和子は頭が良く成績は学年でもトップクラスだった。家は代々大洲で書店を営んでいたが、跡をつぐ男子がいなかったために和子は進学を断念し、家業を引き継ぎ、婿を迎えている。桜井は大洲時代、枡形にある篠崎書店の本店をよく利用していた。店に行くと和子と話が弾んだ。本店には郷土コーナーがあり、発刊された「温故」はいつもしばらくの間、平積みになっていた。

その和子から、三が日明け早々にお会いしたい、と電話があった。所用で松山へ来るというので、七草の日の午後、桜井は道後駅へ和子を迎えに行った。

寒波が襲来し、ときおり吹きつのる風が軌道の上の架線をヒューヒュー鳴らしていた。公園のほうから路面電車が現われ、ブレーキの音をホームに響かせて停まった。次々に降りる乗客の中で、ひとり和服姿の和子はすぐに桜井をみつけ、かるく会釈をした。和子は明るく自由闊達な生徒だったが、その印象は四十路を迎えるいまも変わらない。桜井はアーケード街の喫茶店で、和子から「温故」特別号が好評で、史談会事務局に十冊追加したが、それも売り切れたことを聞いた。大洲の地元でも、西南騒擾のことを知る人は少なく、桜井が物語風に書いたことで関心がにわかに高まったのだという。

「先生、登場人物のその後のことも加筆して、出版してくださいや」

と、和子は賀状の添え書きを改めて口にした。

読者は、その後がどうなったのか、みんな知りたいのだ、という。

「その後のことって、例えばだれ？」

桜井が水を向けると、和子は面長な顔を上げ、武田豊城、鈴村譲、飯淵貞幹と順に名を上げ、それにと間をおき、いった。

「じゃがやっぱり、富永有隣が一番。物語の重要な黒子役です」

「ほう、黒子ですか、なるほど、おもしろい」

桜井は同意したが、大豊へ調査にでかけたことは黙っていた。

桜井も、もし珠山遭難との関連を実証する史料が見つかれば、「しき石なれど」に手を加え、物語として出版し世に問うてもよいと思っている。ただ郷土史家として優先すべきなのは、あくまでも編年史の出版だった。桜井は自分の考えを率直に話した。

「創作と郷土史研究は次元が別。物語が好評なのはうれしいが、研究者の学問的な良心は、もともと物語の執筆に向いていない」

「そやけど先生。学問や研究の成果を論文じゃあなく物語として書き、本にして読んでもらえば、歴史への関心が高まる。こんどの『しき石なれど』は、ほんとにそんな役割をしている。そうでしょ」

「まあ、そうだとすれば有難い。でもな、篠崎」

と桜井は教師にもどり、解答の解説をしている口調になった。

「郷土史の研究というのは地味で孤独で苦労ばかりの道なんだ。努力と忍耐がいる。当然、その成果は論考や論文として後世に残しておきたい。さらに望むべきは、あとに続く者のために論考や史料をまとめて製本にする。それが郷土史家の使命だと思っている」

「そんなら先生、藩政史のほうは本にするおつもりですか」

和子は桜井の意向をたしかめた。

桜井はちょっと間をおくと、自分を励ますかのようにいった。

「ノートに書いた原稿を編纂しなおす。それから支援してくれる出版社をみつけ、順次活字化し、製本にして全国の図書館に納める」

「そりゃあ、大変なお仕事ですよ。手伝う方おられますか」

「なに、僕ひとりで十分だ」

「市か県の図書館から支援の申し出はありませんか」

「このことは、まだどこにも話してない」

「大洲市の教育委員会へお話しなさったらどうでしょうか」

「売りこむようで、気がすすまんな」

「じゃが先生、大洲市にとっては価値のある本になりますから、支援を頂くべきです。そうでないと自費出版になってしまいます」

「なに、たとえ自費出版でも、いいものはできる」

応えながら、桜井は自分が少し意固地になっている気がした。

和子は、桜井が編年史を本にするのであれば、出版社やその関連の業者に心当たりがあるので、出来る限りお手伝いをしたい、と申し出てくれた。

したたかな為政者

五日後の日曜日、美重子が森林組合の所要のあと、桜井の自宅へ年始の挨拶に来るというので、昼前から文子はいそいそと雑煮の準備を始めていた。桜井が食堂へ顔をだすと、切り身の生鮭、貝割れ菜、ゆず、それに切り餅がまな板にならび、鍋からは白味噌をいれただし汁のゆげがうすくあがっていた。

昼のテレビニュースが終わるのを見はからって、玄関が開く音がし、美重子の澄んだ声が食堂に届いた。玄関へ出迎えた文子のあとから、美重子が食堂にはいってきた。

文子は受け取ったショールをハンガーにかけながら、さあ、お座りなさい、と椅子をすすめ、鍋にいれる切り餅の数を訊く。美重子は文子がピアノの出前教師をしていた頃からの弟子で、二人は気が合うらしく、いつまでも本当の母と娘のように仲良くふるまい遠慮もない。美重子は食卓の席につくと、

「お母さんから聞きました。書き終えたそうですね、おめでとうございます」

卓上に両手をそろえ、編年史の祝を伝え、ていねいに頭を下げた。

昼食後、三人は居間の炬燵で暖をとった。

ここで、「しき石なれど」のことが話題になった。

史実と創作の区別がつけがたく、物語として読めばそれはそれでよいのだが、どうしても気にな

ることがある、と美重子はいう。

土居通夫と左氏珠山のことである。

土居が恩師の珠山を引き立て、岡山地方裁判所の判事補の席を用意する。これは事実としても、その後、西南騒擾が発覚する二か月前の明治九年十二月、玉島区判事へ昇進していた珠山のところへ土居がやってきて密談をする。この件は史料に基づいたものか、と美重子は訊いた。

この密談において、富永有隣の従者の松岡信太郎は政府の密偵であり、西南騒擾の密告者になる、ということが想定されているのだが、このことを実証する史料が残されているのか、というのである。

痛いところをつかれて桜井は腕をくみ、天井をにらんだ。

この時代、不平士族を中心にした反政府の動きが高まっていたのは事実である。政府は各地に密偵を配し、情報を入手するとともに、小規模な反乱をあおって、いわばガス抜きを行っている。西南騒擾についても、政府は関係者の動向を事前に十分つかんでいた、と桜井は推察している。当時の愛媛県警が記録した「西南騒擾記」にも、さまざまな職業に扮した警察官が民情を探索した情報が数多く記録されている。

「玉島での珠山と土居の密談は創作です。もっともこの時代、不平士族の反乱を想定して、政府はいろいろな工作をしている。西南戦争を前に、伊予にも不穏な動きがある。政府側から土居へ何らかの指示があった、と僕はみていています」

と桜井は自分の推察を話した。いわば状況証拠である。これは郷土史家としては失格だが、物語としては読者が違和感を覚えなければ許される、と桜井は考えている。

説明を聞いた美重子は合点し、作者の意図を代弁する。

「先生としてはまさに、してやったりですね」

「してやったり？」

「先生はこの密談を書きたかった、そうでしょ？」

思いがけず、執筆の動機にふみこまれ、桜井は返事に窮した。

たしかに密談は桜井がしくんだ、なぞを解くしかけでもある。林有造の子分で立志社の社員だった三好蔦江が、なぜ珠山を斬ったのか。その理由をつかむためには、松岡と三好をつなぐ線をみつけなければならない。むろんその線は、高知にある。

この思いを胸中にひめながら、桜井は無難に応えた。

「まあ密談はともかく、退屈せずに読めたら十分ですよ」

「密談を設定して、従者の松岡が警察へ密告した、と読者に想像させる。逃亡中の有隣が反乱をあおり、従者は密告者になる。この構図、成功しています。でも先生、有隣は松岡が密偵だということを知っていたのかしら。そこが不思議です」

文子は盆にのせた温州ミカンの皮をむきながら、二人の熱っぽいやりとりに聞き耳を立てている。

桜井は事実をおさえながら、説明をくわえた。

「西南騒擾の裁判記録では密告者松岡の刑は軽く、松岡は刑の満了をまたずに保釈され、高知へ行っています。おそらく逃亡中の有隣の従者をひきつづき務めるためです。有隣が松岡を政府の密偵であると知っていたなら、たぶんそうだったと僕は思うが、有隣は松岡を従者にすることで、暗黙裡に政府と取引した可能性があります」

「有隣が政府と取引だなんて、本当ですか？」

「考えてもごらんなさい。明治政府の要人の多くは、松下村塾の教え子たちです。有隣が九年近くも高知におれたのは、政府が有隣を泳がせていた、とも取れるのです」

「それって、政府が有隣を利用したってことですか？」

「例えば伊予の場合、不平士族があぶりだされ、西南戦争に呼応できなかった。高知でも、林有造や大石弥太郎は政府を転覆させるつもりだったが、みんな逮捕されてしまう」

「なるほど、わあわあ騒がせておいて、密偵からの情報で捕縛の時をつかみ、一気につぶす。明治政府はしたたかだ」

美重子は大鉈を振るうような表現で、解説し納得した。

傍で文子はミカンの皮をむく手を休め、しきりに頷いている。

「明治に限らず、政治はいつでも複雑で為政者はしたたかですよ」

と桜井は物語から広がった話をまとめた。

美重子は、気になることがあとひとつある、と桜井に尋ねた。有隣と松岡の資料はどこで手に入れたのか、というのである。

桜井は次のようにいった。

編年史の史資料を渉猟していたおりに、県立図書館の古文書類の蔵書のなかに偶然、「勤王志士富永有隣先生小傳」という小冊子をみつけた。玉木俊雄という山口県熊毛郡田布施町の郷土史家が富永有隣の研究成果をまとめ、昭和十一年に活字にして発行したものである。古文書にまじって所蔵されていたのは少し妙だったが、桜井にとっては幸運であった。

「小傳」は、有隣のおいたちから始まり、松下村塾時代のこと、土佐潜伏時代、逮捕され東京佃島の石川島監獄に服役した時代の獄中生活、そして晩年、郷里の田布施村城南に帰って、私塾を開いたことなどが簡潔に記述されていた。

発行に先立って、玉木は徳富蘇峰《とくとみそほう》へ働きかけて富永有隣の顕彰会を組織しており、「小傳」は蘇峰へも謹呈されていた。有隣の松下村塾時代のことは吉田松陰の著書から、また晩年の田布施村城南での暮らしは熟生だった古老からの聞き取りによるものであった。土佐潜伏時代については、玉木は昭和十一年、実際に高知県の野市町を訪れ、大石弥太郎をはじめ古勤王党の郷士の屋敷を調査していた。

いっぽう松岡については、いまのところ愛媛県警の「西南騒擾記」が情報源であるが、高知へでかければ何か新たにわかりそうな気がする。

このように桜井が説明をすると、美重子が思いがけないことをいった。

「先生、玉木さんはご存命ですか」

小冊子は戦前の、四十年も前のことである。

ふだん古文書を読んでいる習性もあって、玉木はとっくに故人だと思い込み、奥付にある住所に連絡もとっていない。うかつといえばうかつである。

「玉木さんのこと、せめて田布施町へお尋ねになればよいのに」

と美重子は桜井を催促するのだった。

「田布施の前に、まず野市です」

と桜井は応えた。有隣研究家の橋詰延寿の連絡先がわかり、有隣や古勤王党のことなど教えていただきたい、と手紙をだしたところ、橋詰からいつでもお会いします、という返事をもらっていた。橋詰の住まいは南国市稲生で、野市町と近い。桜井は少し暖かくなれば、橋詰に会いにでかけるつもりでいる。

「先生が物語のつづきをお書きになれば、最後の舞台はきっと田布施になると思う。わたしの希望をこめてですけど」

と美重子は意味深なリクエストをした。

有隣の隠れ部屋

二か月後の三月中旬、桜井は高知へでかけた。

バスと電車を乗りつぎ、松山から五時間ほどの旅程だった。交通網が整備されたといっても、高知県も東部になると、松山からはさすがに遠い。桜井は丸くなりそうな背筋をのばし、野市駅の改札口へとゆっくり歩いていった。するとそこに、大きな茶封筒をもった橋詰が懐かしそうに顔をほころばせ、桜井を待っていた。

橋詰のその表情は、同じ明治生まれの者が共有する世代的な同窓感と、郷土史にとりくんでいる者同士の連帯感からくるのだろうか。桜井は差しだされた手をしっかりとにぎりかえしていた。

これまで、なんどか二人の間で手紙のやりとりがあった。橋詰は郷土史家として多くの業績をのこしている。民間の伝承や芸能、人物などを記録した稗史《はいし》的な内容の本が大半であるが、郷土史にかかわる橋詰の編著書はすでに五十冊をこえている。

その橋詰は手紙でこんなことを書いていた。

〈昭和の初め、高知の若尾瀾水《らんすい》という俳人が、有隣をかくまったことのある旧郷士の家人から聞きとった話を地元の新聞に連載していた。それを読み、有隣は一つの処に長くは滞在せず、一週間から半月ほどで郷士の屋敷を転々としていたことを知った。そのとおりだとすれば、九年間の潜伏の間、数百人の郷士たちが有隣を自分の家に隠匿し世話をしたことになる。重複や長い滞在があったにしてもおそらく百人を優にこえる郷士が政府のおたずね者をかくまったのだろう。この間、県内のどこからもひとりとして密告者が出ず、警察からも見破られなかったことは誠に不思議である。政府の密偵が数多く県内各地に配されている。郷士の結束と口の堅さはとても尋常とは思えない。

この動乱の時代に有隣をかくまった土佐の郷士は、そもそもどのような人たちだったのか。そんな疑問から、ここ数年はひまをみつけると、有隣とかかわりがあった旧郷士の家を探し、家人から話を聞いている。大豊町の有隣岩もこうした取材活動なかでその存在を知り、役場の方に案内してもらったのである。

承知のとおり、いわば土佐の国の占領軍である山内氏は長宗我部氏の旧臣を郷士にして、旧勢力の懐柔につとめている。この懐柔策は元禄時代までつづき、野市でも広い地所を所有する旧臣のなかから郷士になる者が多数いた。時代がすすみ郷士制度が確立すると、郷士株を買いとったり譲り受けたりすることも行われたが、郷士は足軽や徒士、武家奉公人などの上であっても、身分としては軽輩の下士であり、山内氏の「掛川衆」からなる家臣団の上士とは明確に差別されていた。

幕末に一千名近くいた郷士は農村では地主であり、町では商業を営む裕福な町人であった。通婚は郷士の家同士でおこなわれていたから、血縁の面でもお互いに強いむすびつきがあった。

明治の世になって、大石弥太郎を盟主として結成された古勤王党（以下古勤）は、こうした郷士勢力を中核とした反政府の集団である。有隣にとって、高知は居心地のよい処であったと思う。

ところで野市の近郊には、大石家のほかにも有隣をかくまった屋敷がいくつか現存している。なかでも大石弥太郎と昵懇だった安岡権馬は有隣に心酔し、礼を尽くしたもてなしをしている。そこで大石の前にまず安岡の屋敷を案内したい。〉

この手紙のとおり、桜井は橋詰が運転する軽四のミニカで、最初に安岡家を訪ねることになった。

田畑がひろがる一本道を北へすすみ、四国山地の南麓の里山までゆるゆると走った。山際には農家がぽつぽつとある。その一軒の横の細い路地をぬけると、奥に楠や杉が生い茂る森があった。その森の手前の塀囲いをした敷地のなかに、大きな母屋と離れらしき建物がある。さらに敷地の左手の丘にも白い塗り塀に囲まれた屋敷が見える。橋詰が「ここは安岡家の一族の住まいですが、有隣をかくまった権馬の屋敷は、あっちです」と、丘のほうへ目を向けた。見ると、大きな平屋がうずくまるように建っていた。

桜井もクルマからおり、橋詰のあとから坂道を少し登った。門から中をのぞくと、玄関の引戸の前に年配の上品な夫人が立ち、二人を待っていた。

屋根も外壁も重量感のある頑丈なつくりの家である。南の庭に面して広い表座敷が二間あり、畳廊下が東南にめぐらせてある。庭から南側の廊下へ上がり、夫人の案内をうけながら東側へ行くと、廊下は途中で壁に仕切られていた。

「壁の向こうは、有隣さんの隠れ部屋です」

と夫人が説明した。

隠れ部屋の入口は表座敷の脇床につくられていた。

掛け軸の背後の壁を押すと、人ひとり通れる大きさのドンデン返しが開き、抜け穴ができる。夫人に許しを得てドンデン返しを押し、橋詰につづいて桜井も隠れ部屋に入ってみた。東側も南側も壁でふさがり、西側は板の襖で隣の食堂と仕切られている。明かりは北に面した小さな窓から入るだけである。

有隣はふだん、表座敷で朝夕の馳走にあずかり、書を読み、易占いなどをして過ごし、危険を察知すると、床の間のドンデン返しを押して、隠れ部屋に身をひそめた。そして夜がくると数人の従者を連れて外出し、同志の会合に顔をだし、権馬や郷士たちと表座敷で酒をくみかわしていたのであろう。権馬の家には有隣が揮毫した書や詩文がたくさん残されていたが、いつの間にか散逸してしまったという。

「これだけは、のこっちょります」

と夫人は欄干の上の横額へまなじりを上げた。

表装されて額におさまっていたのは、有隣の長文の漢詩で、「酔霞観記」という題がついていた。茶封筒の中から橋詰がその「酔霞観記」を書写した青焼きコピーを一枚、桜井へ渡してくれた。

桜井はすらすらと音読しながら、諧調が見事なのに驚いた。

小説の富岡先生では、有隣は頑固一徹で時代錯誤な老醜をさらしているのだが、「酔霞観記」はのびやかで、自然や人間へのこまやかなまなざしにあふれた格調高い詩文である。小説とはことなり、実際の有隣は詩情豊かで人柄もやわらかな印象がある。

冒頭は、「酔霞観は安岡氏の居なり。切《きわ》めて清らかにして、最も暑を避くるに宜し」とあり、つづいて表座敷からながめられる山々、林、人屋、稲田、草木、さらには南のかなたを潤す大洋を描写し、「白帆黒煙、渚浜の樹間に見ゆるは、これ船の相往来するなり。余□然として来り宿し、佳景に驚きて曰く、これまさに志士仁人の気を養ふべし」と景色を褒め、権馬が提供してくれた待遇におおいに満足している。つづいて気を養うこと説き、施政と用兵を語り、最後は「霞は盃の大なるものなり。盃に枕すれば酒に酔い、美景によりて古道を思はば、即ち景の養なる。其の益、稍々なる歟《か》。以って此の記をなして、主人の需《もと》めに応じ、撰、併《ひょう》びに書す」で結んでいる。

主人とはもちろん権馬のことで、明治四年五月中旬の日付がある。土佐へ逃れて、一年余り経った頃のものである。安岡家では廊下をつぶし、隠れ部屋をつくるほどであるから、長期の滞在を見越していたのだろう。明治六年十月に征韓論争に破れた西郷や板垣らが下野するまでは、国の政情はまだ落ちついていたから、有隣の身辺は穏やかであったようだ。桜井は、有隣の実像にふれた気がした。

告発

安岡家を辞して大石の屋敷へ向かう道すがら、橋詰が思いがけないことを口にした。

「権馬は松山で獄死ですから、むごい最期です」

「えっ、松山で獄死ですか？」

桜井は驚いて反復した。

橋詰はここが聞かせどころとばかりに説明した。

「大石弥太郎と安岡権馬は有隣を隠匿した罪で、西南戦争後の明治十一年一月に捕縛されて松山へ送られる。ところがさしたる取り調べはないまま九月十五日の朝、突然裁判所へ呼びだされ、二人とも無罪放免になった。この間、獄にとめおかれた権馬は下痢が止まらず、衰弱し切ってしまい、無罪放免の翌日、松山の木賃宿で息絶えるのです」

「それはなんとも痛ましいことです」

と応じたものの、桜井の頭は少々混乱をした。

二人が捕縛された明治十一年一月は、まだ有隣は逃亡中である。古勤は立志社と連携して反乱を企てていたから、その咎《とが》での捕縛ならわかるのだが、と桜井が問いかけると橋詰は大きな声でいった。

「西南戦争の最中、立志社の幹部は根こそぎつかまっちょります。林有造も明治十年八月に大阪で逮捕される。古勤のほうも武器弾薬貯蔵が露見した者たちはことごとく捕縛されている。しかし盟主の大石弥太郎と安岡権馬は争乱予備では逮捕されておりません」

「ほう、それはおかしいですね」

「嫌疑が十分ではなかったのでしょう」

「しかし政府としては何としても捕まえたかった。それで有隣隠匿をもちだした」

「まあ、そういうことでしょうな」

「西南戦争は終わっている」

「そうです。だから、嫌疑は有隣隠匿になった」

と橋詰は、有隣隠匿を強調した。

桜井は疑問をぶつけた。

「かくまったのは愛媛ではなく高知の一円。それも九年もの間、有隣隠匿には百人をこえる郷士がかかわっている。ところが、しょっぴかれたのは二人だけ。それも行き先は高知ではなく、松山というのがどうにも解せません」

「私が思うに、政府は不平士族の反乱を収束させたものの、古勤のテロを警戒していた。そこへ、二人を告発する者が現われた」

「そうか、そのシナリオならありえますね。しかしまさか郷士の間から告発者がでたとは考えにくいのだが……」

桜井が語尾をにごしながら呟いた。

「もちろん、郷士ではありません。西南騒擾の裁判記録に名前がちゃんと残っています」

「西南騒擾？　というと告発者は愛媛、だれですか一体？」

「松山の獄舎に服役中だった飯淵貞幹ですよ」

「えっ、あの飯淵貞幹、これは驚きです！」

桜井はガンっと頭を殴られた気がした。

そもそも飯淵と大石はお互い勤王の同志である。飯淵は高知へ何度も足を運び、古勤の同志や立志社の社員と挙兵にむけ結束をはかっている。

夢破れ、囚われの身となり、飯淵はかつての仲間を告発するまでに変節してしまったのか。桜井は武田豊城が出獄後、遺書がわりに書いた手紙を思い浮かべた。そこには、時代に翻弄された不器用な人生が綴られている。豊城にいくらかでもずるさがあれば、役人の道もあったであろうが、最期まで志操をまげることはなかった。

クルマは野市駅の近くの踏切をわたった。

ハンドルをにぎりながら、橋詰が吐き捨てるようにいった。

「飯淵のしたことは、まるで告げ口です」

「特赦をほのめかす働きかけがあったのでしょうか」

「おそらく、そうだったのでしょう」

といいつつも橋詰は憮然としている。

「飯淵の告発が権馬を無念の死においやった」

「そういうことです」

橋詰は怒りを含んだ声で肯定した。

働きかけがあったとすれば、だれがどのようなことを獄中の飯淵へもちこんだのだろうか。桜井の脳裏に、有隣の従者の松岡信太郎がうかんだ。だが松岡単独では、飯淵は相手にしないであろう。もっと相応な人物が働きかけをしている。だれだろうか。桜井は夕暮れてきた春の空へさだまらない視線をうつした。

裁判

大石弥太郎の屋敷は、野市駅から東南へ下った田園のなかである。土佐湾に近く、田園のむこうにひろがる夕空の下に、有隣が権馬の家からながめた海があるはずだが、大石の屋敷からその海は見えなかった。

屋敷は古勤の拠点だったところである。上甲振洋が八幡浜に開いた謹教堂と同じく、官僚支配を強める政府を倒すため、挙兵か民権か、不平士族が集まり密議をかさねた。

戦後、屋敷は人手に渡っていた。手入れが行き届き建物の保存状態はよい。おりしも持ち主は旅行中で留守だった。橋詰は事前に預かった鍵で、玄関を開け家の中へ桜井を招き入れた。

権馬の家と同じく頑丈な平屋である。大石が有隣に用意した部屋は西南の八畳の間で、雪見窓からは庭の花木が見える。土佐に逃れてきた有隣は、おそらく明治六年半ばまでの三年余り、大石の屋敷を中心に、野市周辺の郷士の家に滞在していた、というのが橋詰の説明であった。二人は畳に正座し、雪見窓から庭をながめた。

橋詰は次のようにいった。

室内に有隣の痕跡は何もないが、屋敷の土蔵からは大石家文書にまじって、有隣にかかわる書簡や記録が多数見つかっている。戦後、山内家家史編修所の平尾道雄が大石家文書の中から、「識」と題する書付を見つけた。これは有隣が易学に基づいて時勢観を記したもので、西南戦争の少し前のものである。征韓論争による政府の分裂から、岩倉具視襲撃事件、民選議員設立の建白、左大臣島津久光卿の下野に至る国内の政情を寸鉄で評し、最後に九州の兵乱を予想している。この「識」に記されたとおり、明治九年には九州の各地で不平士族が挙兵し、それらは西南戦争の誘因となった。

室内がうす暗くなり、橋詰は立ち上がると電灯を点けた。

ふたたび正座をすると、茶封筒を畳においた。

「有隣が時勢を読み解く目は、まことに確かなもんです」

「その『識』を読んでみたいのですが、どこにありますか」

「あなたがそうおっしゃると思い、実は複写しちょります」

橋詰は茶封筒を引き寄せ、中からコピーを三枚とりだした。

「五年前の昭和四十五年十二月、中央の雑誌に平尾さんが富永有隣のことを書いております。『識』もそっくり載っています。宿で読んでみてください。等身大に近い有隣が書かれちょります」

「そうですか、それはありがたい」

桜井は橋詰のはからいに感謝した。

この日、桜井は土佐湾に面した赤岡町に宿をとった。

弥太郎と権馬はここ赤岡の警察署にとらえられ、高知にしばらく拘留されたあと、五日間かけて松山の獄へ送られている。床に就く前、桜井は広縁の椅子に身体をしずめ、橋詰からわたされた三枚のコピーをていねいに読んだ。文末に、平尾は有隣の裁判のことを次のように書いていた。

〈明治十二年八月九日、拘留されていた小石川監獄から大審院に出頭した有隣に対して、判事は「除族ノ上禁獄終身事」を宣告する。有隣は驚き茫然となった。突っ立ったまま身動きもできない。付添の看守にたすけられ、打ちしおれて退廷した。ややあって再び法廷に呼び出されると、今度は検事が臨席し、東京上等裁判所検事局から、「特典ヲ以ッテ本罪ニ二等ヲ減ズ」と申し渡された。ところが有隣は文意がわからず、ただただ呆けたように立っていた。看守に背をハシッとたたかれ、減刑の寛典の宣告であることを知り、有隣は喜ばしげに退廷した。〉

このとき、有隣は五十九歳である。これまでの人生は遠島、幽閉、反乱、そして逃亡と潜伏に明け暮れた日々であった。吉田松陰は獄中で知り合った有隣を、「自ら見ること甚《はなは》だ高く、群小を見ること仇敵の如し」と評しているが、法廷での姿を伝える平尾の文章を読む限り、初老の有隣にはその高慢尊大な面影はもはやない。

国事犯を収容した佃洲の石川島監獄は待遇がよく、有隣はここで『大学』の講義や執筆をして過ごしている。明治十七年に特赦された有隣は、宮内省で主馬頭《しゅめのかみ》を務める甥の入江長裕の邸に身を寄せたあと、十九年正月に東京を去り、故郷の田布施村へ帰ってくる。つかまってよかったのだ。有隣の晩年を思い、桜井は気がやすらぐのを覚えた。

トマトと葱をのせた豆腐を一切れ掴《つか》もうとしたら、桜井の手から箸が一本こぼれ、食卓ではねると床へ転がり落ちた。

「まあ、元気なお箸だこと！」

と文子が箸の行方に目をこらした。

しゃがむと箸を拾い上げ、流しで洗いながら、

「ちょっとお疲れのようですよ。少し仕事を控えたら」

と、書斎にこもりがちな夫の健康を気遣った。

仕事といっても、編年史の執筆と地域の文化雑誌等への寄稿だから、身体が疲れることはない。ただ気鬱なまま眠ることが多く、温泉の朝風呂で気分をほぐすのが日課になっている。その風呂から帰って、朝食をとっているときに、箸がぽろりと落ちた。初めてではなく、前にも何度かあった。

箸を落すぐらいで、と桜井は文子の気遣いを受けながらしたが、ここ最近、体力の衰えと変調を覚えることが多くなった。道路のわずかな勾配でも、よくつまずく。段差があると、つま先をぶつけてよろける。それに万年筆をもつ手がかすかに震えるときがある。年を取るとだれでもこうなるのだ、と桜井は少々の不自由をがまんする。明治生まれの男児らしく、気持ちのもちようが大事だ、と自らを叱咤し、編年史の出版を使命と心得、また珠山遭難のなぞ解きにひそやかな生きがいを見いだしていた。

五月の連休が明けると、宿毛と大月へ取材にでかけるつもりである。大月の屋敷に富永有隣をかくまった大井田家は、正水の孫の正行が宿毛で大きな病院を経営していた。その正行理事長からは、祖父の正水と有隣のことを語るのが楽しみだ、という返信を桜井はもらっていた。

数日後、明日から連休という朝のことである。

桜井は風呂帰りに坂道で転んだ。前に踏みだしたはずの右足が動かず、バランスをくずして前のめりに倒れたのである。

むこう脛の皮膚がすりむけ、血がどろっとにじみでているのがわかったのは、家に帰ってからである。痛みもあるので、タクシーを呼び近くの日赤病院の外科で診察を受けた。付き添った文子が、この頃箸を落すことが多くなった、と夫の近況を話した。すると外科医は、念のために脳血管内科を受診するように勧め、手配をしてくれた。

連休の合間の火曜日、朝から脳血管内科でいろいろな検査を受けた桜井は、軽度の一過性脳虚血発作の疑いがあるので、入院するようすすめられた。放置しておくと、先々、脳卒中や心筋梗塞をひき起こす惧れがあるという。

「来週、宿毛へでかけたいのですが」

「ここしばらく無理は禁物です。不整脈もありますから」

医師は当面の間、桜井が旅行することを禁じた。

連休明けから一週間、桜井は入院した。血圧と抗血栓の薬を服用した治療をおこない、退院後も薬はつづけることになった。脳梗塞の発作がもっとも危惧されるが、心筋梗塞もある。食事にも気を配るように、と医師から注意された。

退院をしたが、自宅療養に近い生活になった。

幸いにも脳梗塞の前兆らしき症状は現われず、年相応に元気だったが、桜井は主治医の指示に従い、執筆はペースを落し、宿毛への取材も当分の間、見合わせることにした。自治体や町内の公職がまだいくつかあったが、区切りのよい時がきたら、すべて身を引くことにした。

それで先延ばしにしていたが、老い先のことがにわかに夫婦のせっぱつまった問題となった。寝たきりになることだけは、何としてもさけたい、と桜井には祈る気持ちがある。それでなくとも新婚の頃、脊髄カリエスを患っている病弱な文子が夫を介護することなど、とても出来ることではない。

六月にはいり、雨の日が多くなった。

雲がひくくたれこめ、白っぽい空から雨粒が線になって降りしきっていた。昼食がすみ、湯のみを手に桜井は椅子にすわっていた。後片付けを終えた文子が、桜井の向かいに腰を下ろした。いつもだと、桜井は書斎にこもるのだが、この日は思案ありげな表情である。文子は卓上の煎餅をひとつ手にとって二つに割り、夫へさしだしながらいった。

「なにか、お話がありそうね」

桜井は煎餅のかけらを一つ、口にふくみ、ゆっくり味わい、お茶をのみほすと、まなざしを妻へむけた。

「やはり、行ったほうがいいな」

「そうですか、梅雨があけたら、でかけますか」

「いや、早いほうがいい」

桜井は台所の窓の外へ視線を向けた。

「大丈夫ですか」

「なに、飛行機だとあっという間だから、わけないよ」

「無理はいけませんよ」

文子が念をおすと、桜井はうなずき、

「練馬には、僕のほうから連絡しておくから」

と夫婦で上京することを決めた。

退院してからというもの、ここ数年の内に松山をひきあげ練馬へ帰ることが、夫婦の老い先の最良の選択になっていたのである。そのために一度東京へ出て、練馬の桜井本家に相談する必要があった。まずは住む家を決め、墓所を探さなければならない。この二つは何とかなりそうだったが、一番の心配は病院や養老施設だった。万が一にでも桜井が倒れ、介護が必要になったとき、文子に負担をかけられない。貯金も尽きてしまうおそれがある。桜井は自分の死後のこともふくめ、これらのことを本家に話してみることにした。

往復航空券の手配をし、二人が上京したのは七月一日だった。

文子は東京オリンピックが開かれる前の年に、葬儀で渋谷の実家に帰省して以来なので、十三年ぶりの東京である。一変した都心の景観に驚き、乗降客の歩く速さにとまどい、乗り継ぎで移動するときは終始、桜井の腕をつかんでいた。

高田馬場から西武新宿線に乗り換え、昼過ぎに武蔵関駅に着いた。

本家の甥の秀雄がすぐに叔父夫妻を見つけ、文子から手荷物をうけとると自分のクルマのほうへ案内した。分家の三男だった久次郎より十二歳年上の長兄は、本家に養子に入り当主となっていたが、数年前に隠居して百姓仕事をはなれ、秀雄が桜井本家のあとをついでいた。本家は昭和の初めまでは大根をつくっていたが、今は一町歩ほどの農地にキャベツを栽培する専業農家である。また借家を十数軒所有しているが、母屋の隣りの借家は改築して長兄夫婦が住んでいた。

市街地を十分ほど走り、屋敷林の先にキャベツ畑が広がる本家の庭にクルマは入った。春まきキャベツの収穫が終わったばかりで、土づくりがはじまった畝は、梅雨の合間の日差しをうけて黒々としていた。

長兄夫婦は庭にでて、二人を笑顔で迎えてくれた。応接間で一休みし、畑が見渡せる表座敷にみんなが集まりおそい昼食をとった。長方形の座卓をかこんだのは、長兄と当主の秀雄、それに久次郎の三組の夫婦と、会社勤めをしている秀雄の長男の嫁の七人である。互いに近況を語り合い、なごやかなひと時になった。

昼食のあと、二人は秀雄夫婦と一緒に、クルマで総本家の菩提寺へでかけた。寺の墓地の一角には囲い塀をゆるされた桜井一族の墓所があり、ここに久次郎の両親も葬られている。墓所は掃除がゆきとどき綺麗だったが、取り残した雑草をひき、大小の墓石にかけ水をし、花筒に樒《しきみ》をいれ、線香を立てた。あいにく住職は急な用事のため回向《えこう》に来られなかったが、四人は香煙につつまれながら、般若心経を唱え丁重に先祖の供養をした。

一族の墓所からでると、甥は住職から聞いている墓地の空き地を数か所、案内してくれた。大洲の寺に預けてある四人の子の遺骨と一緒に、両親が眠る場所があればよいので、一坪あれば足りる。甥はそのあたりの事情をよく承知しており、一族の墓所に最も近い一か所を候補にあげた。ぽっかり空いたその場所は、周囲の墓石も低く日当たりもよい。

「ここが、いいな」

と桜井は文子に同意をもとめた。

日よけ帽子のつばの影から顔を上げ、文子は小さく頷くと、

「お地蔵さんもほしいなぁ」

と、子どもがせがむような口調で、呟いていた。

松山に帰るまでに、桜井は住職に会い、購入希望の墓地を伝えることにした。そしてあとのことは、甥に委ねることにした。昔からの檀家である桜井本家が寺に分家の墓地をお願いする、ということだから、話はスムーズに運びそうだった。墓石もふくめおよその金額がわかれば、甥が知らせ

てくれることになった。

本家にもどり、桜井は長兄に墓地のことを報告し、謝意を伝えた。

駅の近くに三日連泊でホテルをとっていたので、みたび甥がクルマで二人をホテルまで送ってくれた。墓地のことが解決したので桜井は気分が晴れ、夜はぐっすり眠ることができた。

上京二日目の金曜日、桜井夫妻は住職に会い、墓地のお願いをしたあと、本家へ行った。すると長兄から次のような提案をうけた。

借家と同じ仕様だが、久次郎夫婦が暮らす家を建てる。書斎、居間、食堂、それに台所、トイレ、風呂については二人の要望を聞きたい。借家を建てているこれまでの業者に発注し、図面をひいてもらう。秋から工事にはいるので、春には入居できるが、二人の上京がずっと遅れるようであれば、その間は借家にしておく、というのである。

「まあ、ありがたいこと！」

文子は粋で温かなはからいに感激した。

桜井も思いがけない話に目頭が熱くなった。

「家賃は払わせてもらいます」

と桜井が感謝の気持ちをこめていうと、

「それは、実際に入居するときの話や」

と長兄は一蹴し、

「入院していたそうだが、さっさと越してきたらええ」

と弟の健康を気遣い、上京を早めるように誘った。

大洲藩政史の簡約本の原稿は、今年中にも仕上がりそうなので、それがひとつの区切りである。

身体のほうは体力の衰えはあるが、入院の原因となった一過性脳虚血の症状は、薬のおかげで消えている。この夏は安静にし、秋になったら夏目漱石の『坊っちゃん』のなぞ解きも再開するつもりだ、と桜井はそんな話をした。

長兄が重ねていった。

「郷土史の研究もええが、元気なうちに帰ってこいや」

「はい、あと二年もあれば」

と桜井は姿勢をただして応えた。

長兄は久次郎の身体のことを心配し、一族のなかに病院を経営している者がいる。先々のこともあるから明日の午前中に診てもらったらいい、と久次郎に勧めるのだった。

これも有り難い話である。

上京三日目の土曜日、久次郎は文子と一緒に、すぐ近くの上石神井駅南口の住宅街にある桜井病院を訪ねて診察をうけた。松山の日赤の診断と変わりはなかったが、先々、主治医となる医師に会い、二人は安心した。

本家のこまやかな支援のおかげで、桜井は上京の目的を果たし、日曜日の夕刻に松山へ帰ってきた。

真実に迫る情報

文子は、暑くなる前に家主の許可を得て、エア・コンを書斎に付けた。また居間を夫婦の寝室と兼用していたが、書物や資料等をできるだけ居間へ移し、夏の間はかるく冷房を効かした書斎で夫を寝かせることにした。エア・コンのおかげで、日中も過ごしやすくなり、桜井は体調をこわすことなく夏を乗り切った。

九月中旬になると雨の日が多くなった。

一晩中、雨がふりつづき土曜日の朝になった。

雨音で目を覚ました桜井は、いつものように両手で顔をさわろうとして異変に気づいた。右腕がまったく動かないのである。左腕はなんともなかった。おそるおそる左足、それから右足と動かし、変なのは右腕だけだとわかった。文子、と妻を呼んでみた。天井を見上げたまま、布団の中からさらに二度三度、文子と声を上げた。しかし雨音にかき消されるのか、とっくに起きて食堂か居間にいるはずの文子からの返答がない。桜井は左腕で上体を支えて起き上がり、左手で襖を引いて食堂にはいった。すると台所にいた文子がふりむき、目を大きく見開いた。そしてすぐ、「動いてはだめ！」と叫び、桜井を制した。ゆがんだ口元からよだれを垂らし、ダランと下がったままの右腕を見て、夫の異変を察知したのだ。文子は桜井を椅子に腰かけさせると、救急車を呼んだ。

ふりしきる雨の中、桜井は日赤に運ばれそのまま入院した。幸い右腕の麻痺は昼までに消失したが、右の口角が上にひきつれたままである。唇や舌にも軽い麻痺がのこり、話しづらい。主治医は四週間の入院治療を言い渡した。

退院の予定は十月中旬になった。

入院のことは、前回と同じく周囲に口外しないことにしたが、宿毛の大井田理事長だけにはこの夏、暑中見舞いを兼ねて体調が思わしくないことを手紙に記し、九月にはいって涼しくなれば出向きたい、と取材の延期をお願いしていた。ところが思いもかけず、その九月に再度の入院である。桜井は再びペンをとり、一過性脳虚血発作で入院を余儀なくされ、宿毛へ行けないことを詫びる手紙をだした。すると理事長から見舞いの手紙に添えて、宿毛と大月の歴史、それに富永有隣と大井田正水に関する資料が送られてきた。

月が替わって、十月一日になった。

入院してちょうど二週間である。この日、県庁別館では文化財保護審議会の今年二回目の会があるので、会長の桜井は入院加療を理由に欠席することを事務局に報せた。もともとこの審議会は、桜井が退職した昭和四十年四月に泰通公の推挽で委員を拝命していた。以後、年二回の会を一度も休むことなく実直に努め、桜井は昨年からは会長に就任している。休みたくはなかったのだが、口角のゆがみはとれず、呂律がいくぶん怪しい。主治医からは外出を固く禁じられていた。

この日の午後のことである。

病床に付き添っていた文子が看護婦に呼ばれて、いったん病室をでていったが、妙な顔をしてもどってきた。

「中平さん、という方がお見舞いに来られ、お会いしたい、とナースステーションの前でお待ちです」

「中平、はて、だれだろう」

「あなたより少しお若い、きちっとした身なりの方ですよ」

ベッドに横になり、『宿毛町史』から抜粋したコピーの綴りを読んでいた桜井は、綴りを枕元に置くとゆっくり上半身を起こした。

となりの患者に配慮して文子は顔を近づけ、小声でたしかめる。

「お知り合いではありませんか」

脳虚血発作の後遺症のせいなのか、桜井はなかなか思い浮かばない。困惑していると、文子がいった。

「あなたが審議会を欠席したので、事務局に無理をいって、ここに入院している、と教えてもらったそうです」

「ああ、審議会か」

と桜井の喉元から安堵の声がもれた。審議会と聞いたとたん、名前と顔が一致したのだった。

「その方は、宇和の中平周三郎さんだよ」

と桜井は表情をゆるめ、ロビーの応接室で会うことにした。

ちょうど十年前の秋のこと、左氏珠山のことで美重子と一緒に宇和町を訪ねたことがあった。中平はこのとき珠山の顕彰碑、それに申義堂や開明学校などを丁寧に案内してくれた郷土史家である。さらに宇和島の和霊神社にある石碑や法円寺の珠山の墓地にある漢詩のことも中平から教わっている。中平は三年前から県の文化財保護審議会の委員になり、桜井と会議で同席していた。

二年前の九月、桜井は物語「しき石なれど」を中平に謹呈している。返礼の手紙に、富永有隣の逃亡生活の拠点が宿毛や大月であることは、珠山遭難への好奇心を大いに刺激する。これから自分も調べてみたい、と中平は書いていた。しかしその後、年に二回、審議会で顔をあわすのだが、「しき石なれど」について、中平のほうから話題にすることはなかった。

いったい、わざわざ何の用事なのだろう。

ガウンを両肩にかけ、桜井がいぶかしい思いで応接室へ出向くと、スーツに地味なネクタイをしめた中平が椅子から軀を起こし、なつかしそうなまなざしで桜井を迎えた。

「お元気なので、安心しました」

中平は笑みをうかべたが、桜井の口角がひきつっていることに気づき、すぐに視線を窓外へずらした。城山の深く長い影が市街地へのび、天守閣の背後の空は暮れなずんでいる。

二人は向かいあって腰を下ろした。

「実はですな、こんなもんが手にはいりました」

中平はカバンから大型の封筒をとりだし、中から半紙判の大きさの和紙をそっとひきぬくと、応接用テーブルにひろげた。

三枚におよぶ漢字とカナ書きの文書である。桜井は手にとり、まず三枚目の和紙にずらりと並ぶ人名を読み、文末の日付と宛先をたしかめた。すぐに背筋がピンと伸び、一瞬、軀がふるえた。

文書から目を上げ、中平のものやわらかな面差しを見つめた。

「これ、どこで？」

「宿毛です。親戚が蔵の古い書付けを処分するというんで、軽四トラック一台分、ごっそり引き取った中にありました」

「軽四一台分、それはよく見つけましたね」

「偶然です。なんとなく取り上げた中にありました」

「そうですか、これは面白い」

幡多郡の宿毛や大月の古勤党員連名の自訴状である。

中平は、自訴状が郡内各地の警察へ提出されたいきさつを説明した。

幡多郡の古勤は、四万十川中流域の中村にある政治結社行余館《ぎょうよ》を拠点に活動していた。時が熟した明治十年早々、立志社の林有造がたてた挙兵計画に賛同し、西郷軍に呼応する準備をととのえた。

官軍が九州の各方面で勝勢となった同年六月、政府は幡多郡の古勤を弱体化するため、郡内各派出所へ警視庁から幹部警察官を遣《つか》わし、党員が近衛兵に志願するよう勧誘をはじめた。さらに各所に党員を集め、敗色濃厚になった西郷軍は賊軍であることを喧伝《けんでん》し、武器弾薬を捨て自訴するように呼びかけたのである。
蔵にあったこの自訴状はその「控え」だった。桜井は大井田理事長から届いた資料で、幡多郡各地の古勤の党員がそれぞれまとまって、自発的に近くの警察へ出頭したことは知っていたが、自訴状を目にするのは初めてだった。
それは、このように記されていた。

（前略）西郷隆盛陸軍大将が肥後地に兵を挙げるや、これは全く西郷大将のみならず島津久光従二位卿も西郷大将に与《くみ》すると聞く。私どもは西郷軍を真に稀有《けう》の義兵とみなし、ここに幡多郡同志は死力をふりしぼって応援をなさんと銃器弾薬の具備をあっせんした。また同志の者はたびたび会議を催し、機会が熟すときを探索していた。この間、大石弥太郎古勤王党盟主の紹介で長州の易学者富永有隣の教えを受け、天皇親政実現の方途をさぐっていた。然るにこの度、大警部閣下の配布せし公布を拝読し、西郷大将は賊傀たるを知った。富永有隣は無根の浮説で国家の紊乱を煽るお尋ね者であった。私どもは報国一途の大義を誤り、恐縮の至りである。よって自訴して罪のあるところ、寛大なる処分を蒙らんことを切に希望するなり。

明治十年九月五日
伊予国宇和島出張所警視隊指揮官　三等大警部　有馬純堯　殿

この本文につづき、大井田正水を筆頭に二十三名の氏名が記されている。

桜井が一読するのを待ちかねるように、中平がいった。

「この種の自訴状は他に何通か見つかっとりますが、これとほぼ似たようなもんです」

「そうですか、それにしても、自訴状が、頭領の大井田の本心とは、とても思えませんな」

と桜井は言葉を区切りながら、ゆっくりといった。幡多郡はもともと志操堅固な古勤党員が多いところである。

「西郷は賊傀、有隣はお尋ね者になっとりますからなあ」

中平はあきれたような表情をうかべている。ここまで変節するのか、と顔に書いていた。桜井が黙っていると、

「江藤新平や前原一誠みたいに、首をはねられたらかなわん、ということでしょうかな」

と同意を求めた。

「この自訴状が、どこまで本心なのか、ですよ。ともあれ、土佐の郷士たちは、したたかですね」

「そうですな、したたか、ですなあ」

中平はくりかし、目をしばたたかせ、卓上の自訴状を見入った。

これこそ、土佐の「いごっそう」の本領ではないか、と桜井は思う。幡多郡の古勤党員の自首という行為は、全員があっけなく逮捕され、服役した伊予の不平士族とまるで異なっている。

「この自訴状は、変節ではありません。政治的な駆け引きですよ」

「駆け引き？」

「幡多郡の古勤党員は、みんなおとがめなし。自訴状とひきかえに、無罪放免です。ちょっと、ここで、待っていてください」

と桜井はもどかしそうにいうと、病室へ引き返した。枕元に居た文子に手伝ってもらい、大井田理事長から送られた資料の束から、必要な綴りを抜き取ると、ロビーへもどった。

桜井は中平に、大井田理事長のことを話し、幡多郡の古勤党員の裁判に関する記録の一節を一字一句丁寧に読んで聞かせた。

大井田正水ら二十三名の場合は、高知裁判所に召喚されている。

〈兵力ヲ以ッテ、政体ヲ一変セント企図シ、爆弾ヲ製造セル科、除族ノ上、懲役可申附処、情ヲ量リ、各其ノ罪ヲ免ズ〉

と裁判長に宣告され、裁判は即刻決着し、全員無罪放免になっている。

自訴状を提出した古勤党員は、みんな何のお咎《とが》めもなかった。

桜井から説明をうけ、中平は憮然としていった。

「西南騒擾とは、えらいちがいますな」

「そうです、まるでちがいます」

と応じながら、桜井の頭にふと、飯淵貞幹の告発のことが浮んだ。

懲役五年の刑に服していた飯淵の告発で、大石と安岡が西南戦争の終わった翌年に、「有隣隠匿」の罪で拘引され、松山に収監されている。飯淵の告発は、個人的な意趣返しでは決してない。何らかの働きかけがあったに違いないのである。

このことを中平に話すと、中平は桜井への遠慮があって、珠山遭難にかかわる調査を控えていたが、これを機に調べ、その結果を報せたい、と申し出た。

桜井はひきつった口角を掌でなでながら、

「そうしてくださると、ありがたい」

と期待をこめ、頭を下げた。

中平から、この件で便りが届いたのは年の瀬である。

〈飯淵貞幹について。飯淵の獄中記「幽囚言」を書写したものが宇和島中央図書館にあった。それによると、飯淵が富永有隣と面識をもつようになったのは、明治五年頃（年月不祥）のことで、初対面は高知の野市村の大石邸である。以後飯淵は有隣に心酔するようになる。松山の裁判所は明治十一年一月十日、飯淵に懲役五年（未決拘留期間約一年を含む）を言い渡している。しかし減刑一年があり、判決後の飯淵の服役期間は三年だった。減刑の理由は、獄則をよく守り、囚徒に文学を授け、囚徒を感化せしめた功並びに脱檻せんとする囚徒を認め、獄吏に申告したこと、となっている。明治十四年一月十日、満期となり飯淵は放免された。その後、飯淵は主に郷里の吉田で塾を開き、後進の指導に余生を過ごし、明治三十五年七月八日没、享年六十九歳であった。

なお、明治二十五年七月から二十九年三月まで四年足らず、飯淵は宇和島の私塾明倫館の教授を勤め、同年四月に宇和島を去り、三十年十月までは、卯之町（宇和町）の申義堂で教えている。珠山が松山中学から南予中学へ赴任するのといれちがいに、飯淵は宇和島を去っており、珠山遭難のときには宇和島にいなかった。

富永有隣について。宿毛から引き取った書付文書のなかに、大月の大井田正水邸でおこなわれた「会議」の月日と、参加者の名前を記したものがでてきた。この会議は、ほぼひと月に一回開かれている。高知から立志社社員も参加した会議の最初は、物語「しき石なれど」にもあるように明治八年十一月である。なお「しき石なれど」の会議の日付は二日となっているが、書付では十五日となっている。主な参加者は以下の通り。

富永有隣（長州）、飯淵貞幹（伊予）、武田豊城（伊予）、安岡権馬（高知・立志社）、三好蔦江（宿毛出身・立志社）、と大井田正水以下七名の幡多郡の古勤党員の名前がある。なお安岡権馬が参加していたのは、新たな発見である。おそらく立志社の同志の三好と一緒に、野市村からやってきたものと推測される。

最後に三好蔦江と林有造のことについて。書付をていねいに調べれば、何か発見があるかもしれない。来年、じっくり取り組みたい。〉

出所後の飯淵の動向と、三好蔦江が安岡権馬とごく親しい同志であったことを裏付ける情報である。桜井は珠山遭難の真実に一歩近づいたように思った。

歴史を見つめる仕事

年が明け、昭和五十二年になった。

新春といっても、子どものいない老夫婦に格別なことはなく、ここ数年、いつもと変わらない静かな日々が淡々と過ぎていく。

三月五日の土曜日は、旧暦の一月十六日である。

桜井は、産経新聞の地方版に四季折々のコラムを連載していたが、この日のコラムの話題は、「十六日桜」だった。十日ばかり前、早春の陽射しにも誘われて、郊外の十六日桜を見物にでかけ、その日に書いたものである。原稿にむかっている途中、県教育委員会から電話があり、勲四等瑞宝章に内定した、と報せてきた。自分のことなのに実感がわかず、文子に一言、受章をつたえ、ふたたび書斎にはいって続きを書き始めたが、どうにも内容がまとまらない。四苦八苦しているうちに、『北藤録』のことが頭に浮かび、すっと筆が進んだ。

〈きょうは旧暦一月十六日。(十六日桜は)この日咲く初桜と伊予節にうたわれて昔から名高く、松山の三名花の一つである。花は純白で、先端にうすい紅を帯びる。山越桜谷の元木を中心に、付近の竜穏寺や天徳寺にある。孝子桜の名でも知られる。昔、花を見ないで死ぬのが心残りであると嘆く病父のため、孝子、吉平が水ゴリをとって桜に祈ったところ、一月十六日に美しく花を開いた。元禄以来、あやまたずこの日に咲くという。小泉八雲の書いた伝説は、いささか筋に違いがある。

の頃、大洲藩主加藤泰恒は、数枝を竜穏寺に乞いうけ、郡中から京都へ早船で送って、十六日開花したところを宮中に献上、東山天皇もいたく鑑賞されたという。家中『北藤録』にのせるところである。〉

朝食のあと、新聞のこのコラムを読んでいた文子が顔を上げ、

「まあ、花のことを書いているとき、あなたにも花がさいたのね」

と、ひどくまじめな口調でつぶやき相好をくずした。

桜井は、申し訳なさそうな表情で、妻にいって聞かせた。

「学校、図書館、それに郷土史、ただただ平凡にやってきただけだから、非常な栄誉で恐縮していますよ」

四月下旬には、春の叙勲者が新聞に公表されるので、教育関係者や教え子の多くが桜井の受章を知ることになる。叙勲は役職に順じたものだから、桜井はとりたてて語ることはなく、周辺がいさかでも騒がしくなることのほうが気がかりだった。ライフワークの藩政史でご褒美を頂けるのなら、こんなに嬉しいことはないのだが、厖大な史料本文は書斎に埋もれたままである。簡約本の原稿は仕上がったものの、想定外の入院があったため、自費出版に使う予定だった資金が足りなくなっていた。加えて、二人で上京し、勲章の伝達式に出席するため、五月には相応の出費がみこまれる。

文子は新聞を畳み、夫の湯のみに白湯を注ぎながらいった。

「わたしたち、本当にお役に立てたのかしら」

「褒《ほ》めていただけるようなことは、何もありません」

と桜井は謙虚に応じ、湯のみをひきよせ、血圧と抗血栓の薬を口に含むと、白湯と一緒にのんだ。右の口角は少しひきつっているが、話すのに不自由はなくなっている。

文子は、食堂の壁の鱒の水墨画を見つめながら、いった。

「大洲でお殿様にお会いできて、わたしたち果報者でしたね」

それは戦後、四人の稚児を亡くした二人がつらい思いに沈んでいたときである。泰通公との最初の出会いは、屋敷の庭園で催された茶会の席だった。

「不思議な出会いです。加藤様とお会いし、歴史を見つめる仕事にも出合ったわけです」

「『北藤録』をお書きになるあなたの後ろ姿をみながら、お殿様が主人を救ってくださった、と感謝していましたよ」

「そうか、ありがとう。いま思えば、『北藤録』に必死にすがっていたが、本当にすがっていたのは、加藤様のつきない温情だった」

と、桜井は泰通公への思いを表現した。

藩主加藤家の家史である『北藤録』に取り組んでいたのは、まだ哀しみから立ち上がれないときであった。『北藤録』に救われ、泰通公の信認を得て、桜井は藩政史へと導かれてきた。その藩政史に没頭するなかで、泰通公のすすめから、物語「しき石なれど」が生まれた。そしていま、珠山遭難のなぞに迫る道筋に、人々の人生が書き込まれた「しき石」を一枚一枚置いているのだった。

文部省の叙勲受章伝達式は五月十一日、国立劇場の大劇場で催された。全国から集まった七百人ほどの受章者は一階の指定席、配偶者は二階の自由席に座りおごそかな伝達式に臨んだ。式は午前で終了し、式典主催者側が用意した弁当で昼食をすませると、送迎バスに分乗して全員で皇居へ参内した。宮殿の「春秋の間」で、指示に従って順番に整列し、天皇陛下に拝謁を賜った。グループ別の記念撮影のあと、再びバスに乗り、東京駅で下車して解散になった。

桜井夫妻は、委託業者が事前に指定していた赤坂のホテルへ戻り、二人だけの記念撮影をすませると、貸衣装の装いから平服に着替えた。

あわただしい一日だった。ベッドに入ったが、頂いた祝電や祝意の手紙と電話、それに花束などへの返礼が気になって、夫妻はなかなか寝つかれなかった。祝賀会開催の申し出があったが、教え子たちものもふくめ、すべてきっぱりと辞退している。しかし厚意を寄せてくださった方々への礼状だけは欠かせない。業者は「拝謁のしおり」を同封した御礼状のサンプルをいくつかみせてくれた。桜井は文面だけでも意を尽くした自分らしいものにしたい、と文章をあれこれ推敲しているうちに、眠りについていた。

翌日、夫妻は練馬の長兄のところへ叙勲の挨拶に出向いた。

「いつでも、暮らせるようにしたから」

と長兄は笑顔で話しかけ、二人を竣工した借家に案内した。書斎にする部屋の東と北の壁面は、床から天井に届くまで書架を設《しつら》え、その隅に木製の書斎机と椅子がある。そして隣りの寝室には二

た。

長兄はさりげなくいうと、目じりを下げた。ベッドの上には敷布団にウール毛布までそろえてあった。

「書斎と寝室のエア・コン、それにこのベッドは、叙勲のお祝いだ」

台の電動ベッドが置かれていた。

書斎にもどると、長兄は書架へ視線をむけた。

「荷物は何回かにわけ、早目にこっちへ送って来いよ。引っ越すときは、からだひとつがいい」

と弟の体調を気づかった。

「本はおおかた、地元の古本屋に引き取ってもらいます」

「それがいい。ここは必要なものだけを並べる」

と長兄は棚においた手を左右に動かしてみせた。

「大切なのは、藩政史の史料本文です。先々製本したいので順次整理して梱包し、送るようにします」

「それ、一体、どれくらいある?」

と長兄が訊いた。本の原稿ぐらいなら、書架に十分納まるはずである。

桜井はちょっと考えていたが、大ざっぱなところを応えた。

「文献や古文書を入れると、段ボールで三十箱くらい」

「えっ、三十!」

と長兄は声をあげ、書斎をあらためて見まわした。

やりとりを聞いていた文子が、整理すればそんなにはありませんよ、とやんわり訂正をしたが、桜井が収集している古文書の原本や、それらを筆写あるいは複写した大量の史料等の整理と梱包は、手間がかかりそうだった。疲れないように少しずつ整理して小箱で発送し、お盆前を目途にすべて済ませることで、桜井は長兄に納得してもらった。

翌日、松山へ帰ると、引っ越しを前提にした生活がはじまった。お盆後には転居し、練馬で最晩年を過ごすことになる。愛媛での暮らしもあと三か月余りである。だれにも告げず、ひっそりと愛媛をあとにし、練馬に落ち着いてから挨拶状をだすことにした。

桜井は少しずつ書斎を片づけ、文子は額の汗をぬぐいながら衣服類の整理を始めた。美重子がひょっこりやってきたのは、そんな日がつづいた六月中旬の土曜日の午後である。松山で森林組合の役員会があったので、帰りに寄ってみたのだという。文子がティーポットにお湯を注いでいる間に、持参したシフォンケーキを美重子が三つに切り、ケーキ皿にのせ、銀色のフォークをそえた。文子は三客のティーカップに紅茶を淹れると、書斎の夫に声をかけた。

史料をかたづけていた桜井はのっそり立ち上がった。壁伝いに食堂へくると、文子が食卓テーブルの椅子を引き、座る介助をした。

「これ、神湯の前の、プランタンのケーキだろ。いちど、食べてみたかったんだ」

と桜井は顔をほころばせ、フォークでケーキを一切れ口に運んだ。朝湯はやめているが、夕方、夫婦そろって道後温泉界隈と公園への散歩はいまもつづけている。プランタンは道後温泉本館広場に面した喫茶店で、ケーキが美味しいと評判だったが、十年以上も道後に住んでいて、まだ一度も賞味したことがなかった。

美重子が明るく声を弾ませた。

「お店の前庭のタチアオイが満開で、立ち止まってつい見とれているうちに、そうだ、先生の勲章も拝見しようと思った。それで、ケーキは鑑賞代ってとこかな」

「鑑賞代って、タチアオイのことかい？」

と桜井が茶化した。美重子は口をとがらせ、かるく桜井をにらむと、

「ちがいますよ、勲章ですよ、勲章」

とくりかえした。桜井はフォークでケーキを小口に切りながら、

「見とれるほどのものじゃないがなぁ」

と、とぼけたようにいった。

「まあ、いやだ、この美重子さんは身内同然ですよ。仲間はずしはダメですよ」

やりとりを、目を細めて聞いていた文子はにこやかな顔で、

「見てくださるなんて、ありがたいことですよ。すぐにもってきますから、身内同士は仲良くしないとダメですよ」

と、夫をやんわり諭すと立ち上がった。

業者から送られてきたアルバムの写真を見つめ、桜井が持ち帰った勲章を美重子が手にしている

と、文子が改まった口調で、「あなた、いいましょうよ」と桜井を促した。もちろん、転居のことである。桜井もその気になっていた。まるで能書きでも読むように打ち明けた。

「お盆明け、文子と、練馬へ帰ることにしたよ」

美重子は勲章から視線をあげ、目を丸くした。

「……練馬へ?」

不思議そうに呟くと、桜井と文子を交互に見つめる。

「ごめんなさいね、これまで黙っていて」

と文子は詫びた。そして桜井が二度入院したことや、練馬では本家の借家にお世話になることをかいつまみ話した。

「ここ最近、ご無沙汰してばかりだったから、何の相談にも乗れなくて、私のほうこそ謝らないと」

と、美重子は憂い顔になった。それから書斎のミカンの空箱へ視線を走らせ、藩政史の史資料の整理は大変ではないか、と桜井を気づかった。桜井は、まだ書きたいテーマがたくさんあるので、系統立て、整理をしているから手間がかかるが、その分、練馬ですぐに研究に取り組める、と意欲をみせた。

「あちらに帰ったら、もうゆっくりしないとダメですよ」

と文子が不安そうに釘をさす。

「そうですよ、先生。東京からはどこへ行くのも便利、お母さんと旅行を楽しんだら」

「旅行ですか」

桜井は途端に、うかぬ顔になった。

「あれ、先生、どこか行きそびれているんだ」

美重子は探るような目で、桜井をみた。

「うん、思いがけない入院があったからなあ」

桜井は力なく天井へ目を泳がせ、口おしがった。

「まあ、そんなこと、元気なのはお医者様のおかげですよ」

と、文子は夫の艶のない前腕をさすりながらいさめた。

美重子はふと思いだし、カップの紅茶をのみほすと、尋ねた。

「そういえば先生、富永有隣のこと、どうなりました？」

「ああ、有隣ですか」

桜井は、待っていた、とばかりに声を強め次のようにいった。

田布施に玉木俊雄という有隣研究家がいるので、練馬へ帰るまでに一度訪ねて、話を聞いてみたい、と思っている。田布施へ行くとなれば、瀬戸内海の船旅になるので、思い出づくりに文子も連れていきたいが、暑い中、二人とも疲れてしまいそうで、決心しかねている、と半分は文子のせいにした。

「あら、田布施なら、日帰りでしょ。わたしは船酔いしないから平気ですよ。そうだ、美重子さん、あなたも一緒だったら心強い。「行きましょうよ」

と文子は美重子を誘った。桜井夫妻にとって、渡りに船とはこのことだったが、美重子にしても実現させたい小旅行だった。

独歩が書いた悲惨なる事実

梅雨の明けた夏空に、入道雲がぐんぐん立ち昇っていた。

三津浜と柳井港の間には、フェリーと水中翼船が運航している。フェリーの所要時間は二時間四十五分、水翼だとちょうど一時間である。添乗員役の美重子は、行きは水翼、帰りはフェリーで、桜井夫妻に船旅を楽しんでもらうことにした。

三津浜から始発の水翼で真夏の海を渡り、定刻に柳井港に着いた。本州の山口もからりと晴れ、日ざしが強い。冷房の効いた船内から港のコンクリートの上を歩くと、たちまち額に汗がふきだしてきた。

フェリーの駐車場をぬけて国道を横切り、旅館や小さな食堂が軒を並べる路地を通って国鉄の柳井港の駅舎へ行った。田布施は柳井港駅からは二駅目である。無人の改札口を通り、屋根のない跨線橋をのぼりおりし、下りのプラットホームにおりた。乗客はまばらでみんな所在なげに、きままにふきぬける風のなか、下関行きの鈍行列車を待っていた。

ひととき経ち、桜井は構内を見渡し、文子に語りかけた。

「四国に渡る港の駅、といっても、人がいないなぁ」

港を利用するのは、おそらくフェリーの乗客が大半なのだろう。通ってきた駐車場には、松山へ渡る乗用車とトラックが並んでいた。三人と同じ水翼から降りて、国鉄の駅へ来た人たちは数えるほどである。

駅舎の横には、満開になった夾竹桃《きょうちくとう》が夏空に咲き誇っている。

真紅の花の群れから目をはずし、文子が夫へ思い出話をした。

「こうしていると、初めて四国へ来たときのことが蘇ってくる。覚えている？　宇高連絡船が高松駅に着いたときのこと。迎えに来てくれたあなたを雑踏のなかでみつけて、泣き出しちゃった。それから、人ごみのなかをもみくちゃにされながら、あなたにつれて行かれたお店で、四国のおうどんを初めて食べた。それが美味しかったこと。一生、忘れられない味」

「そうだったなぁ。泣きみそ花嫁も、うどんを食べると、にっこりした」

と桜井は目を細め、なつかしんだ。

「無鉄砲だったけど、高松駅のあの熱気に迎えられ、わたしたちの四国の生活が始まったのね」

「二二六事件のあった年の夏だ、あれからもう四十一年か」

「こうしてあなたと年を取り、この寂しい駅を通って、最後に田布施へ行く。なんだか不思議」

と文子がいい終わったとき、電車の到着を告げるアナウンスが構内にながれた。細長い座席にすわって、電車の窓外を流れ去る田園の景色をながめていると、すぐ田布施駅に着いた。駅前広場からタクシーに乗った。玉木が面会場所に指定した町内の城南公民館へ着いたのは、十一時前である。

「暑い中、よう来ちょったです」

玄関にいた玉木は、タクシーのそばまで歩みよると、何度もお辞儀をして三人を歓迎した。すぐ冷房が効いた和室に通された。卓上に観光案内のパンフレットが三人分そろえて置いてあった。

二十年も昔に郵便局を退職した、と自己紹介した玉木は、戦前からほそぼそとだが、富永有隣の顕彰活動を続けている郷土史家である。玉木は事前に桜井が謹呈した物語「しき石なれど」を読み込んでいて、余分なことにはふれず、有隣と松岡のことがわかる「富永先生」宛ての書簡を一通、用意していた。それは現代語になおしており、原文は館内の郷土資料室に有隣の他の遺品類と一緒に保管されているので、必要ならばあとでお見せするという。

書簡は三枚複写されていたので、文子も美重子も目を通した。年代は不祥だが、文面から推察すると、有隣が郷里である田布施の城南村へ帰った明治十九年以降のものだった。差出人は松岡ではなく、森新太郎だった。森は大石ほど知られていないが、高知では保守派の旗頭で、嶺南社という学舎を大石らと共に創設した古勤王党の中心人物である。有隣が大石の屋敷にかくまわれていた頃、有隣のもとで学び、大石とともに有隣を師と仰いでいたことは、この書簡からもうかがい知ることができた。書簡の内容は、松岡が田布施村城南に所要で帰った際に、東京で借用した金がまだ返済できてなかった。それで松岡の保証人となっていた森が、有隣へ返済の労を取るよう依頼したものである。この書簡のなかに、有隣の従者である松岡の名前は二度でてくる。

桜井は丹念に、くりかえし読むと、シャープペンを鞄から取り出し、人名の下にかっこ書きで、注釈をいれた。大石は（弥太郎）、松岡は（信太郎）、そして差出人の森新太郎は（高知の古勤王党、嶺南社）とし、玉木へそれぞれ確認を求めた。玉木は一人ひとりを目で確かめた上で、文中にある、桜井の知らない代太郎と幹逸郎という人物は、「有隣が田布施村城南に開いた塾の門人」だと説明したので、桜井は二人の名前の下に、説明されたとおりに書きいれた。

それで、この注書きを加えた書簡はこのようになった。

寒い頃ですが、先生におかれましては益々ご機嫌よくお慶び申し上げます。私もおかげ様で元気ですのでご安心願います。

さて、高知の大石（弥太郎）から、先生の刀剣が回送中ですので、着き次第、入江君にお頼みしますので、そのようにご了承願います。

なお又、松岡（信太郎）帰県の時、お世話した金を奥より借用され、私が保証人となり、その他邸内の者達から一時借用し、また、諸買掛けなども一切私の引受けとなっておりましたが、内外に払う金が五円位不足致します。先生に大変申し上げにくいのですが、代太郎又は幹逸郎君（両名は有隣が田布施村城南に開いた塾の門人）なりとも話し合われて、早々にお金を送ってくれるよう斡旋の程ひたすらお願いいたします。誠にこのような俗事をお願いするのは不敬な事とは思いますが、私から督促するだけでは遷延して埒《らち》が明きませんので、その辺の事情をどうかご理解いただき悪く思わないでください。

寒い季節になりますので、皇国のためご自愛第一にお過ごしください。先ずはお願いこのような事でございます。

恐々謹言

森新太郎（高知の古勤王党、嶺南社）

十一月十七日

富永先生　足下

再陳

松岡（信太郎）から早々に上京するよう言ってくれとのことです。


複写された書簡に、美重子から借りたボールペンで、桜井をまねて注書きを入れた文子が顔を上げ、

「それにしても、有隣の大きさがよくわかる手紙だこと」

と感に入るようにいった。高知では、旧郷士層や反政府の知識人たちに一目も二目も置かれていたことが、森のこの書簡からも裏付けられる。愛媛でも、有隣は挙兵しようとした不平士族に影響を与えている。

桜井は二度三度満足そうに頷き、いった。

「独歩の『富岡先生』では、やたら偏屈で、孤独な老人になりさがっているが、この手紙を読むと、有隣は面倒見もよくて、実際は多くの門人に慕われている」

「そういえば先生、高知での九年間、だれも密告しなかったというのは、有隣がきっと人間的にも魅力があったからでしょうね」

と美重子も有隣をほめた。

「その通りです。真山青果がドラマにした有隣も、実像をずいぶんゆがめている。有隣の実像は、もっと大きな人物だったと思います」

と桜井がいうと、玉木はたちまち顔をほころばせた。

「いやぁ、こりゃどうも、えらいありがたいお言葉です」

と謝意を口にすると、書簡について補足した。

森が有隣の刀剣のことを頼んだ「入江君」というのは、有隣の甥で宮内省主馬頭の入江長裕のことである。入江の邸は東京府牛込区仲町にあり、有隣は特赦で出所後、この邸に明治十九年正月まで滞在していた。従者の松岡も、おそらくこの近辺に住み、入江邸に足しげく出入りしていたのであろう。また高知の長岡郡（現・南国市）で大石らと嶺南社を経営していた森は、おそらく嶺南社に招く講師のことなどで東京に長らく滞在していたものと思われる。もちろん、有隣の従者としてかつて高知にひそんでいた松岡と、森は互いに旧知の間柄である。どのような用事があったのかはわからないが、いったん帰郷することになった松岡は、森に保証人になってもらい、入江氏の夫人や住み込みの書生に相当な借金をし、東京にもどったものの返済のあてがなかったようだ。

更紙に人名や地名、年月日を書き込みながら、玉木はこのような説明をすると、湯呑の冷茶を一口呑み、それから桜井へ目をむけた。

「松岡ちゅう人物は、わからんことが多い策士です。先生が書かれた『しき石なれど』は、物語ちゅうても、有隣と松岡の役割や動きがよう書けちょるので、説得力があります」

「私としては、あの時代のひとびとが、どんなことを考えていたのか、そんなことを書きたかった。ただし創作なので、事実とちがうところはあります」

「事実は郷土史の土台じゃけど、大事なのは事実から何を学び伝えるか、と思うちょります。先生の物語は、なんちゅうか、人生をそくそくと感じるもんがあります」

「人生をそくそく、ですか」

「ええ言葉がほかに見つからんので、すいません。それで松岡のことですが、調べたもんが残っちょります。これを見てください」

玉木は、小麦色に変色したうすっぺらい小雑誌をめくって、桜井の前に広げた。二十年余り前に発行された郷土の研究誌である。玉木は頁の一か所を指さし、コラム欄をなぞった。そこには「松岡信太郎について」という表題がついた記事があった。

〈松岡信太郎は弘化三年（一八四六）五月十日生まれ、周防国熊毛郡下田布施村の出身である。有隣が捕縛された後も高知にいたようだが、その後、田布施村に帰り、有隣が石川島獄舎を出獄すると上京した。戸籍によると、明治二十年一月一日に、麹町一丁目の平民の娘北林キンとの間に長男が生まれている。翌二十一年五月に牛込区牛込下宮町へ引っ越し、さらに同区富久町へ転居した。その後、帰省し、国木田独歩が田布施村に開設した波野英学塾の近くに住み、近所の子どもたちに漢籍を教えた。二十四年十一月に再び上京したが、新宿区役所箪笥町特別出張所の除籍簿では、明治二十六年十月十三日、「失踪」と記録されている。その後のことは不明だが、明治三十年三月、松岡は国木田独歩を訪問している。独歩はこの訪問をひどく驚き、独歩の『欺かざるの記』の三月二十八日には、次のように記されている。

　二十五日朝、松岡新太郎《ママ》来る。何者ぞ。長州奇兵隊の残徒の一人なり。五十二歳。渠《かれ》何者ぞ。渠は悲惨なる事実の現化《げんげ》なり。われ此の事実の現化を更に深く知らんと欲す。

　ここに記された「悲惨なる事実」とは何か。これだけでは知りようがない。松岡のその後のことも皆目わからない。〉

記事を読んだ桜井のこめかみがぴくぴくふるえていた。

「これ、だれがお書きになったか、ご存知ですか」

と上ずった声でたずねた。

「残念ながら、もう二十年くらい前に、亡くなっちょります」

と玉木は申しわけなさそうにいい、桜井は肩を落とした。

松岡が豊多摩郡渋谷村大字渋谷宇田川に独歩を訪ねた八か月前の明治二十九年七月、宇和島では左氏珠山が三好蔦江の手で斬殺されている。当時、宇和町にいた飯淵貞幹は、いやが応でもこの惨劇を知ることになる。左氏、松岡、飯淵の三者は、西南騒擾で因縁のある間柄である。必然、この事件は、飯淵から松岡へ伝えられたであろう。もし松岡と飯淵との間でかわされた書簡などが見つかれば、珠山遭難にいたる一本の道がすっとみえてくるにちがいない、と桜井は思った。しかし今日、松岡のことを調べた郷土史家が他界しており、その道は途切れたままである。桜井ががっかりしていると、玉木が追い打ちをかけるようなことをいった。

「独歩が日記に書いちょる悲惨なる事実は、松岡のことじゃのうて、富永有隣のことじゃと、自分は思っちょります。というのも、明治三十一年五月に、独歩は小説『まぼろし』の中に「渠《かれ》」を登場させちょりますが、この渠のモデルは松岡信太郎という研究者もいるが、「渠《かれ》」が書かれた二年後の三十三年十二月に死去した富永有隣です。悲惨なる事実ちゅうのは、小説家らしい大げさな表現ですが、有隣の生涯のことです」

「なるほど、そうですか。私はうっかり松岡だと思いましたが、有隣ですか。あてがはずれました」

「ありゃ、それは、何かありましたかな」

「いやいや、こちらの思い違いです。なんでもありません」

と、桜井はすぐに打ち消し、小雑誌を借用したいというと、玉木はあっさり、差し上げます、と応じた。

郷土史料室で、算木、筮竹、占録、遺墨、草稿、手紙などを見せてもらったあと、タクシーで有隣の旧居あとへ案内してもらった。雑木林の手前の荒地に、人の背丈の二倍くらいありそうな富永有隣記念碑が建っていた。運転手にたのんで、記念碑の前で四人そろって写真におさまると、すぐに公民館に引き返して玉木と別れ、そのままタクシーで柳井駅まで行った。駅前のレストランで遅い昼食をとって一休みしたあと、電車で柳井港駅にもどった。帰りはこのように慌ただしい旅程だった。港から午後六時発の松山行きのフェリーに乗った。美重子は和室に桜井と文子が横になれるスペースを確保し、毛布を二枚借りた。夕焼けに染まり始めた空に見送られ、フェリーはないだ海に浮かぶ島影をぬうように進んだ。

二時間が経ち、もうすぐ松山の港の灯りがみえる頃だった。

イス席にいた美重子は、乗客がぱらぱらと甲板へ出ていくので、つられてついて行った。潮風がふきつけるなか、甲板の手すりに三々五々乗客が集まり、月明かりにみえる黒い陸地の一点に目を凝らしていた。「ほら、上がった！」と喚声が起き、闇間に花火が小さく開くのがみえた。打ち上げが始まったばかりなのか、次々と開く。美重子は客室にもどると、桜井と文子を甲板にさそった。

桜井は手すりにつかまり、華やかにはじける花火を見つめた。

「今日は、郡中の港まつりだ」

「まあ、きれいだこと。郡中の花火ですか」

「郡中は昔、大洲藩の大事な港だった」

と話しながら、ふとある思いにつかれ、桜井は口をつぐんだ。

獄中で中風に罹《かか》り、話せず、手足も不自由になった武田豊城は、明治十三年十一月に赦免された。大洲へ帰ったものの実家には住めず、神社の側の仮小屋で乞食同然の暮らしぶりだった。みかねた妻静穂の姻戚にひきとられ、豊城は郡中で療養後、明治十九年四月に没し、町の寺に仮葬された。桜井には、闇夜に咲く花火が豊城の燃え尽きない情念の焔《ほむら》のように思われたのだった。

編年史のゆくえ

練馬へ帰った桜井が、「大洲・新谷藩政編年史」の簡約を上梓するため、都内の出版社めぐりを始めたのは、昭和五十三年五月になってからである。四百字詰で六百枚ほどの原稿用紙を束ねて風呂敷に包み、当初は大手出版社をいくつか訪ねてみた。しかし、「持ち込みは、あつかっておりません」と、どこもけんもほろろで担当部門の編集者にさえ会えなかった。

出版社へ出かけるたびにさえない表情で帰宅し、だんだんと元気をなくしていく夫をみかねて、文子は、学術書や地方史に特化した出版社なら引き受けるのではないか、と勧めてみた。数日後、気をとりなおした桜井は、文京区周辺の出版業者へ何度か足を運び、企画出版の話を持ち帰ってきた。地方の藩政史の研究が盛んである。初版を二千部刷りたい、とのことだった。地方・小出版流通センターを通して全国の主要書店はもちろんだが、主に中四国の書店へは重点的に配るというのである。桜井は急いで練馬へ帰ると文子に話し、共に喜び合った。

週明けに出版社から電話があった。契約を交わしたいというので、桜井は文京区の事務所へ行った。すると企画出版を提案してくれた女性スタッフに代わって、中年の編集者が応対に現われ、半分の一千部を八十万円で買い取ってもらいたいという話になった。企画とは名ばかりで、著者が費用を負担する自費出版と余り変わりがなかった。桜井は興ざめし、渋い顔になった。大きな書店には置いてもらえるし、書店から注文して取り寄せることもできる。それに全国の主な図書館や大学、著者が謹呈を希望するところには、責任をもって配送するとのことだった。自費出版にも良書はたくさんある。そのことは百も承知なのだが、生涯の大半を注いでつくりあげた労作の出版が、十分な社会性をもちえず、多額な費用までかかるという現実に、桜井の中で高まっていた気分は一気にしぼんだ。簡約本でさえも、出版となればこの有様である。ましてこの三十倍近い原稿量の藩政編年史全文の活字化は、篤志家でも現われないかぎり不可能なことを思い知らされたのである。

桜井は契約を保留して帰宅した。

話を聞いた文子は、気落ちもせず、明るい顔でいった。

「ねえ、わたしたちの子どもだと思って、造りましょうよ」

朝、出かける桜井の後ろ姿を見つめながら、文子は私家版になることも覚悟して、費用を見積もっていたのである。退職のとき三百万円ほどあった預貯金は、道後に住んだ十二年間の家賃と医療費、慶弔費、それに墓地購入費など想定以上の出費が重なり、百五十万円足らずになっていた。ただ、幸いにも本家のおかげで、練馬では家賃が要らず、年金だけで老夫婦が暮らすことはできた。心配なのはこの先、大病を患い寝たきりになった場合の医療介護費である。年金からはわずかだが、預金もしている。

桜井はポロシャツの袖をまくし上げ、腕を組んだ。

「供養になるだろうか」

「当然ですよ、あなた。出版したら、すぐお墓へお供えしましょう」

と文子は楽しそうにいい、お互い食後に常用薬は欠かせないが、元気に暮らしているので、出版費用はなんとかなる、と請け合った。

翌日、桜井は出版社へでかけ、自費出版の意思を伝えた。すると、編集者から、桜井が希望する四六判の上製本だと、費用があと三十万円かかるので負担願いたい、といわれた。結局、全部で百十万円である。出版したいという熱意を逆手に取られているようだった。桜井は話を中断すると、肩をいからせ出版社をあとにした。

桜井が出版をとりやめたことを知って、

「まあ、まるで子どもみたいですよ」

と、文子は食堂で憮然としている夫を諭した。教育界だけで生きてきたから、世知に疎いのは仕方がない。

「あなたも元気だから、お金は大丈夫です。出版しましょう」

と文子がうながすと、桜井は首を横に振り、自分に言い聞かせるようにいった。

「なにも焦ることはないよ。あと数年すれば、ノートに書いている藩政編年史全文の原稿ができる。

そのときにどうするか決める。本当に活字にして残したいのは藩政編年史全文だ」

「そうですか。あなたの気がすむようになさるのが一番です。でも先生の指示は守ってくださいね、無理は禁物ですよ」

と文子は語気を強め、釘を刺した。

先生というのは、親戚の桜井病院の院長のことである。二人は二週間に一度、電車で上石神井駅へ行き、すぐ近くの桜井病院で診察を受けていた。

数日後、桜井は大洲へ二通の手紙を出した。

内容は二通ともに出版の相談で、あて先は井関美重子と篠崎和子である。美重子は林業家、和子は書店経営者として、男社会の大洲でも一目おかれる実業家になっていた。仕事や家族のことなどで、二人とも上京する機会も多く、その都度、桜井夫妻は安否をきづかう電話をもらっていた。桜井は彼女たちにいちど練馬へ訪ねてほしいと書いた。

八月にはいって間もない日だった。

二人がそろって、桜井夫妻を訪ねてきた。

涼しい風がぬける本家の座敷で、長兄の家族も一緒に野菜をたくさん使った昼食をとった。元気ですごせるのも、ここで採れる色とりどりの野菜や根菜のおかげだ、と桜井は教え子に語り、練馬での暮らしが「日々是好日」であることを伝えた。座敷の南の広大な農園にキャベツ畑がひろがり、屋敷林の上の青い空に真っ白な雲が浮んでいた。東京も都心から離れると、大洲と変わらない田園風景があることに、訪問客の二人は感心しきりであった。

昼食後、桜井の自宅へもどり、出版の話になった。

大洲市の文化事業として、藩政編年史全文を製本にすることができないものか、桜井は率直な相談をもちかけていた。

「問題は市のなかで、どこが動くかですよ」

と美重子が切り出し、具体的な話をした。例えば教育委員会事務局では、かつて大洲史誌に取り組んだことがあるので、その事例を参考にして委員会の中に出版事業チームを立ち上げる。この事業は、五年あるいは十年間近い複数年のものになる。事業費用も含めた企画立案をした上で、市長ら幹部の賛同をとりつけ、議会にはかる。

「なんだか、大洲市あげての大問題になりそうねぇ」

と、聞いていた文子が大げさに心配するので、上京してきた二人は目じりを下げ、笑みをつくった。こんどは和子が説明した。

「市民みんなに関心をもってもらうためには、大問題になったほうがええけど、肱川にダムを造ったり、お城の天守閣を復元したり、というのじゃないから、やるかどうかは市長の姿勢しだいです」

「そう、それで市長さんて、どんな方かしら」

「今度の市長は、文化行政にも前向きですよ」

と和子は応えた。昭和五十二年二月に市長選があり、三期十二年つづいた前市長から、新しい市長になって一年半が経っている。

桜井が重い口をひらいた。

「自分のことでもあるので言いづらいのだが、鍵をにぎるのはやはり教育委員会ですよ。それも事務局ではなく、市の教育委員さんです。郷土館の高井館長のような方がおいでれば、話は前に進むのだが」

高井の名前が出て、教え子たちは視線を手許へ落し沈黙した。高井館長はまるで泰通公のあとを追うように、泰通公逝去後、不慮の事故で他界している。

二人は帰ったらさっそく、教育委員や市の幹部へ藩政編年史全文を製本化するように提案したい、と桜井に約束してくれた。

しばらくして、美重子から電話で要望があった。教育委員の中から、編年史全文とはいかなるものなのか、内容を具体的に知りたいという声が上がったので、全文のなかで桜井がすでに原稿に起こしているものを一部、それに出版しようとしていた簡約原稿を送ってほしいとのことである。

提案が前に一歩、動き出したようだった。桜井は要望の通りにし、期待に胸をふくらませて待っていた。ところが秋がすぎ、年の瀬が近くなっても大洲からは何の音信もなかった。文子が気をきかし、美重子に電話で状況をそれとなく訊ねてみた。美重子は奥歯に物がはさまったような言い回しで、次のようなことを応えた。

教育委員会は、製本化そのものに反対はしてないのだが、桜井が執筆した原稿の価値をめぐって意見がわかれた。果たして製本化すべきレベルのものなのか、判断できる者が周辺にはいなかった。それでしかるべき学識経験者や歴史の専門家にお願いすることになり、人選の作業チームをつくった。ところがなかなか原稿の読み手が見つからず、製本化の事業計画を立ち上げる前の段階で、立ち往生している……。

状況を桜井に伝え、文子は念じるようにいった。

「わかる人は、きっとわかりますよ」

「期待はしているが、今日明日のことには、ならないなぁ」

桜井は心中の失望と落胆を隠し、自分を励ますようにつぶやいた。

それから、取り立てていうほどのことはなく、五年の月日が静かに流れていった。桜井本家では長兄が老衰で先立ち、長男が当主になった。本家は街道に面した所有地をいくらか手放したが、キャベツの栽培と借家で暮らしを立てていた。

この五年の間、美重子が一度、出張のおりに練馬の家に寄ってくれたが、製本化のことが話題になることはなかった。執筆を終えた編年史全文の原稿も、道後から何回にもわけて練馬へ運び込んだ史資料も、桜井の書斎と本家の倉庫におかれたままになっていた。

物語の結末

昭和五十七年十二月、宇和町の中平周三郎から興味深い手紙が桜井のもとに届いた。富永有隣と大石弥太郎（圓）の濃密な関係をうかがわせる書簡の下書きが同封されていたのである。それは、西南戦争の時に熊本鎮台司令長官を務め、第一次伊藤内閣で初代の農商務大臣になった谷干城《たてき》宛に書かれたもので、差出人は大石弥太郎である。この秋に偶然、高知市内のある古書店で中平が見つけ、その複写を送ってきたのだった。書簡の下書きの年代は不明だが、十月十日と日付があり、漢字と片仮名まじりの候文で、大石が有隣の特赦について谷干城へ力添えを願うものであった。戦前、大石家が処分した蔵書の中にはさまっていたとのこと。珠山遭難という本丸に直接つながる史料ではなかったが、桜井にしてみれば、これで外堀は埋められた感があった。現代語になおし、桜井は経文でも唱えるように何度となく読んだ。

時下ご冷涼ながら益々御常勝のこと、また相変わらずのご尽力のご様子拝賀致します。さて久しくお訪ねしておりませんでしたが、春分の日に出京し拝眉のつもりでありましたところ、いろいろ行き違いにまぎれて、帰らなくてはならなくなり、とうとう失敬仕ることになりました。どうかご海恕お願いします。ここで、ひとつ申し上げたいことがあります。島村真潮（注・土佐勤王党の郷士）より既に内々にお話し申し上げておりますが、防州の人富永有隣のことでございます。この人は明治十一年に禁獄となりました。然るにこの前後に国典を犯し重刑となったけれども、御仁免を蒙った者もおります。富永は必ずや国家の為になる人物と推察致しております。何卒ご周旋のほど宜しくお願いします。上京の帰路、上方において山本克と申す男に会いました。この人も佃洲（注・佃島の石川島獄舎）に差し置かれておりましたので、富永有隣のことを訊きましたところ、獄中一同より富永の御仁免を蒙る旨の嘆願書が差しだされている、とのことでございます。獄中謹慎も相当に長くなり酷なることと推察致します。何卒お力添え賜り御加護をお願い致す次第です。不敬を憚らず腐墨を差し上げ恐縮至極でございます。

再拝　白

大石圓（弥太郎）

十月十日

桜井には、読めば読むほど、有隣と大石の人物がはっきり浮かび上がってくるのだった。さらにその翳《かげ》で、松岡信太郎、飯淵貞幹、三好蔦江ら不平士族の遺恨の焔が、マムシのような鎌首をもたげ、左氏珠山へ迫っていくのを想像し、堅く目をつぶった。

桜井が重度の脳梗塞発作に襲われたのは、年が明けて半年ほど過ぎた昭和五十八年七月の蒸し暑い朝のことである。松山から上京してきた美重子が個室に病臥している桜井を見舞いにきた。危篤状態は脱したが、桜井の右半身は麻痺したままである。自分の身に何が起こったのか理解することはできたし、おかれた状況も自覚できた。医師や看護婦の会話や呼びかけもちゃんとわかる。ところがそれに応えて意思を伝えようとしても、桜井は言葉を発することができなかった。さらに文字は単なる模様になってしまっていた。意味がわからず、読むことも書くこともままならないのである。ただ幸いにも食事は口から摂ることができたので、大きなよだれ掛けをしている桜井の口元へ、文子と看護婦が交替で流動食を運んでいた。

美重子が病室へ入ったのは、ちょうど夕食の時間だった。

「お母さん……」

と背後から文子の小さな肩へ呼びかけると、スプーンをもつ文子の手が一瞬ふるえ、とまった。桜井の喉元からは低い声がもれ、ひきつった顔が美重子を認めてゆるんだようだった。

文子は食事の介護を中断し、腰をまわして美重子を見上げた。

「大変だったでしょ」

「忙しいのに、ごめんなさい」

「そんなこと、お母さんこそ」

美重子は文子の傍らに歩み寄り、ベッドテーブルの上の食器を両手にもつと、文子が流動食を掬《すく》いやすいようにそっと差しだした。文子が目で桜井の様子をうかがうと、桜井は動く左手をテーブルの上に載せ、左右にふって食事を中止するように指示した。

「先生、お母さんに心配かけちゃだめですよ」

美重子はテーブルの上の桜井の手を自分の両手につつみ、手の甲をそっとなでながら話しかけた。

桜井は顔も手もやせ細っていたが、眼窩の奥の目を光らせ、喉元からくぐもった声を発して気持

ちを表現した。

心配のあまり病人のそばを離れることができず、当初は病室に泊まっていた文子も、容体が落ち着いてリハビリが始まると、夜は家に帰って身体を休めるようにしていた。寂しいから泊まってね、と文子は誘ったが、もとより美重子は数日、練馬の家に泊まるつもりで上京していた。

翌日、文子が病院へ行っている間に、美重子は台所と食堂や居間の片づけをした。昼前に近所のスーパーマーケットで日用品と食材を買い、夕食の支度をした。米を研いでいると、大洲時代の桜井家の暮らしが思いだされ、しみじみとした思いが胸をしめつけるのだった。

午後、病院へ出かける前に、美重子は書斎をのぞいてみた。書架も床も机の両脇も書籍や資料、それに古文書の束の山である。そして机上には、マス目を無視し、「左氏珠山」と何度も書き殴った原稿用紙がおかれていた。早朝の発作で倒れる前の晩に、気がかりなことをふるえる手で書きつけていたのだろう。乱雑な字をじっと見つめていると、美重子はこらえきれず、顔を両手でおおってしゃがみこみ、声をあげて泣きだしていた。

夕方の飛行機で大洲へ帰ることにした土曜日の朝、美重子は文子と一緒にタクシーで病院へでかけた。朝から日ざしが強く、病院のある通りのケヤキ並木の樹影が路面にくっきり映っていた。桜井がリハビリをしている間に、二人は院長室で容体と予後のことで説明をうけた。七十八の高齢ゆえに困難なことも多いが、高次脳機能障害を軽減するためのリハビリをつづけましょう、と院長は話し、介護は病院のスタッフに任せてください、と文子を気づかった。それから昼の食事のあとも、名残を惜しみ美重子は病室にいた。とりたてて話すことはなかった。桜井は寝息をたて、文子は椅子に腰かけたまま、ベッドの上に腕と上体を預けて目を閉じ、休んでいた。病室の窓には夏の空が広がっている。その空を見つめながら、美重子は田布施に富永有隣を訪ねたときのことを思いだしていた。

帰り際、美重子は目を覚ました桜井へ、また来ますね、としばらくの別れをいった。桜井は左手をさし出し、美重子の右手首をつかみ、「うー」と、喉元から声をもらした。美重子は桜井の手を自分の手首からはずし、左手でしっかり握手をした。そしてその握手した手を二度三度、言い聞かせるように上下させて、自分の手を放そうとしたが、桜井はしがみつくように握りしめ放さない。

あなた、美重子さんが痛がっていますよ、と文子が夫のほうへ顔をよせていった。桜井は、「う、うー」と声をもらしたが、握った手の力はゆるまない。

「何か、おっしゃりたいことがあるの？」

と、文子は夫の口元へ耳をよせた。桜井は話そうとするのだが言葉にならず、喉元からくぐもった声をもらし、もどかしそうに白目をむいた。

美重子はとっさに、

「左氏珠山、ですか？」

と叫ぶように問いかけた。

すると、桜井の表情はすーっとゆるみ、握手していた手が放れた。

「しき石なれど、の続編を書いていたのですね」

と美重子は、書斎の机上に残された原稿のことをいった。

続編はすでに、桜井の頭の中では完結していた。

土居通夫のたっての要望で、明治十年十二月、左氏珠山は再び備中玉島の港町の料亭で土居と会食した。この席で、珠山は松山の獄中にいる飯淵貞幹へ直接面会し、大石と安岡ら古勤の中心人物を有隣隠匿の共謀者として告発するよう、飯淵を説得する大役を引き受けた。古勤の不平士族による政府要人へのテロリズムが危惧されていた。現実に、翌年五月、紀尾井坂の変で大久保利通が斬殺されている。いっぽう、林有造の配下で、西郷隆盛に呼応し政府転覆を図った罪で裁かれ、仙台の獄舎にいた三好蔦江は、出獄後は宿毛に帰り、私塾で教えながら、老母と二人でほそぼそと暮らしていた。

明治二十五年四月、左氏珠山は実力を買われ、松山中学に漢学の先生として赴任する。同じ年、飯淵は宇和島の私学明倫館の教授になった。翌年の暮れ、高知を経て宇和島へやってきた松岡信太郎から、飯淵は宿毛で暮らす三好の窮状を聞いた。そこで飯淵は、三好に宇和島で暮らすよう声をかけ手助けを約束した。三好は老母を連れて宇和島へ越してくると、飯淵の世話で城下に鶴鳴館という名の漢学の塾を開くことになる。飯淵にしてみると、自分の告発で松山の獄舎に収監された安岡を死へと追いやったことに、強い自責の念があった。安岡の盟友だった三好の世話をすることで、いくらかでも償いをしたかったのである。ある日、酒席で三好は飯淵から告発の経緯を話され、告発が左氏珠山の教唆に基づいていたことを知った。また、この頃、飯淵から和霊神社の境内に建立された石碑に記された「賊」の字のことを教えられ、珠山に強い反発を覚えるようになっていた。明治二十九年四月、左氏珠山は南予中学の教師になって宇和島にもどり、漢学の塾を開いた。同じ四月、飯淵が宇和島を去ると、三好の塾の生徒は、一人二人と次々に珠山の塾へ変わっていくようになった。珠山が漢学の実力のことで、三好の悪口をいった、という噂がたっていた。
七月二十日の早朝である。三好はいつも自宅前の道を通勤する珠山を呼び止めた――。

昭和六十三年五月、所要で上京することになった篠崎和子は井関美重子と誘い合って、練馬の病院に桜井久次郎を見舞った。夫人の文子から桜井の容体が悪くなった、という連絡をうけていたのである。病床の桜井は軀がまったく動かず、声も出せない状態になっていた。二人が呼びかけても、何の反応もなく、目は見ひらいたままで、じっと注視するだけである。文子からは、中断したままになっていた、「大洲・新谷藩政編年史」の製本化について話があった。どこかで出版できないものか、桜井は最後まで心を砕いていたが、このようになってしまっては難しい。そこで桜井が書き溜めた厖大な草稿と原稿、さらに研究史資料を大洲市にそっくり譲りたい、というのだった。二人は帰ると、文子の申し出を教育長と大洲史談会へ伝えた。市はさっそく桜井氏宛てに公式のお願い文書をだし、同年九月には市の関係者が練馬へ出向いて桜井を見舞い、譲渡が正式になった。翌十月二十五日、市長室に関係者の立ち会いのなか寄贈式があり、文子の代理役の和子から市長に目録が手渡された。寄贈された草稿、原稿、史資料は整理され、桜井文庫の名で今日、大洲市立図書館に保存されている。

桜井が左氏珠山遭難のなぞを解き明かした物語「しき石なれど」の続編については、桜井とともに消え去り、読むことはできない。

あとがき

左氏珠山のことを知ったのは、かれこれふた昔も前のことである。宇和島藩に招かれた高野長英が一時隠れ住んでいた宇和町の庄屋の屋敷跡を訪ねたおり、珠山先生のために建てられた教場「申義堂」も案内された。そのとき珠山について、松山中学へやってきた夏目漱石と同僚だった漢学者で、宇和島の学校へ転任した年に暴漢に襲われ不慮の死をとげた、とそのようなことを案内人から教わったが、関心をいだくことはなかった。

それから何年か経ち、伊予大洲藩の「いろは丸」のことを調べるため、伊予史談会の研究機関誌「伊予史談」を渉猟していて、桜井久次郎の論文、「いろは丸と洪福丸—大洲藩商易活動の挫折」を見つけた。八頁分の記述の半分を使って小文字で覚書、日記、建白書など原典からの引用が数多く載せてあり、史実に精確に向き合う誠実な人柄がにじみ出た清潔感のある文章だった。この論文が私と桜井久次郎氏との出合いである。このとき氏は既に物故されていたが、大洲時代の教え子の皆さんからお話をお聞きして、桜井先生が大洲藩政史の研究に生涯を捧げた郷土史家でもあられたことを知った。私は氏が取り組まれた膨大な地方史の著作や論考のごく一部の読者にしかすぎないのだが、武田豊城の志操と生涯に焦点をあてた西南騒擾に関する一連の論考と、氏の晩年の随想集『しき石一つ』を味読し、そこに通底する確固としたモチーフを感じた。人それぞれの思いと暮らしの積み重ねこそが歴史であり、人それぞれひとしく社会や歴史の形成者である、という自明の哲学的な信念である。このことが私の心を揺さぶり、この作品に向かう意欲をかりたてた。

愛媛の不平士族の反乱である西南騒擾の背景に富永有隣の存在があることを示唆してくださったのは、宇和島歴史文化研究会を主宰されておられる近藤俊文氏である。氏からは、官製の歴史や権威に惑わされず、実証に基づく郷土史研究の立場から主体的に歴史とかかわることの大切さを常々学んでおり、この作品の執筆に際しても貴重な史料のご提供に預かった。

桜井久次郎氏がご存命であれば、左氏珠山の遭難をどのように読み解くだろうか。このような問題意識に立ち、私は遭難までのいきさつを可能な限り史実に基づき創作してみた。その成否はともあれ、奇禍で落命した左氏珠山はもとより、顧みられることのなかった多くの人々に光が当たることになればと思う。

執筆に際して伊予史談会名誉会長の髙須賀康生先生をはじめ、県内外で数多くの方々にお会いし、ご教示を頂いた。いちいちお名前を記さないが、心より御礼申しあげます。また方言については、大洲八幡神社の常磐井守興宮司並びに老舗料亭「との町たる井」の樽井琴美さんに教わった。ここに謝意を表する次第です。

最後になりましたが、出版に当たって郁朋社編集長佐藤聡氏には大変お世話になりました。厚く御礼申し上げます。

令和元年五月　　青山淳平

参考文献

一、桜井久次郎著作関係

「軽輩志士武田豊城の志操と生涯一」（「伊予史談」一九二号　昭和四四年）
「武田豊城の志操と生涯二」（「伊予史談」二〇一号　昭和四五年）
「武田豊城の志操と生涯〜明治十年国事犯事件三〜五」（「伊予史談」二〇二号〜二〇四号　昭和四六年〜四七年）
『しき石一つ―桜井久次郎随想集』私家版　昭和五八年
『大洲藩新谷藩の勤王と明治維新』大洲藩史料研究所　昭和四六年
『伊予大洲藩新谷藩教学の研究』大洲藩史料研究所　昭和四六年
『大洲藩・新谷藩政編年史年表』〔原編〕、大洲史談会　平成一二年

二、その他

「西南騒擾記」愛媛県警察本部　昭和四二年一月
「保恵会雑誌」（四五号、五三号）愛媛県尋常中学校
『愛媛県警察史』第一巻　愛媛県警察史編さん委員会　愛媛県警察本部　昭和四八年
「長州志士富永有隣と土佐」一〜二四　橋詰延寿　昭和四六年六月〜四七年十月（「館報大豊」第

一二三号～第一三四号収載）大豊町中央公民館
「宿毛市史資料（十六）林家文書」昭和六一年三月　宿毛市教育委員会
「谷　千城文書」（「大石圓書翰　明治《ママ》年十月十日」）国立国会図書館蔵
『流離譚』安岡章太郎　新潮社　平成五年八月
『通天閣―第七代大阪商業会議所会頭・土居通夫の生涯』木下博民　創風社出版　平成十三年五月
『野市町史上巻』野市町史編纂委員会　野市町　平成四年一月
「富永有隣の逃亡と潜伏」平尾道雄（「中央公論」昭和四五年十二月）
「飯淵貞幹略歴」楠本長一（「伊予史談」二一一号　昭和四八年）
「富永有隣について」玉木俊雄（「明治維新百年記念特輯号」所載　昭和四三年　田布施地方史研
究会誌）
『大月町史』大月町史編纂委員会　平成七年
「珠山先生頌徳誌」珠山先生遺徳顕彰会　宇和町教育委員会
「富岡先生」國木田独歩（『牛肉と馬鈴薯』新潮文庫所載）
『林有造氏舊夢談』明治文化全集第二四巻雑史篇　日本評論社
『従五位大石圓翁略傳』寺石正路編輯　発行者香宗我部秀忠　大正九年七月
「足達儀國略伝」「贈正五位　山本尚徳傳」大洲史談会会報「温古」
海南新聞　愛媛新聞

【著者紹介】

青山　淳平（あおやま　じゅんぺい）

1949年山口県下関市生まれ。愛媛の県立高校教諭を経て元愛媛銀行参与。主な単著。『海市のかなた―戦艦「陸奥」引揚げ』『夢は大衆にあり―小説・坪内寿夫』（中央公論新社）、『海にかける虹―大田中将遺児アキコの歳月』（ＮＨＫ出版）、『人、それぞれの本懐―生き方の作法』『司令の桜―人と歴史の物語』（社会思想社）、『海は語らない―ビハール号事件と戦犯裁判』『海運王・山下亀三郎』（光人社）、『小説・修復腎移植』（本の泉社）他、多数。

執筆・編集『愛媛銀行百年史』『掌上仏の世界』（愛媛銀行）

『坊《ぼ》っちゃん』の漢学者《かんがくしゃ》はなぜ斬殺《ざんさつ》されたか

2019年6月21日　第1刷発行

著　者 ― 青山《あおやま》　淳平《じゆんぺい》

発行者 ― 佐藤　聡

発行所 ― 株式会社　郁朋社《いくほうしゃ》

〒101-0061　東京都千代田区神田三崎町2-20-4

電　話　03（3234）8923（代表）

ＦＡＸ　03（3234）3948

振　替　00160-5-100328

印刷・製本 ― 日本ハイコム株式会社

装　丁 ― 宮田　麻希

落丁、乱丁本はお取り替え致します。

郁朋社ホームページアドレス　http://www.ikuhousha.com

この本に関するご意見・ご感想をメールでお寄せいただく際は、

comment@ikuhousha.com　までお願い致します。

　ISBN978-4-87302-696-1　C0093